LA FEMME OURSE

KAROLINA RAMQVIST

LA FEMME OURSE

Traduit du suédois
par Marina Heide

BUCHET • CHASTEL

Titre original : *Björnkvinnan*

Cet ouvrage a été traduit avec l'aide du Swedish Arts Council
et publié en accord avec Ahlander Agency.

ISBN : 978-2-283-03437-8

« Il semble, à vous ouïr parler, dist Simontault, que les hommes prennent plaisir à ouïr mal dire des femmes, et suis seur que vous me tenez de ce nombre-là ; parquoy, j'ay grande envie de dire bien d'une, à fin de n'estre tenu de tous les autres pour mesdisant. – Je vous donne ma place, dist Emarsuitte, vous priant de contraindre vostre naturel pour faire vostre devoir en nostre honneur. » À l'heure, Simontault commença : « Ce n'est chose si nouvelle, mes Dames, d'ouïr de vous quelque acte vertueux, que, s'il s'en offre quelqu'un, il me semble ne devoir estre celé, mais plustost escript en lettres d'or, à fin de servir aux femmes d'exemple et aux hommes d'admiration, voyant en sexe fragile ce que fragilité refuse. C'est l'occasion qui me fera racompter ce que j'ay ouy dire... »

MARGUERITE DE NAVARRE, « Soixante-sixième nouvelle »,
L'Heptaméron des nouvelles, 1559

Je me rends compte à présent que cette histoire n'a ni début ni fin. J'écris qu'elle commence par la mort, parce que c'est tout ce qui me paraît sûr. Son père disparaît, la laissant seule. Voilà tout ce que je sais.

Les premiers jours, quand je pensais à elle, un dessin m'apparaissait. J'ignorais à ce moment-là qu'il existait une représentation d'elle sur cette île. Mais le dessin qui me venait en tête était différent, quelques traits gribouillés au stylo à bille sur un morceau de papier froissé. Une île symbolisée par un petit arc de cercle et une courbe délimitant la frontière entre la terre et l'eau qui la cernait. Ce croquis s'imposait à moi dès que je songeais à elle.

Sans doute était-ce lié au caractère extraordinaire de cette histoire, ou du moins, à la perception que j'en avais eue la toute première fois. C'est une amie qui me l'avait racontée en quelques mots. Peut-être aussi quelqu'un d'autre, j'ai oublié. Aujourd'hui, alors que je détache les yeux de mon ordinateur et tourne la tête vers mes enfants qui dorment dans la pièce voisine pendant que j'écris ces lignes, je vois à leurs visages et sur leurs corps que bien des années se sont écoulées. Je le constate tous les jours aux mots qu'ils emploient, aux jeux qui les occupent, à leurs doigts sur les écrans ; à cette façon qu'ils ont désormais de s'approcher de moi quand ils ont besoin de quelque chose, au lieu de brailler.

Quoi qu'il en soit, mon amie avait découvert cette histoire dans un livre qu'elle avait chez elle depuis longtemps, une anthologie consacrée aux femmes rescapées à travers l'histoire. Nous étions dans l'un de nos cafés favoris, et elle avait sorti l'ouvrage de son sac à main pour me le montrer. Je ne me souviens plus si la couverture était claire ou sombre, ni de ce que j'ai répondu ou pensé à ce moment-là. Ma mémoire n'est pas fiable, et je ne crois pas que celle des autres le soit davantage. On ne se rappelle que ce qu'on veut, comme on le veut, et le reste, on s'autorise à l'oublier. Nous oublions les gens qui ne signifient rien à nos yeux, nos propres gestes et nos propres paroles quand d'autres s'en souviendront à jamais, et nous oublions les gestes d'autrui et les paroles qui nous ont été adressées.

Je me souviens que mon amie m'a parlé de Marguerite de la Rocque, même si je ne crois pas qu'elle ait mentionné son nom – ce nom, je le lui ai donné moi-même un peu plus tard, tandis que je marchais dans la neige pour rentrer à la maison –, mais je me vois encore les yeux rivés sur la table qui nous séparait, les tasses et les verres, nos téléphones posés là, entre nous. Quand j'y repense, je ne sais plus si l'une de nous a sorti un bout de papier et un stylo pour dessiner l'île, la situer sur le globe, ou si ce croquis n'a en réalité jamais existé. Ce souvenir pourrait s'être construit a posteriori dans mon esprit. Peut-être y avait-il ce dessin sur la table, peut-être que non. En tout cas, longtemps après, c'est la première chose qui m'apparaissait lorsque je pensais à Marguerite, et peu à peu, cette représentation mentale a fait place à une sorte d'image de la réalité telle que je la concevais à ce moment-là, avant que je ne me lance dans cette entreprise : l'île et ce qui l'entourait, un immense estuaire déjà réputé à l'époque pour être le plus grand du monde. L'océan, la terre ferme, ces mers polaires, toutes ces îles et ces écueils qui gelaient et ne formaient plus qu'un en hiver, réunis par la glace, un désert à des dizaines de milliers de kilomètres à la ronde. Des étendues blanches à perte de vue, abandonnées comme toute cette partie du monde. Du Mexique à l'Alaska, tout un continent inhabité s'étirant du nord au sud, d'est en ouest – et au milieu de cette immensité, une seule âme humaine.

Voilà en tout cas ce qu'on m'avait décrit.

Peu après, je me tenais plantée dans la neige devant un passage piéton de notre rue, qui était agitée d'un flot de circulation aussi dense qu'un grand bateau fait de plastique et de nylon noirs. Il neigeotait, rien de glacial encore, à peine quelques degrés en dessous de zéro, et pourtant, je grelottais comme si le frisson venait de moi, comme si ma chair avait gelé de l'intérieur. J'avais récemment remarqué que je n'étais plus capable de résister ni au froid, ni à l'obscurité qui s'installe sur nos contrées nordiques à l'automne et règne tout l'hiver jusqu'au retour du printemps.

Mon fils avait un peu plus d'un an et sa sœur, couchée à côté dans la poussette double, quelques mois seulement. Ma grande venait juste de commencer l'école primaire. C'était l'année de mes trente-cinq ans. D'une certaine manière, je m'étonnais encore d'avoir trois enfants. On me demandait souvent ce que j'éprouvais dans ce rôle de mère, ce que ça impliquait, d'en avoir deux si rapprochés. Je répondais que c'était facile. Et je crois bien que j'étais sincère – sans doute l'amour que je ressentais pour ces petits m'empêchait-il de voir la réalité en face. Mais je sais aussi qu'une partie de moi voulait que ce soit facile. Il le fallait, je n'avais pas le droit d'assombrir cette merveille qu'est la création de la vie, l'émergence de nouvelles existences.

Le gel et l'obscurité s'étaient retranchés dans mon corps où ils se confrontaient mutuellement. Il faisait froid même entre nos quatre murs, parce que le système de chauffage de notre appartement ne fonctionnait pas bien. Alliée au manque de lumière, cette lutte permanente avec la température m'épuisait, jour après jour, la fatigue s'abattait sur moi au moindre effort. J'allais de pièce en pièce dans des chaussons en peau de mouton, et où que je m'installe pour lire, écrire ou allaiter, je trouvais une couverture dans laquelle m'emmitoufler. Quand je sortais, j'enfilais un sous-pull en laine sous mes vêtements et une affreuse doudoune que j'avais achetée pour trois fois rien sur Internet et qui m'arrivait à la cheville. Mais j'avais beau faire, je n'arrivais pas à me réchauffer.

Apparemment, c'étaient les hormones, une glande du système endocrinien qui agissait sur le métabolisme et divers autres processus, et qui, en dysfonctionnant, provoquait toutes sortes de symptômes. Mon médecin avait affirmé que c'était sans danger et très fréquent chez les femmes de mon âge avec un travail et des enfants en bas âge. Souvent, les choses pouvaient empirer lorsqu'on enchaînait les grossesses ou en cas d'accouchements difficiles, elles risquaient de s'aggraver quand la famille s'agrandissait et avec les sources de stress – mais tout ce qu'il y avait à faire, c'était prendre les médicaments prescrits et essayer d'éviter les épreuves physiques et psychologiques.

Je ne voyais pas comment ce serait possible.

Les enfants, tranquilles dans leurs chancelières bien épaisses, avaient le regard perdu dans la pénombre de l'après-midi. Le ciel était si profond, si insaisissable, que j'ai pensé à l'espace tout entier en portant mon regard là-haut pendant que j'attendais que le feu passe au vert. J'avais levé les yeux pour observer ce qu'ils voyaient depuis leur poussette, et puis j'aimais l'idée de pouvoir m'imaginer une fraction de l'infini qui prenait son élan pas si loin.

Vert. Il me suffisait de traverser et nous serions tout de suite à la maison, mais le courage me manquait soudain. Impossible d'avancer d'un pas dans ce tapis de neige. J'apercevais l'entrée du local à vélos à l'angle de notre immeuble, là où les poussettes devaient être rangées pour des raisons de sécurité anti-incendie, une porte en métal en bonne partie recouverte de graffitis. Rien qu'à l'effleurer du regard, je sentais son poids, je me voyais l'ouvrir tant bien que mal, tenter de la bloquer pour pouvoir me glisser avec la poussette dans ce couloir tellement étroit que je devrais ressortir si quelqu'un arrivait en sens inverse. Libérer les enfants de leurs harnais à cinq points et les extirper de la poussette, avant de la ranger dans le local récemment refait à neuf pour que tout le monde y trouve une place. Il y avait tant de petits dans l'immeuble, tant de trentenaires qui achetaient un appartement, emménageaient et faisaient aussitôt un enfant. Comme nous-mêmes, quelques années plus tôt.

Les gens s'agitaient dans le carrefour. Des vélos, des chiens, des poussettes. Moi, je restais immobile. Je me voyais monter dans l'appartement, m'installer sur le tabouret de la cuisine et donner le sein à la petite en me disant que je devrais m'installer plus confortablement pour ne pas avoir mal au dos, mais n'avoir la force ni de me déplacer ni de changer de position. Mon mari finirait par rentrer du travail ou du pub irlandais qui se trouvait en bas de chez nous à l'époque, ce bar qui, de mémoire, avait toujours été là, jusqu'au jour où il avait disparu, il faudrait changer les enfants, leur donner le bain dans la bassine en plastique installée par terre dans la douche, essayer de trouver le temps de préparer à manger, peut-être aussi de mettre un peu d'ordre avant de lire ou de regarder la télé, et puis la journée s'achèverait, ce serait la nuit, et ensuite une nouvelle journée commencerait, je devrais de nouveau sortir et continuer ce train-train, les jours se succéderaient, remplis des mêmes choses, et ainsi de suite.

Je restais là, comme paralysée, à regarder les autres se déplacer. J'ai lâché la poussette, sorti mon portable de ma poche et composé le numéro de mon mari. Il a aussitôt décroché, je lui ai demandé où il était, puis je l'ai attendu, il s'est emparé de la poussette, nous avons traversé ensemble et sommes rentrés chez nous.

À partir de ce jour, je n'ai cessé de penser à elle. Cette période, je la vois à présent comme un espace clos dans le temps, mes premières années aux côtés d'un mari et de trois enfants, et puis elle, qui avait subitement débarqué dans ma vie. Ce n'étaient pas tant des pensées qui m'occupaient l'esprit, mes réflexions à son propos étaient encore bien peu approfondies, mais plutôt l'image que je me faisais d'elle. Elle me semblait si proche, à croire qu'elle se trouvait dans la même pièce, que l'île oubliée avait ressurgi entre ces murs. Sa silhouette vêtue d'une peau d'ours et d'une robe montante en lambeaux, ou peut-être même nue, la peau exposée, fouettée, encrassée, empourprée, d'un éclat livide dans l'obscurité qui l'entourait, le sol, la montagne et la terre.

Au fond de la grotte, la faible lumière venue du dehors ne la touche pas. Elle souhaitait, je crois, que personne n'en sût rien, de cette « … vie sauvage qui valait à peine celle d'un animal… », mais c'est là que je la décris. Soit cloîtrée dans l'obscurité de la grotte, soit dressée au milieu des immenses étendues du temps et de notre histoire, voilà où je la vois émerger un instant du néant, avant qu'il ne l'engloutisse à nouveau.

André Thevet est le premier à l'évoquer dans le vingt-troisième livre de sa *Cosmographie universelle* de 1575. Page 1019. Marguerite, rien que son prénom. Il ne dit pas grand-chose de sa personne. Ni la date, ni le lieu de sa naissance, ni l'identité de ses parents, alors qu'il devait la connaître : même si elle avait le défaut d'être une fille, elle était de haut lignage. Seul le village dans lequel l'explorateur l'aurait rencontrée en personne suggère le lieu où elle se serait installée, une fois revenue saine et sauve :

> [...] en la ville de Nautron, pays de Perigort lors que j'y estois, me feit le discours de toutes ses fortunes passées.

Or, il semblerait qu'aucun village de ce nom n'ait jamais existé en France. Nombre d'historiens en ont conclu qu'il s'agissait en réalité de Nontron que Thevet aurait mal orthographié - mais en y réfléchissant, je me demande si ce n'était pas volontaire, pour préserver le mystère auprès de ses lecteurs.

Aucune source bibliographique ne raconte sa vie, ni avant ni après les événements. À croire qu'elle n'existait que dans ces écrits qui, en outre, avaient été composés non pas en sa mémoire, mais pour l'histoire en elle-même, sa valeur scientifique et littéraire, et ce que leurs auteurs pouvaient en tirer. Voici ma manière de percevoir les choses, en tout cas au début.

Tout le monde trouvait ce destin extraordinaire, ce qui déclenchait chez moi un certain malaise et bien des doutes. Je m'interrogeais sur mes propres intentions – dans les faits, qu'est-ce qui m'attirait autant, moi qui ne m'étais jamais particulièrement intéressée aux récits fantastiques, et que les histoires en tant que telles lassaient au plus haut point ? Je les réprouvais pour ce qu'elles avaient fait du monde : elles semblaient avoir pris le dessus, quand la vérité et le silence, eux, ne représentaient plus rien du tout.

Peut-être que ce n'était pas nouveau. Peut-être que les hommes avaient toujours eu ce sentiment. Aujourd'hui, au moment où j'écris ces mots, il me paraît encore plus évident que la fiction – ou une sorte d'éclairage fictif – guide nos pensées, nos opinions et met en branle le déroulement des événements. Si à mes débuts de romancière, quelqu'un m'avait prévenue, j'aurais sans doute pensé que je finirais par accepter cette idée, et pourtant non, loin de là. Elle m'effraie. C'est comme assister au déchaînement d'une tempête, voir la force de la narration tout écraser et tout emporter sur son passage. Petit à petit, ce qui faisait mon univers a disparu au profit d'une nouvelle réalité qui m'est en partie étrangère, où je ne peux plus me reposer sur ce qu'il y a peu je croyais gravé dans le marbre.

Sur mon ordinateur, en fond d'écran, il y a une photo du colombier de Roberval. Non pas un des nombreux clichés que j'ai pris quand nous y étions l'été d'avant, mais une image que j'ai trouvée sur Internet, ce paysage pendant l'automne, les arbres couverts de feuilles orange vif et marron pastel. De sombres branches dénudées pointent vers le ciel blanc à l'arrière-plan, comme d'épais coups de crayon, et la pelouse n'apparaît que par endroits, d'un vert pâle et mat, mais intense. Mes documents Word éparpillés sur la photo dissimulent quelques détails par-ci par-là. La plupart ne contiennent que quelques phrases, des notes, une ébauche, toutes ces fois où j'ai tenté de recommencer de zéro.

Autre chose que ces lignes.

Les photos que j'ai prises moi-même, je les ai à peine regardées au fil de l'année qui s'est écoulée depuis l'après-midi que nous avons passé au château. Mais j'ai autre chose qui m'y fait penser. Un petit bouquet de feuilles séchées, frêles et recourbées à force de se retrouver au creux de ma paume, un souvenir que j'observe chaque fois que j'ai besoin d'un moment de répit dans mon travail (faire des pauses, j'ai appris que ça m'aidait). Seules les fines nervures sont intactes et soutiennent les limbes quasiment sans défense. J'ai essayé de travailler tous les jours de l'automne et durant ces longs mois noirs. J'avais beau en être incapable, je continuais. Maintenant que je parcours ce que j'ai écrit, mon incompétence me saute aux yeux, tout ce que j'ai compris petit à petit doit trouver une place à côté du reste.

Que je sois privée de ma plume, c'était nouveau. Elle était là, sans être là. Je n'y avais plus accès. Dès que je butais sur un obstacle, ce qui arrivait sans cesse parce que c'est ça, écrire, en tout cas me concernant, ma concentration volait en éclats, le fil de mes pensées m'échappait et s'envolait. Je m'éloignais du sujet ; ma conscience m'attirait hors de ce recoin du texte que je devais explorer, vers quelque chose de plus commode et agréable, notre dernière matinée à Paris, et le souvenir de ce que j'étais à l'époque où j'étais encore sûre de moi, en quelque sorte.

Pendant un certain temps, lorsque j'essayais d'écrire, je m'installais à mon ordinateur sur un vieux secrétaire qui trônait autrefois dans notre chambre, mais que j'avais déplacé dans le vestibule, car les jours raccourcissaient de plus en plus et l'obscurité qui envahissait l'appartement me rendait la tâche difficile. Ici, ça irait mieux, j'espérais. Lorsque j'ai trouvé un dessin d'elle représentée sur l'île, illustrant le chapitre de *La Cosmographie universelle* qui lui était consacrée, je l'ai imprimé et l'ai épinglé au mur. Une image grise, la reproduction d'une gravure insérée dans le livre au milieu d'une belle double page aux lignes bien denses, organisée en colonnes introduites par des lettrines ornementées, avec des notes en marges et une courte légende en italique.

Les autres illustrations que j'avais accrochées, je ne les regardais pas aussi souvent. C'est sur cette gravure que mes yeux se portaient systématiquement, et même sur un point particulier, une petite forme allongée sur la gauche que je sais identifier à présent, mais qui était encore un mystère.

Tout commence par la mort, ai-je écrit, la mort de son père. Debout au bord de la tombe, elle fixe le trou béant que l'on va remplir avec la terre entassée à côté. Le fossoyeur et l'homme qui ont porté le cercueil depuis le village attendent, légèrement en retrait. Ils ne la dévisagent pas, mais échangent des regards ou scrutent les environs, ils l'évitent comme si sa douleur risquait de les contaminer. Vêtus de ces vêtements simples et noirs qui les caractérisent, ils ont marché entre la forêt et les champs sombres au lever du jour, avancé sur le chemin boueux, transportant le cercueil jusqu'à cet endroit réservé aux morts, loin du village.

Je dis qu'elle était seule au bord de la tombe béante. Est-elle seule ou accompagnée de Damienne ?

Damienne doit veiller sur elle, c'est son rôle, mais qui l'en a chargée et quand ? Impossible de le savoir. Impossible de savoir quoi que ce soit de ce début, mis à part la mort. Voilà tout ce qui est sûr et certain. Un père meurt, et elle se retrouve seule.

Si elle n'avait pas été orpheline aussi jeune, le roi n'aurait pas fait de Roberval son tuteur et rien de ce qui l'attend ne serait arrivé. Je n'aurais jamais connu son existence. Les jours et les heures que j'ai consacrées à cette histoire se seraient écoulés différemment.

À propos de sieur Jean-François de La Rocque de Roberval, les informations ne manquent pas. Il ne m'a pas fallu beaucoup de temps pour connaître tous ses titres et patronymes par cœur, ceux de ses parents, des hommes qui ont écrit des livres et des articles sur ce personnage et sur tout ce qui porte aujourd'hui son nom, un lycée à Montréal et une petite ville québécoise, surtout réputée aujourd'hui pour les 30 km en eau libre sur le lac Saint-Jean et un match de la NHL, qui a opposé les Canadiens de Montréal et les Sabres de Buffalo en 2008. J'ai exploré les liens entre sa famille et différents épisodes des guerres de religion qui déchiraient l'Europe à son époque, le début de ce qu'on appellera plus tard l'âge des grandes découvertes, et j'ai appris qu'enfant il avait été proche de François d'Angoulême, futur François Ier, le grand souverain qui a unifié le pays et créé la France moderne, et que, sans le savoir, j'allais fréquenter de plus en plus au fil de mes recherches.

Dans le dossier « Images » sur mon ordinateur, j'ai sauvegardé un portrait de Jean-François de La Rocque de Roberval réalisé par Jean Clouet, peintre de la cour, en 1540 environ, quand Roberval avait quarante ans. Ce dessin fait partie de la collection du musée Condé, qui compte de nombreuses représentations de François Ier et de ses proches. Sur Google, il apparaît dans toutes sortes de versions souvent retouchées et recolorées, mais l'original a été élaboré à la sanguine, selon les règles de l'art de la Renaissance italienne, très prisé à la cour. Jean-François de La Rocque de Roberval arbore une barbe, une moustache, et des frisettes au niveau des tempes. Malgré ses pommettes marquées et son long nez, son visage a quelque chose d'obtus, non pas noble mais grossier, si je puis dire. Il a le regard perdu au loin, ferme et mélancolique à la fois, et même si je ne vois pas toute sa personne, j'ai le sentiment qu'il est petit, avec de grandes mains épaisses. 1540, soit un an avant d'être nommé par le roi, et probablement d'obtenir la tutelle de sa pupille. En homme de cœur, il la garderait à sa charge jusqu'à ce qu'elle atteigne la majorité, fixée à vingt-cinq ans pour les femmes, à moins d'entrer en possession (*devrais-je écrire « sous la protection » ?*) d'un autre homme grâce au mariage.

J'ignore combien de temps elle l'a attendu, mais disons que c'est l'hiver. L'hiver 1541 dans le sud de la France, où la famille a fait construire son château en montagne, sur la roche, *de la Rocque*. Le terrain est pentu et caillouteux, elle va et vient sur l'herbe grisée par la terre glaise pour ramasser entre les touffes et les cailloux des bâtons dépolis, dépouillés de leur écorce.

Un jour, alors qu'elle se tient au milieu de la cour, un bruit se fait entendre, le martèlement des sabots des chevaux sur le sol gelé. J'écris qu'on charge le carrosse de ses biens et d'autres affaires de la maison, et les voilà côte à côte dans l'obscurité du véhicule. Soulagée qu'il soit enfin venu la chercher, elle se laisse bercer par les mouvements de la voiture qui court sur la route cahoteuse, couverte d'un voile scintillant.

Ils n'échangent pas un mot, et au bout d'une heure, le sommeil s'empare d'elle, elle s'endort, la tête appuyée sur son épaule, bouche ouverte, un filet de bave coule d'un côté. Lui regarde droit devant, ses yeux ne laissent rien voir de ses intentions, que compte-t-il faire en venant la chercher, le tout n'est qu'un tableau de la noblesse de temps révolus que chacun peut se représenter. Ce genre d'images, j'en avais déjà vu, une femme et un homme assis là, mais je voulais savoir à quoi ressemblaient les véhicules au début des années 1540, et quand j'ai entamé mes recherches, j'ai compris que les carrosses n'étaient pas du tout courants en France, à l'époque. Un véritable luxe. Il n'y en avait que trois dans tout le pays, appartenant tous aux écuries royales. Jean-François de La Rocque de Roberval avait beau être un ami proche du roi, mademoiselle n'était sans doute pas assez importante pour mériter d'en emprunter un. À moins que ? Peu probable, sachant ce qui s'est passé par la suite, ce qu'elle a fait.

Je voulais écrire le scénario d'un long-métrage basé sur son histoire, et comme beaucoup, j'avais remarqué que ce qu'on appelle les films d'époque met en scène le plus souvent les privilégiés, dont l'existence était à mille lieues de ce que la grande majorité connaissait au quotidien. Mais quand j'ai commencé à écrire et à tenter d'en savoir plus sur cette femme et cette période, j'ai compris qu'il était très difficile de faire autrement. Ce qui traverse les siècles, c'est l'existence des rois et des reines, c'est d'eux que parlent l'histoire, l'art et la culture, parce qu'ils étaient seuls à détenir certaines choses.

Des carrosses, la politique, l'écriture.

Je me retrouvais sans cesse à dépeindre des situations que je devais modifier après coup en mesurant qu'elles impliquaient un statut trop élevé. Constamment, je me surprenais à mêler d'une façon ou d'une autre la famille royale aux événements. J'étais surtout fascinée par la relation entre le souverain et sa sœur, elle aussi prénommée Marguerite, *la marguerite des marguerites*[1], comme il l'appelait, plus connue ensuite sous son titre de reine : Marguerite de Navarre.

Leur mère, Louise de Savoy, convaincue de l'égalité des sexes, avait donné à ses enfants, filles et garçons, la même instruction.

1. En français dans le texte.

À la mort de leur père, lorsqu'ils avaient quatre et deux ans, Louise, alors âgée de dix-neuf ans, avait décidé de consacrer toute son énergie à offrir à ses enfants une excellente éducation et à leur inculquer la force des liens familiaux. *Notre trinité*, disait-elle. Une constellation où les uns dépendaient des autres, le tout visant à ce que François se prépare à monter sur le trône. Sa mère et sa sœur devaient faire tout leur possible pour que ce jour arrive enfin : le soutenir et l'élever sur tous les plans, le guider en veillant à ce qu'il se sente tout-puissant.

J'aimais lire sur le quotidien de ces gens, sur leur manière de se comporter avec les autres et d'envisager le monde, la façon dont les pays et le peuple devaient être gouvernés. Tout ou presque avait été écrit sur la famille royale et les personnes qui les entouraient. Mais mon intérêt se heurtait à mon autre désir, celui de savoir à quoi cette époque ressemblait « pour de vrai ». Il était improbable que la Marguerite que j'étais en train de découvrir vienne d'une famille noble et fortunée, compte tenu de la suite des événements, de la manière dont elle-même et son entourage ont réagi, et du fait qu'elle ait ensuite disparu, que son existence ait été effacée.

Recroquevillée sur mon ordinateur, je regardais souvent des images de l'époque, des peintures à l'huile et des esquisses représentant des gens qui vivaient en ce temps-là. Ces personnages alignés sur mon écran me procuraient un certain plaisir inattendu : les traits de leurs visages, les nuances de couleur, les jeux de lumière, technique artistique avancée, qui devait demander un temps fou. D'une certaine manière, ce spectacle m'apaisait. Je parcourais d'innombrables portraits de jeunes femmes qui, à mes yeux, pouvaient avoir le même âge qu'elle, afin de voir ce qu'elles portaient et à quoi elles ressemblaient. Leur mine, leur expression. Parfois, l'image était accompagnée d'un nom et d'une année. Je lisais ce que je trouvais sur leurs vêtements, ces collerettes blanches et ces petites coiffes, il m'arrivait de commencer par les vêtements, avant d'observer les portraits et la manière dont les étoffes étaient représentées. Je regardais des châteaux et des domaines de chasse, des dames et des gentilshommes.

Une fois que j'en ai su un peu plus sur la Renaissance en France, ma perception des choses a évolué, mais au début, cette ère me semblait vide. Elle avait beau m'absorber, elle me paraissait terriblement inconsistante, plongée dans le noir, à des années-lumière de la mienne. Non seulement il n'y avait pas encore de carrosses, mais rien ne semblait avoir existé au XVIe siècle, comme si tout était apparu plus tard, tout avait eu lieu plus tard. À la moindre occasion, je tentais d'amener mes conversations avec les autres sur cette époque, pour me représenter l'image qu'ils en avaient, ou dans l'espoir qu'ils partagent avec moi ce qu'ils pourraient connaître à ce sujet. En général, lorsque j'explorais tel ou tel fait dont on m'avait parlé, il s'avérait qu'il s'était produit ultérieurement, au XVIIe, ou plus tôt, au cours du Moyen Âge.

Et pourtant, qu'une telle affaire se produise à cette époque, je commençais à me dire que ce n'était pas étonnant. Non pas grâce à ce que je saisissais au fur et à mesure à propos de l'existence des gens, dirigée par une obscurité aussi fortuite qu'inflexible que seule pouvait contrôler la loi du plus fort. Tout le monde, semblait-il, se laissait guider par le profit personnel, pour la simple raison que la vie était cruelle et affreusement imprévisible. Si l'idée des Lumières et de la démocratie émergeait doucement, la dictature, la religion, la sorcellerie et l'ochlocratie régnaient encore. Au début, tout cela m'avait fait douter, il serait très difficile de raconter une histoire inscrite dans une période aussi affreuse, si loin de ma zone de confort. Mais avec le temps, les choses ont changé, et désormais, ce monde auquel elle appartient ne me semble plus si étranger. Sa brutalité n'est plus si singulière ni énigmatique qu'aux premiers jours.

Moi aussi, j'ai perdu mon père. Ce n'était pas un signe à proprement parler, pas comme les autres, mais je prends conscience aujourd'hui que pour moi, cet événement a également été le début de quelque chose. Sans doute à cause de la date de sa mort, le jour de la naissance de mon fils. Dieu que c'était lourd. Je crois que c'est ce qui m'a plongée dans l'état où je me trouve depuis, et que j'espère bientôt derrière moi. Vraiment ?

Elle et son père, je les imaginais proches. Ils devaient l'être, puisqu'elle savait lire et écrire. Pour l'autoriser à s'instruire malgré sa condition de femme, il devait éprouver pour elle une grande sollicitude. De l'amour, du moins un sentiment de responsabilité, peut-être d'espoir pour son avenir, ce à quoi il pourrait ressembler.

Mon père, lui, avait toujours été absent et injoignable. Pourtant, lorsqu'il a cessé d'exister sans prévenir, je n'ai pas tenu le choc. Je me vois serrer contre ma poitrine mon fils, ce nouveau-né, le téléphone vissé à l'oreille, et écouter le message m'annonçant qu'il avait disparu. Ensuite, tout est obscur et voilé. J'ai si peu de mémoire. Il arrive souvent que les gens mentionnent les premières années qui ont suivi, ces journées ou soirées que nous passions ensemble, sans que j'en aie le moindre souvenir. Et quand j'y pense, j'ai le sentiment d'émerger d'un profond sommeil et de découvrir tout ce qui s'est passé autour de moi pendant mon absence. J'ai du mal à saisir qu'autant de temps ait pu s'écouler sans que je le remarque. Les enfants ont tellement grandi. La vie est plus simple, à présent qu'il ne faut plus les trimballer en poussette, les porter, les changer, les nourrir, les bercer et les tenir fermement contre soi, les rassurer pour qu'ils s'endorment.

Mais d'autres choses sont aussi plus complexes.

Ce dont je me souviens touche surtout à leur corps. Maladies, blessures, tétines et biberons, oxyures et autres croûtes de lait, la sensation de leur chair dans mes mains, de leur peau contre la mienne. Mon organisme n'était plus qu'une enveloppe que j'avais abandonnée. Je visualise encore les sacs-poubelle débordant de couches sales et de restes de nourriture qui trônaient sans cesse sur le seuil de la porte d'entrée, parce qu'on n'avait pas eu le temps de les jeter ou qu'on ne pouvait pas les descendre tout en portant les enfants.

Sur les photos que j'ai de cette période, on nous voit affalés dans le lit ou le canapé sous un tas d'enfants – un canapé énorme qu'on avait acheté pour pouvoir lire et regarder la télé tous ensemble, comme on s'imagine que font les familles. Je tiens le téléphone en l'air, tout en craignant qu'il ne me glisse des mains, que je leur fasse mal avec cet engin ou avec ce qui couve au fond de moi. Ce genre de photos, j'en ai pris beaucoup, comme bien des parents pour capturer l'instant, mais aussi pour m'assurer que tout ça était vrai, que j'étais bien là. Mon aînée sourit, le regard fixé sur moi, sur son frère, sa sœur ou l'objectif, la petite est couchée sur une vieille couverture à motifs que nous avions rapportée de la campagne, et leur frère, hilare, bondit à côté. J'ai peur qu'il ne saute à pieds joints sur la petite, peur que ce ne soit justement ce qu'il veut, et je m'inquiète aussi que la grande se sente délaissée à cause des petits qui m'accaparent. Et je ne comprends pas comment je vais pouvoir être à la hauteur. Voilà ce dont je me souviens.

À cette époque, je pensais souvent à la grotte, à la manière dont cette femme devait se glisser à l'intérieur et s'y coucher. Son visage contre la roche, quasiment dissimulé par ses cheveux. Le silence et l'obscurité qui régnaient là-dedans. Mon angoisse était un courant d'air qui filait à travers les pièces de notre appartement et qui persisterait tant que je me trouverais entre ces murs. Je voulais les protéger, tous les trois. Les protéger les uns des autres, de nous, de tout, comme j'avais toujours voulu me protéger moi-même. Toute ma vie, j'avais eu peur de n'importe quoi, peur d'exister en général, angoisse que j'avais pourtant réussi à repousser. Mais avec trois enfants, impossible. Ce dont j'avais peur se révélait encore plus effrayant, la solitude ne représentait plus la même chose, je n'allais plus jamais être seule, puisque je les avais, eux. Et puis, je me suis rendu compte que cette idée n'avait rien de consolateur. Que leur vie dépende de moi, c'était un trou noir.

Plus tard, en y pensant davantage, j'allais réaliser que l'inverse aurait été pire. Moi qui avais toujours tout fait pour me protéger des autres, pour parer aux avances et trouver un endroit où je serais seule avec moi-même.

La première fois que j'ai entendu parler d'elle, je ne l'ai pas googlée tout de suite. Je n'ai rien fait de son nom. Tout ce que je voulais, c'était préserver les images qui m'étaient apparues et qui perforaient ma sourde réalité. Des rêves brefs, des scènes qui se plantaient dans ma conscience comme des clous. Son corps, l'île, les animaux surgissant des bois. De petits éclairs qu'elle semblait m'envoyer dans l'obscurité qu'était mon existence de jeune maman ; une obscurité presque aussi opaque que le passé, ce que j'avais derrière moi, ce que nous avons tous derrière nous et que nous partageons.

J'aimais discuter d'elle avec mon amie, ces soirées que nous passions au café, et j'aimais qu'elle se manifeste sans cesse dans mon imagination. N'ai-je pas eu le sentiment de la trahir lorsque j'ai décidé de faire de sa vie une œuvre parmi d'autres ? Sa vie, c'est un grand mot, disons plutôt les événements qui ont conduit à ce que l'on sache qu'une telle femme a un jour existé. Son histoire témoignait de quelque chose qui semblait me concerner et que je ne lâchais pas. En même temps, je m'interrogeais sans cesse, presque honteuse, sur mon attirance pour elle. Une attirance qui s'expliquait par différentes choses.

L'idée de son existence me consolait. Au début, j'hésitais à chercher à en savoir plus, pour ne pas la déranger. J'ai écrit le synopsis d'un film à partir de ce que je comprenais de son histoire, et après l'avoir envoyé, j'ai attendu longuement qu'on me demande le scénario. Pendant ce temps, j'ai essayé et réessayé de me pencher de nouveau sur le roman que j'avais laissé de côté pour travailler sur le long-métrage. Impossible. Elle occupait mes pensées tous les jours, il ne semblait plus y avoir de place pour le reste.

Je n'avais jamais trop voulu faire de recherches, de peur que mes découvertes ne perturbent mon écriture, que je sois davantage fidèle au réel qu'à mon propre texte. Naturellement, je prenais toujours en compte la réalité, je la respirais quoi que j'en pense, mais je voulais surtout éviter de devoir m'y soumettre. Peut-être que je n'avais pas encore compris ce qu'était l'écriture, que tout récit nécessitait de prendre le pouvoir. Qui que je sois, quoi que je ressente, j'étais ce personnage qui écrit, qui dépeint le monde et les autres, et qui les possède donc comme la langue et les histoires m'avaient toujours possédée.

Jean-François de La Rocque de Roberval vient donc la chercher à cheval et ils repartent probablement ensemble à cheval, une fois les bagages arrimés au dos des animaux. Le greffier du village commence par noter tout ce qu'ils emportent. Il lui tend le papier et lui demande d'y poser sa marque, mais puisqu'elle sait écrire, elle prend la corne-encrier et la plume, et signe de son nom le document qui disparaîtra, comme tout ce qui la concerne.

Puis elle va dans sa chambre. Elle attrape son livre, le glisse dans les cheveux et le fixe à l'aide de longues épingles, tant il est minuscule. Ils traversent ensemble la cour du château. Elle monte sur son cheval de la manière qui sied alors aux femmes – non pas sur une selle, mais sur un siège étroit, avec un petit cale-pied – et ils commencent à suivre le sentier qui descend à flanc de montagne. Elle se retourne, observe le château qui se dresse au sommet, aussi clair que la roche, son prolongement. Ils parcourent les sentiers caillouteux, lieue après lieue sur ce même sol cahoteux, ils passent des villages en feu, des hameaux abandonnés, les voleurs et les brigands approchent, mais se ravisent dès qu'ils aperçoivent celui qui l'accompagne : un corsaire, un capitaine lourdement armé, un futur *vice-roi*.

Au bout d'une soirée, d'une nuit, puis encore vingt-quatre heures de route, le colombier apparaît enfin au loin. Cette tour qu'il a fait ériger à l'angle sud-ouest du long mur qui cerne le château. Son œuvre. Il a beau l'avoir contemplée plusieurs fois depuis les étroits sentiers boueux qui courent au sud, ce panorama lui fait toujours forte impression. Le colombier octogonal domine le château, avec ses fenêtres aux deux étages, orientées sud et est, son toit pointu et sa lanterne ornée d'un cube avec quatre visages grimaçants, tournés vers les quatre points cardinaux, le tout surmonté d'une boule sur laquelle est perché un pigeon. Une petite sculpture d'une élégance raffinée, presque vénitienne, qui évoque les voyages, la science et les explorations. L'homme qu'il a été et qu'il sera. Tout ce qu'il désire finira par arriver.

Désirer n'est peut-être pas le bon terme. Je ne crois pas qu'il ait désiré quoi que ce soit, je crois qu'il l'a exigé.

« Les contrats sont muets sur l'infortunée Marguerite, nièce [...] du sieur de Roberval », ont écrit MM. l'abbé Émile Morel et Henri Le Fèbre, après avoir épluché les archives du château de Roberval. Tous les documents qui la concernent ont été détruits. Thevet la décrit comme sa nièce, mais d'après Elizabeth Boyer, historienne, elle ne descendait ni de sa sœur ni de son frère (qui était prêtre). Il s'agissait vraisemblablement de sa cousine. Le terme d'« infortunée » me paraît également mal choisi, ce qui lui est arrivé n'avait rien d'un malheureux hasard. Mais qui sait. S'agissait-il d'un accident ?

Jean-François de La Rocque ne s'est jamais marié, bien qu'à cette époque, le mariage fût en principe obligatoire pour les hommes de son rang. Ce célibat a conduit à toutes sortes de spéculations sur sa sexualité et son rapport aux femmes, non seulement de la part d'André Thevet, mais de son biographe, Robert La Roque de Roquebrune. Tous deux le décrivent comme un don Juan qui, avant les événements que l'on connaît, menait une vie de débauche à la cour et accumulait les dettes, tout en faisant croire au roi et à son entourage que sa fortune ne s'amenuisait pas. Il avait hypothéqué plusieurs de ses propriétés, et le colombier devait lui permettre de contracter de nouveaux prêts. Il avait aussi fait construire une église au village – pour des raisons économiques, religieuses, ou les deux ? –, suite à quoi on lui avait appris qu'il était pressenti pour une mission royale qui pourrait résoudre tous ses problèmes.

Quand mes yeux se sont posés sur le colombier, j'ai eu l'impression que l'on ressent souvent face à ce qu'on a simplement vu en photo, ou dont on a entendu parler : il m'a semblé petit. En même temps, il exerçait une forte attraction sur moi. Jamais je n'avais vu une tour aussi phallique, elle dégageait une agressivité et une placidité qui m'attiraient comme un champ magnétique. L'énergie brute et masculine qui émanait d'elle était-elle réelle, ou venait-elle du fait que je sache qui l'avait érigée ?

Ma fille aînée avait le même âge que moi lorsque j'ai découvert Paris. J'avais décidé d'y passer le week-end, du vendredi au lundi, prétextant des recherches pour le scénario que j'allais écrire. Je voulais voir le colombier de Roberval de mes propres yeux, me rendre sur la place Joachim du Bellay, en plein centre de Paris, un endroit lié à cet homme et donc à elle.

Mais il y avait aussi d'autres raisons plus obscures à cette excursion.

J'avais toujours voulu retourner à Paris, je n'y avais pas mis un pied depuis des années, et quand m'est venue l'idée de faire le voyage avec ma fille aînée, je n'en ai plus démordu – la joie des préparatifs, légèrement entachée par les remords de quitter mon quotidien, de laisser mon mari avec les petits pendant des jours, mais les petits n'étaient plus si petits que ça, ils n'étaient plus aussi exigeants, et j'avais beaucoup voyagé pour le travail ces derniers temps, lui et les enfants avaient l'habitude que je m'absente.

Et puis, j'étais curieuse. Je voulais savoir ce que penserait ma fille de Paris, s'il était vrai que grâce à son conservatisme, cette ville s'animait toujours pour ses visiteurs, qu'il s'agissait toujours d'une ville à proprement parler, quand les autres ressemblaient de plus en plus à des centres commerciaux destinés à cette partie de la population du monde qui voyage librement. Paris sera toujours Paris, disait-on.

En prévoyant notre séjour, j'avais d'abord pensé aller directement à Roberval, dans le département de l'Oise. Une bonne chose de faite, on pourrait ensuite profiter du week-end, mais j'ai fini par me dire qu'il serait dommage de manquer un vendredi à la capitale, mieux valait nous rendre au château sur le chemin du retour le lundi, jour où Paris serait plus éteint, beaucoup d'endroits seraient fermés. J'avais vu le colombier gris dans des livres et sur des sites que j'épluchais le soir, quand les enfants dormaient et que mon mari lisait un livre ou regardait la télé dans le canapé. Sur l'un d'entre eux, consacré aux châteaux de France, il était précisé que le domaine de Roberval était privé, et donc fermé aux visiteurs. C'était sans importance, le château dans lequel il avait vécu, et probablement elle, du moins un bref moment, avait été ravagé par un incendie, et le bâtiment actuel avait été construit en 1784, soit deux cents ans après sa mort. Inutile donc de l'explorer et de chercher à savoir à qui il appartenait aujourd'hui. Pourtant, cette phrase, « le château ne se visite pas », me faisait un drôle d'effet, comme si le message m'était destiné. J'avais le sentiment que quelque chose, ou quelqu'un, tentait de me maintenir à l'écart de l'objet de mes recherches, quel qu'il fût.

Une forte canicule frappait le sud de l'Europe, des records de températures avaient été atteints depuis un siècle et des gens mouraient sous l'effet de la chaleur. On parlait du réchauffement climatique, un sujet récurrent depuis des années, mais preuve en était qu'on en subissait déjà les conséquences, que le phénomène allait plus vite que prévu, à moins que cet épisode ne fût que le fruit du hasard. Certains soutenaient que ce n'était qu'un mythe moderne, qu'il n'y avait ni changement climatique, ni impact sur la planète, la nature et la survie des espèces.

Quand nous sommes arrivées, la chaleur enveloppait la ville comme une couverture. J'avais réservé un hôtel bon marché dans le nord du Marais. Nous avons pris le métro depuis Porte-Maillot, où nous avait déposées le car de l'aéroport, pour aller directement déjeuner dans un de mes bistros favoris de la rue de Bretagne, un de ces endroits où les gens se prenaient désormais en photo et se filmaient pour se montrer sur Snapchat et Instagram, ou un autre réseau de partage d'images. En nous installant sur la terrasse, j'ai vu que ma fille observait ce que j'avais observé à son âge, que tout était toujours là, la musique que produisaient les voitures et les scooters qui zigzaguaient entre elles, les gestes des gens, tout ce qu'on voyait depuis notre table.

Ce n'était pas la première fois qu'elle était à Paris, mais la première fois, je crois, qu'elle semblait sensible à cette atmosphère. Au bout d'un instant, elle s'est immobilisée, comme subitement consciente d'elle-même, elle a lorgné les femmes assises aux alentours, avant de me regarder et de me dire que je pouvais fumer, si j'en avais envie. Je lui avais toujours caché ce péché mignon, en partie parce qu'une mère ne doit pas fumer devant ses enfants, acte mortel à leurs yeux, mais en grandissant, elle m'avait surprise quelques fois, et j'avais fini par lui avouer qu'il m'arrivait d'allumer une cigarette quand elle n'était pas là.

– Ici, je n'ai rien contre, a-t-elle affirmé.

En sortant le paquet de mon sac à main, je me suis demandé si elle l'avait vu plus tôt dans la journée. Elle observait la rue et ce qui s'y passait. Sa réaction me réjouissait. Quel soulagement de constater que certaines ambiances ne se laissent goûter qu'à un endroit précis, que l'espace physique existe toujours, avec ses limites.

J'avais récemment commencé à en douter. Mes voyages se révélaient étonnamment stimulants sur le plan professionnel, parler de mes livres et rencontrer d'autres écrivains, participer à des lectures et à des discussions, mais lorsque j'avais carte blanche et que je décidais d'explorer les environs, guidée par mon téléphone, j'avais souvent le sentiment de me promener non pas dans un coin du monde, mais dans une représentation numérique de celui-ci, parmi des milliards d'autres. Phénomène qui anéantissait la notion de voyage, du moins ses fondements. Dorénavant, on allait d'une attraction à un restaurant ou à telle adresse renommée pour s'y géolocaliser, en regardant à peine ce que l'endroit avait à offrir de plus, trop soucieux de la réaction de nos amis et de nos connaissances sur les réseaux sociaux.

Paris ne portait aucune trace visible de Marguerite de la Rocque, si tel était bien son nom de famille. Certes, la capitale n'était pas loin de Roberval, mais la Cour passait son temps au château d'Amboise à l'époque, ce bâtiment monumental construit au XIe siècle sur les rives de la Loire, une ancienne fortification gallo-romaine. J'avais beau ne pas savoir si elle avait séjourné à Paris, tout ce que je voyais me faisait penser à elle. Rue de Bretagne. Rue de Saintonge. Le Marais, avec ses immeubles pâles, était l'une des raisons pour lesquelles j'avais choisi notre hôtel : de tous les objets qui m'étaient relativement accessibles dans le monde, certains bâtiments faisaient partie des rares qui se dressaient déjà là de son temps. J'essayais de me représenter ces constructions anciennes quand elle avait peut-être levé la tête pour les observer, comme nous le faisions maintenant, vers les toits et le ciel.

Ce quartier était chic et chaleureux, le genre d'endroit où les touristes d'un week-end que nous étions élisent volontiers domicile. Nous mangions dans des cafés, qui, de mémoire, avaient toujours été là et n'avaient pas changé, le symbole de quelque chose de plus authentique que leurs concurrents plus récents. Nous flânions dans ces rues que j'avais arpentées si souvent à l'âge de ma fille ; elle me demandait à quoi le paysage urbain ressemblait alors, et même quand elle ne me demandait rien, j'y songeais, je crois même que je lui racontais l'impression avec laquelle je me promenais dans la ville, adolescente, jeune femme. En les écrivant, je me rends compte que je n'assume toujours pas ces mots-là, existe-t-il une seule langue où ils ne sont pas empoisonnés, une seule langue qui décrive ce qu'ils désignent sans difficulté ?

Il m'avait bien effleuré d'aller à Chantilly pour voir le portrait de Jean-François de La Rocque de Roberval, mais maintenant que nous étions enfin arrivées et que nous n'avions qu'un week-end devant nous, ça ne me paraissait plus si important. Par contre, je ne voulais pas passer à côté de celui de François Ier du même peintre, exposé au Louvre. Un exemple de maniérisme du début du XVIe que j'avais observé tant de fois sur mon écran. Cette peinture pouvait me scotcher à mon ordinateur le matin, dans la pénombre de la cuisine. J'aimais la regarder en attendant que le jour se lève, avant de déposer les enfants à l'école. La perspective, le teint pâle du roi, le rouge profond de la tapisserie chargée d'armoiries dans son dos, l'étoffe soyeuse qui tombait en plis de ses épaules artificiellement larges. Je voulais à tout prix me rendre au Louvre, ce qui tombait bien, car ma fille souhaitait voir *La Joconde*.

En chemin, nous nous sommes promenées aux Tuileries et à travers la fête foraine qui, tous les ans, prenait ses quartiers d'été dans le parc.

– On fait un tour ? m'a-t-elle demandé, le doigt pointé vers la plus grande attraction, un géant d'acier avec des haut-parleurs d'où s'échappait une musique tonitruante et des balançoires où les gens venaient de commencer à s'installer.

Elle a regardé le manège avec envie, puis elle a reposé les yeux sur moi.

– Rien qu'un tour ?

En réalité, nous étions pressées, le musée fermait ses portes à dix-huit heures, une heure et demie plus tard, mais j'ai dit oui. Je suis allée à la caisse et j'ai payé, sous les yeux à la fois étonnés et amusés de ma fille, jamais elle n'aurait cru que j'accepterais de monter là-dedans. Nous avons pris place dans une des balançoires, deux hommes qui parlaient entre eux une langue qui ressemblait à du polonais nous ont donné les consignes de sécurité, puis l'un d'eux a appuyé sur un gros bouton pour mettre en route les machines. La roue a démarré dans un râle, et après quelques mouvements oscillants, c'était parti. Nous avons doucement décollé, nous nous sommes envolées de plus en plus haut dans l'air brûlant de juillet, et une fois au sommet, nous avons admiré la ville, les quartiers nord qui s'étiraient dans toutes les directions à nos pieds, le sable qui bordait le fleuve d'un côté, les allées d'arbres et les sentiers blanchâtres du parc, les fontaines où voguaient de petits voiliers télécommandés. Nous planions au-dessus de tout ça, on riait, criait, et on se tenait l'une à l'autre. Ma fille n'avait pas peur, je le voyais bien, ce n'était pas le vertige qui la faisait hurler, mais je n'avais pour ma part jamais osé monter dans la moindre attraction de foire, surtout pas enfant, à cette époque où je voyais le danger partout. Maintenant que j'avais franchi le pas, je savourais le sentiment de m'être libérée de moi-même, un peu gênée qu'elle le remarque autant que moi.

J'avais mon téléphone en main lorsque nous sommes sorties du parc vers le palais magistral qui se dressait entre nous et la Seine. Tandis que nous attendions devant le passage piéton, j'ai googlé le Louvre, je voulais pouvoir lui en dire davantage, lui raconter autre chose que je ne savais déjà, et ce qui m'est tout de suite apparu au milieu des lignes de résultats, c'était que parmi tous ces rois, celui qui avait transformé le château médiéval en palais de la Renaissance, tel que l'on connaît aujourd'hui, n'était autre que François Ier. Il en avait fait son pied-à-terre quand il était de passage à Paris, et avait cédé à l'État les trésors d'art qu'il avait collectionnés ici et là.

À cette heure tardive de la journée, la queue n'était pas bien longue. En traversant la grande cour pavée qui s'étendait entre les ailes du château, j'ai eu le sentiment que quelque chose déferlait au fond de moi, un flot qui montait, baissait et montait encore. Le bâtiment me faisait une telle impression avec ses centaines de milliers de blocs de granit, l'immuabilité et la monumentalité accablantes qui régnaient là, en tel contraste avec l'agitation incessante de la ville alentour, pleine de possibilités et de promesses. De mémoire, je n'avais encore jamais considéré le Louvre comme un site historique, mais l'idée que François Ier y ait habité, que ce fût son chez-lui quand il n'était pas à Amboise, me faisait voir les choses autrement.

Nous avons pris l'escalator pour descendre au musée. J'ai attrapé la main de ma fille et nous avons passé l'entrée, suivi les flèches et les panneaux, les raccourcis marqués pour les visiteurs qui comme nous n'étaient là que pour une œuvre. Depuis quelques années, les levers de soleil impressionnistes de Monet et les fresques de la Création de Michel-Ange semblaient avoir rattrapé Mona Lisa dans la course à la peinture la plus célèbre de notre histoire, mais le musée n'en laissait rien voir. Comme toujours, des hordes de touristes se frayaient un chemin dans la fraîche salle de marbre où était exposé le tableau, et comme toujours, les gens avaient l'air étonnamment touchés de le voir enfin – sauf ceux qui préféraient le mitrailler, faire remarquer comme il était petit, ou qu'il était idiot de tous s'entasser devant cette peinture dans l'un des plus grands musées au monde.

Les sections Renaissance italienne et française étaient plus éloignées que dans mes souvenirs, et quand les gardiens ont commencé à barrer le passage vers les autres ailes du bâtiment, j'ai compris que je n'aurais pas le temps de trouver le portrait de François Ier. Autrefois, je n'aurais peut-être pas accepté l'idée que mon travail, ou mes lubies, passe après ce que m'avait demandé ma fille, aller voir une œuvre aussi connue que *La Joconde*, par exemple. Mais que mes projets tombent à l'eau, ce n'était pas si grave, me suis-je surpris à penser, alors que nous regardions le tableau, le plus important était qu'elle voie ce qu'elle tenait à voir.

– Il n'est pas si petit que ça, a-t-elle lancé avec un sourire déconcertant. Je l'imaginais beaucoup plus petit, comme tout le monde le dit.

J'ai opiné, jeté un coup d'œil à Mona Lisa, puis reporté mon regard sur elle. Je ne pouvais pas m'empêcher de penser à la distance et la proximité qu'il y avait entre nous, certainement comme entre tout parent et enfant, et j'espérais être toujours disponible pour elle, autant que pour les petits. Voilà tout ce que je voulais, ai-je pensé, idée neuve qui s'élevait telle une montagne étrangère devant moi. Je l'ai prise par l'épaule et l'ai pressée contre moi, elle a lâché un rire, penchée en avant, et nous avons quitté la salle et continué à travers les galeries.

À son âge, au cours de mes nombreux voyages à Paris, je venais souvent au Louvre. Je pouvais passer mes journées sur les marches ou contre les fenêtres de la salle des sculptures à griffonner sur mon carnet, à essayer de dessiner des statues, *Hermaphrodite endormi* ou *Psyché ranimée par le baiser de l'Amour*. Quand nous sommes sorties de l'autre côté du palais, devant la pyramide de verre pointée vers le ciel vide et bleu, j'ai compris qu'ici, plus jeune, j'avais dû me sentir en sécurité. Ou était-ce mon impression d'aujourd'hui, parce qu'à force, j'avais le sentiment d'être chez moi entre ces murs ?

Le roi avait dû inviter chez lui son ami Jean-François de La Rocque de Roberval, et peut-être même sa protégée. Elle avait sans doute été là, si elle était un jour montée à Paris, il n'était pas invraisemblable qu'elle soit passée par ici, elle pouvait avoir fait le voyage à cheval avec son tuteur, y avoir dormi une nuit, peut-être même y avoir séjourné quelque temps. C'était difficile à imaginer, et en même temps, lorsque nous nous sommes retrouvées rue de Rivoli et que nous nous sommes engouffrées sous les arcades aux voûtes aussi noires que les pavés sous nos pieds, j'ai eu le vertige à l'idée de marcher sur ses pas, peut-être.

En sortant des arcades, nous avons été heurtées par la chaleur. Le soleil se réfléchissait sur les vitrines, illuminait les ornements des façades et les flèches dorées de la grille du parc. Nous avons traversé la rue en direction d'un café où je me rappelais avoir dîné avec un homme qui devait avoir deux fois mon âge, avec qui je n'avais pas du tout envie de partager ma table, mais qui fournissait tellement de matière à mon écriture que je pensais devoir en passer par là.

Ma fille s'est installée sur la grande terrasse aux chaises alignées les unes à côté des autres, et elle a sorti son téléphone. Je nous ai commandé du café et de l'eau, puis je suis entrée à l'intérieur pour aller aux toilettes. En apercevant la table tout au fond de la salle, j'ai ressenti un profond malaise s'emparer de moi. Voilà où j'avais passé la soirée, des années et des années auparavant. Je me souvenais de cet homme comme si c'était hier, ses cheveux bruns luisants, ce regard sombre et canin qui ne m'avait pas lâchée une seconde. Je me suis empressée de repousser son fantôme, et une fois devant le lavabo, j'ai évité mon reflet dans le miroir. Je me suis lavé les mains, je les ai séchées, puis j'ai mis une touche de rouge à lèvres, une nuance mate que je savais plaire à ma fille, avant de pincer la bouche sur une serviette en papier et de la jeter.

La serveuse, penchée sur notre table, aidait ma fille à entrer le code wifi dans son portable. Juste pour jeter un œil à Snapchat, m'a-t-elle dit quand je me suis rassise à ma place, voir ce que faisaient les autres. J'ai ravalé un soupir – *tu es à Paris, pourquoi diable as-tu besoin de savoir ce que fabriquent les autres* – et j'ai sorti mon téléphone à mon tour pour googler le portrait de François Ier, avec son grand nez blanc et ses mains claires qu'ils tenaient devant lui, les doigts élégamment repliés, comme un vrai penseur.

François Ier était le bâtisseur de la France moderne, il avait pour ambition d'être un souverain humaniste, souvenir qu'il a en effet laissé derrière lui. On le décrit souvent comme un important mécène, défenseur des Arts et des Lettres, le fondateur des bibliothèques et des musées, ce qui, à mes yeux, ne pouvait guère rimer avec tyran, en tout cas au début – comme si les tyrans ne pouvaient pas se passionner pour la littérature et le progrès. Or, puisqu'il revenait au roi de résoudre les conflits qui déchiraient la noblesse et de rendre justice, il ne devait pas ignorer ce qui était arrivé à Marguerite. Pourtant, aucunes archives officielles ne le laissent supposer. Soit il n'a jamais su ce que Jean-François de La Rocque de Roberval avait fait de sa jeune pupille – l'affaire avait peut-être été étouffée pour les protéger l'un ou l'autre –, soit il était au courant et n'y voyait pas d'inconvénient.

J'ai reposé mon portable sur la table et observé ma fille. Elle tapait sur son écran, l'air concentrée, puis elle a commencé à se prendre en photo, esquissant toutes sortes de mimiques. Soudain, elle a éclaté de rire. J'ai sorti mes lunettes de soleil de mon sac à main, les ai frottées avec une serviette du distributeur en aluminium posé à côté du cendrier, et je les ai chaussées.

Le nez pointé en l'air, j'ai savouré le soleil un instant, avant de reprendre mon téléphone. Le malaise apparu au souvenir de ce dîner persistait. Un malaise que j'avais déjà éprouvé à l'époque, une impression rampante, un signal sourd qui avait résonné au fond de moi tout au long du repas, de notre rendez-vous galant, disons-le, comme la première fois que je l'avais rencontré, dès l'instant où nous avions discuté, quand il s'était approché de moi pour m'inviter à un vernissage dans sa galerie. Maintenant que je n'avais plus besoin de l'ignorer, mon dégoût redoublait de force. J'ai fermé le portrait de François Ier et ouvert celui que Clouet avait réalisé de sa sœur, Marguerite de Navarre, conservé dans un musée de Liverpool. Comme son frère, elle pose devant une tapisserie rouge – bien que différente – de trois quarts et observe le public d'un regard voilé. Tous deux sont manifestement tournés vers quelque chose situé en dehors du cadre.

Marguerite de Navarre est souvent représentée avec les yeux baissés, en coin ou fixés au loin, l'air de scruter quelque chose ou de réfléchir. Elle regarde ailleurs alors qu'on la dévisage. Mais sur le portrait de Clouet, elle nous toise avec un petit sourire retenu à la Mona Lisa – on a d'ailleurs longtemps cru cette œuvre de Léonard de Vinci. Elle porte un chaperon décoré de longues rangées de marguerites, bien sûr que sa fleur, c'était la marguerite. Sur sa main s'est posée une perruche verte, symbole de l'éloquence, qualité dont elle pouvait se vanter, mais également de l'amour et, étant donné la couleur, de la passion – sans doute parce que le tableau a été peint à l'occasion de son mariage avec Henri de Navarre et de son accession au trône, ou simplement parce que l'amour était l'un de ses sujets d'écriture favoris. Plus tard, c'est ce que j'ai choisi de croire. Ou pour être exacte, qu'il y avait une bonne raison à ce qu'elle se laisse immortaliser avec un oiseau vert, alors qu'elle n'aimait pas Henri.

J'ai sorti une cigarette, l'ai allumée et j'ai pris une bouffée, et lorsque la serveuse est ressortie pour prendre la commande d'une autre table, j'ai aperçu mon reflet dans la porte vitrée ouverte. Je n'étais plus celle que j'avais été la fois précédente où je me trouvais là. Une adulte, avec une vie bien à moi. Quel bonheur. Cette idée me soulageait, je sentais enfin l'impression désagréable se dissiper. Je n'avais plus besoin de me mettre en danger pour écrire, avoir de la matière. J'avais déjà tant de choses, ce qui se passait autour de moi suffisait amplement, tout ce que je ne comprenais pas, que je ne contrôlais pas.

Si je pensais devoir m'exposer à l'époque, c'était à cause de la façon dont je me représentais la vie, de ce que je pensais valoir la peine d'être raconté. De ce que je retenais comme important. L'assurance à la limite de la virilité agressive que l'homme dégageait avait beau me dégoûter, je ne devais pas fuir. Il était vaniteux et provocant ; son orgueil, son obstination érotique et ses préjugés me répugnaient tout en me donnant un certain sentiment de victoire : c'était précisément le genre de personnalité que je voulais décrire.

Et puis, je n'étais pas si dérangée que ça à l'idée de m'abandonner moi-même, de m'observer de l'extérieur, mon corps et tout ce que je racontais ; cette manière que j'avais de me tripoter les cheveux et de contracter les lèvres sans rien dire, sous son regard insistant. Je n'y voyais rien de déplaisant, ce n'était qu'une part nécessaire de la chasse à laquelle je me vouais – comme si je parcourais les bois pour y déposer des pièges, guettais ma proie et me réjouissais de la voir tomber dans chacun d'entre eux. J'étais bien obligée de sacrifier un peu ma sécurité pour réussir à l'attirer, pour être capable de décrire l'attitude des hommes envers les femmes, l'attitude des gens les uns vis-à-vis des autres. Si quelqu'un m'avait fait remarquer que j'en payais les frais, j'aurais rétorqué que c'était le signe d'une idée préconçue des femmes, la sainte ou la victime. Aujourd'hui, les choses ont changé. Force est de constater que j'ai plus de mal à ignorer mes sentiments, ignorer ce qui s'agite au fond de moi.

Mon café était encore trop chaud, la tasse me brûlait les doigts, je l'ai reposée pour souffler sur le contenu. Ma fille avait sombré dans son téléphone, j'ai écrasé ma cigarette à moitié fumée, et j'ai sombré dans le mien. Enfoncée dans ma chaise, les jambes tendues sur le trottoir, je suis retournée à mes recherches. François Ier, qui tenait de sa mère son amour pour l'art de la Renaissance italienne, avait pris Léonard de Vinci sous son aile à la fin de sa vie, lui confiant un petit château à Amboise, relié au palais royal par un passage sous-terrain. Voilà comment Mona Lisa s'était retrouvée aux mains des Français, pourquoi elle était exposée au Louvre. En relisant le paragraphe, je me suis aperçue que j'avais vu sur le cartel du tableau l'endroit où l'artiste était mort. *Amboise.* Dire que je n'y avais pas pensé.

Le week-end achevé, il était temps de se rendre à Roberval. D'après la réceptionniste de l'hôtel, il était impossible d'y aller en taxi, ce serait horriblement cher, a-t-elle affirmé. Non sans embarras, je lui ai répondu que ça n'avait pas d'importance. Je ne regardais pas à la dépense, c'était un voyage professionnel, me suis-je justifiée, et le village était sur la route de l'aéroport, en tout cas dans la bonne direction. Elle a secoué obstinément la tête.

– Non, madame. C'est impossible, madame.

Dix minutes plus tard, j'étais installée à l'arrière d'une berline Uber, à côté de ma fille. Entre nous était rabattu un compartiment contenant deux petites bouteilles d'Évian. Il faisait agréablement frais dans la voiture, mais je ne me sentais pas bien, j'étais anxieuse, envahie par cette angoisse que j'éprouvais toujours à la fin d'un voyage, liée au sentiment d'avoir dépensé trop d'argent et à la déception de devoir rentrer. Un vrai conditionnement. Plus jeune, je m'étais retrouvée si souvent en route vers l'aéroport pour quitter Paris, alors que je n'en avais pas envie. Cette fois, je ne savais même pas vers quoi nous nous dirigions. Je n'arrivais même pas à retrouver l'adresse du château, que j'avais en vain cherchée sur Uber et Google Maps.

Nous avons traversé la place Édith Piaf et continué vers les faubourgs où la ville prenait brusquement fin pour un enchevêtrement de routes. À la sortie du périphérique, vers l'autoroute, la circulation s'est immobilisée à cause d'un accident qui venait de se produire. Le chauffeur, un homme en costume prénommé Aymen, qui me semblait de mon âge, mais avait certainement dix ans de moins, a pris son téléphone et appelé la centrale des taxis pour demander l'adresse exacte. En comprenant qu'on ne pouvait pas l'éclairer, j'ai senti mon humeur s'assombrir encore. Avais-je pu m'imaginer que le château de Roberval existait encore ? Aurais-je mal interprété quelque chose que j'avais lu quelque part ? L'article Wikipédia m'est revenu en mémoire. J'ai ouvert les photos sauvegardées dans mon téléphone et cherché la capture d'écran que j'avais faite de l'article. Sur la colonne de droite étaient inscrites les coordonnées. Je les ai lues à voix haute à l'intention d'Aymen, qui a levé les yeux et m'a souri dans le rétroviseur.

– Détendez-vous, madame, a-t-il dit en entrant les chiffres dans son GPS. On va trouver.

J'en suis venue à penser aux conditions de travail des chauffeurs Uber et à cette politesse distante qu'ils adoptent souvent, comme si une sorte de paroi transparente nous séparait. Avec leurs costumes sombres, les petites bouteilles d'eau et leur manière de nous ouvrir la porte, il s'agissait de donner une impression de luxe, pour qu'on ait le sentiment d'avoir fait appel à un chauffeur privé, non pas à un simple taxi. Je n'avais rien contre, bien au contraire, j'appréciais de ne pas avoir à bavarder, d'échapper aux regards de l'homme au volant, mais ce que je percevais comme une plaisante discrétion n'était-elle pas une stratégie dans la perspective d'être noté, comme l'application incitait ses utilisateurs à le faire ? En même temps, les chauffeurs évaluaient aussi leurs clients, je venais justement de voir que j'avais chuté de 4,8 à

4,7 étoiles. Aymen, pourtant, dégageait quelque chose de différent. Non pas qu'il soit insistant, il ne prononçait pas un mot en conduisant, mais il respirait quelque chose de rare que j'ai fini par réussir à identifier, c'était flagrant, finalement. La joie. Toute cette situation semblait l'amuser.

La circulation s'est allégée, nous avons quitté le paysage urbain pour l'autoroute. Ma fille s'est enfoncée dans son siège, elle voulait profiter du trajet pour écouter un podcast qu'elle avait téléchargé. Moi, je regardais par la vitre, la campagne n'a pas tardé à s'imposer, j'observais les champs jaune et vert qui défilaient devant moi, le colza en fleur et les épis de maïs, droits comme des I, qui oscillaient dans les courants d'air chaud, les meules emballées qui formaient d'énormes chamallows blancs déposés çà et là. Nous traversions des villages médiévaux si charmants, avec leurs murets de pierre claire et leurs fontaines, que j'en étais chamboulée. Ces hameaux semblaient surgir de nulle part, collés à la route, cernés d'étangs qui réfléchissaient la lumière du soleil au zénith.

Je m'étais mise d'accord avec Aymen pour qu'il nous attende pendant qu'on regarderait le colombier et l'enceinte du château, puis je ferais une nouvelle demande sur l'application pour qu'il nous conduise à Beauvais, l'aéroport des compagnies low cost. Je contemplais le paysage, sans mot dire. Cette succession de champs vastes et de villages blancs me donnait l'impression de tourner en rond, d'aller et venir sur l'A1, entre des étendues de blé aux teintes si vives qu'elles en paraissaient irréelles, garnies de bosquets verts vaporeux. Près de moi, sur le siège, j'avais posé le livre que je comptais lire dans l'avion, un essai d'une journaliste américaine intitulé *Why I Am Not a Feminist : A Feminist Manifesto*, titre qui avait alarmé ma fille. Sa réaction m'avait énervée, il allait falloir que je colle des étiquettes « danger » sur mes livres avant de les lui montrer, maintenant ?

Voilà aussi ce qui me tracassait, je regrettais de m'être fâchée. Depuis quelque temps, nos discussions portaient souvent sur l'identité et la politique identitaire sous toutes ses formes, et j'aimais prendre part à sa réflexion, je me félicitais même que les théories qui m'avaient intéressée des années auparavant, considérées à l'époque comme utopiques, semblaient aujourd'hui avoir « percé », contrairement à ce qu'on en disait autrefois. Mais depuis peu, j'avais le sentiment qu'elle se contentait de répéter ce qu'elle avait pu voir sur tel ou tel fil d'actualités, tant le vocabulaire qu'elle employait était standardisé et le monde qui transparaissait attendu, sans nuances ni complications. Porter un regard personnel semblait être devenu un crime, l'art et la littérature paraissaient impossibles dans ces conditions, sa génération ne pouvait visiblement rien envisager sans en connaître le sens politique. Cette idée m'attristait, et surtout, le fait que je ne puisse pas m'empêcher d'évacuer ma frustration sur elle. Elle n'était encore qu'une enfant, je m'attendais à ce qu'elle comprenne sans avoir vraiment fait l'effort de lui expliquer le fond ma pensée. Comme si je n'avais pas saisi que nous n'étions pas une seule et même personne, mais deux.

Elle a retiré une des oreillettes et s'est mise à la faire tourner dans les airs autour de son doigt. Voilà donc pourquoi ils tombaient constamment en panne, notre appartement regorgeait d'écouteurs inutilisables.

Et encore, dans le sens inverse.

– Quand tu m'attendais, tu savais que j'étais une fille ? m'a-t-elle demandé.

– Non, ai-je répondu.

Je la voyais venir.

– Mais tu savais ce que tu voulais ?

– Oui. J'espérais que tu serais une fille.

Elle a hoché la tête et m'a lancé un regard.

D'après mes souvenirs, je n'avais pas osé chercher à savoir le sexe du bébé, de peur de devoir le payer un jour, d'une manière ou d'une autre. Je voulais absolument une fille, comme la plupart des gens que je connaissais, hommes et femmes confondus, mais je me disais qu'il y avait des limites à ce que l'on pouvait souhaiter d'un enfant, et la sage-femme qui avait suivi ma grossesse semblait me conforter. On pouvait désirer un enfant, un enfant en bonne santé qui survive dans ce monde, mais pas une fille ou un garçon. Ce n'est pas parce qu'on pouvait connaître le sexe à l'avance qu'il fallait nécessairement le faire.

Je n'avais jamais dit à personne à quel point je voulais une fille pour mon premier enfant. Ni à elle, ni à personne. Quand elle était petite, je m'étais appliquée à lui donner une éducation unisexe, en me doutant bien que ce n'était peut-être pas possible (en tout cas, nul ne savait si ça l'était), et maintenant qu'elle était grande, j'avais retrouvé cette tendance chez moi. Je minimisais l'importance du genre, je m'évertuais à priver de caractères masculins ou féminins ce qui ressortait de nos conversations, quand elle, me semblait-il, faisait systématiquement l'inverse.

Le goudron était peut-être fraîchement étalé, mais la chaussée ne me paraissait pas lisse, la ligne centrale ondulait comme des vagues dès que je la fixais. C'était normal, en tant que mère, d'éprouver sans cesse une telle culpabilité, essayais-je de me persuader. Aymen m'a adressé un regard dans le rétroviseur, l'air toujours aussi joyeux. Ma fille s'était replongée dans son podcast, mais au bout d'un moment, elle a retiré une oreillette et me l'a tendue. Deux personnes discutaient d'un livre qu'elles n'avaient pas lu et qu'elles ne comptaient pas ouvrir, maintenant qu'elles avaient vu sur Twitter qu'il contenait un mot qui, à leur sens, était interdit. Strictement interdit. Elles condamnaient l'auteur, toute son œuvre devait être boycottée, cette faute venant entacher ses anciens romans. Je m'attendais à ce qu'elles changent de sujet, mais elles ont continué là-dessus, avec des voix de plus en plus emportées, un étalage émotionnel de plus en plus fort. Je me reconnaissais dans leur discours. J'avais été aussi sévère dans mes jugements, et comme elles, j'y avais mis toute ma rage, toute ma désolation, mais à cet instant, leurs mots assassins me coupaient le souffle, les discussions politiques auxquelles j'avais moi-même participé semblaient se focaliser désormais sur les individus. Ma fille m'a lancé un regard réprobateur.

– Toi, en tant que femme blanche, tu penses que tu peux écrire sur tout et n'importe quoi ? m'a-t-elle demandé.

– Je ne sais pas ce que je *pense*, ai-je répondu avec un soupir. En fait, je crois que tout le monde peut écrire sur tout. C'est le but, en tout cas un des buts, se glisser dans la… Enfin…

Mes joues se sont enflammées et j'ai secoué la tête pour chasser mon agacement. Elle attendait patiemment que je finisse ma phrase, les sourcils haussés. Mais constatant que je n'ajoutais rien, elle a repris l'oreillette, les yeux braqués sur moi, l'air de me demander l'autorisation de continuer à écouter seule son émission ; j'ai opiné, elle a renfoncé ses écouteurs et s'est retournée. À travers la vitre, de son côté, les champs s'étiraient à n'en plus finir, j'ai effleuré du regard ses cheveux et sa nuque, le fin câble blanc qui courait le long de son flanc, au-dessus de la ceinture de sécurité. Le silence me faisait l'effet d'un mutisme, signe que je n'étais pas digne de l'attention qu'elle m'accordait, et je crois que c'est peut-être à cet instant que j'ai compris. Jusqu'à présent, je la considérais comme une représentante d'une génération, d'un problème, mais en réalité, il ne s'agissait que de ma fille, une fille qui tendait la main à sa mère. Sa passion était un lien qui nous unissait, une manière de s'accrocher à ses origines. À moi. Maintenant que j'y pense, je me demande si elle ne s'y serait pas prise de différentes manières sans que je le remarque, et si d'autres n'auraient pas tenté d'en faire autant.

J'ai regardé l'heure sur mon téléphone. La route avait beau être déserte, j'avais le sentiment que nous n'arriverions jamais à destination, impression qui semblait s'abattre sur nous trois dans la voiture. Aymen a lâché le volant d'une main, ouvert un compartiment entre les sièges pour y piocher une poignée de caramels emballés dans du papier glacé, qu'il nous a proposés, avant d'en avaler un lui-même.

– Vous êtes sœurs ? a-t-il demandé.

– Non, ai-je répondu.

Je me suis sentie rougir, pétrie de honte, dire que cette question était censée me flatter. J'ai levé les yeux, croisé son regard dans le rétroviseur.

– Comment savoir ? a-t-il repris. Vous vous ressemblez tellement.

Ses yeux ont alterné entre mon visage et celui de ma fille, qui s'était raidie.

– Maman ? Il vient de te demander si j'étais ta sœur ?

– C'est à cause de ma casquette, ai-je assuré. On ne voit pas comme je suis vieille, avec ce truc.

– Ni comme je suis jeune.

– Voilà.

Nous nous sommes tues.

Aymen avait reporté son attention sur la route. Il a ralenti, mis son clignotant, pris un rond-point et bifurqué sur une nouvelle route de campagne similaire à la précédente. À mesure qu'il appuyait sur l'accélérateur, je voyais l'aiguille du compteur monter lentement, sentais mon dos se plaquer au dossier de la banquette. Et soudain, le panneau « Roberval » est apparu. Aymen a lâché une petite exclamation qui s'est transformée en un rire profond et joyeux, il avait l'air de savourer la vitesse et le paysage, la progression de la voiture et cette belle journée d'été à travers laquelle nous filions droit.

Quand j'avais essayé de me représenter les choses, je m'étais imaginé remonter une allée étroite le long des derniers mètres qui m'auraient séparée du château, avec un but clair aux yeux de tous ceux qui m'auraient aperçue. Mais quand nous sommes arrivés, le château se dressait là, tout près de nous, comme les villages médiévaux que nous avions traversés. À peine cinquante centimètres séparaient l'enceinte de la route, les voitures l'effleuraient, des couples ou des conducteurs seuls en chemin vers l'aéroport, le cabinet vétérinaire ou leur bureau. En réalité, personne ne pouvait me voir. Le village était désert.

Aymen a tourné sur une petite parcelle de gravier située à l'entrée et s'est garé à l'ombre d'un châtaignier. J'ai débouclé ma ceinture et suis sortie. Pas un chat, un silence de mort, une chaleur étouffante. Le soleil me pesait. Un chemin goudronné et un étroit trottoir longeaient l'enceinte, bordée d'une épaisse pelouse, presque trop verte et touffue pour être vraie. Ce gazon n'avait-il pas quelque chose d'anachronique ? De l'autre côté de la route, je reconnaissais la petite place que j'avais vue sur Google Maps ; je m'y étais promenée si souvent, assise dans mon lit ou à la table de la cuisine, m'enfonçant dans cette image saturée, granuleuse, engourdie dans une sorte d'indolence que je ne retrouvais pas vraiment dans la réalité. Ce n'était pas une place telle qu'on se l'imagine, mais pas non plus un parking. Sur la place du Château, c'était son nom, il y avait une brasserie visiblement abandonnée, une cabine téléphonique étrangement penchée et une allée latérale séparant des bicoques avec de petits jardins carrés. Vers la voiture, une salle communale et de plus vastes maisons mitoyennes dont l'architecture imitait les constructions anciennes aux alentours. Au bout du chemin, des habitations joliment préservées, datant vraisemblablement de la même époque que le château. Les gens qui vivaient là devaient obtenir des aides pour l'entretien, me suis-je dit, je m'en souviens. J'apercevais un panier de basket accroché à un mur, et un peu plus loin, une autre maison, mais c'était tout. Le village s'arrêtait là.

Comme je m'y attendais, je me suis sentie un peu menacée en marchant vers le colombier, sans doute à cause de ce que son bâtisseur m'inspirait. Mais plus je m'en approchais, plus je le trouvais beau. Je n'avais pas pensé que cette tour puisse me ravir les yeux. Une réelle euphorie m'animait à l'idée de me trouver là, aujourd'hui, sur les traces de Marguerite, sur cette terre qu'elle avait foulée presque à coup sûr – j'insiste sur le presque. Le colombier semblait m'accueillir à bras ouverts, mais en approchant encore, ce sentiment s'est dissipé.

Le sexe de Roberval a envahi mes pensées. Une vision si banale, qui me surprenait pourtant. J'ai tendu la main vers le bâtiment, touché l'enceinte puis le mur de la tour. Elle était peut-être légèrement plus petite que dans mon imagination, mais tout de même assez haute pour que j'aie du mal à distinguer les quatre visages sculptés au sommet du toit octogonal en ardoises. Hissée sur la pointe des pieds, la tête levée, je m'étirais de tout mon long. Dans la lumière forte de l'après-midi, je devais plisser les yeux pour affûter mon regard.

Aymen et ma fille, restés chacun d'un côté de la voiture, avaient l'air de se demander ce que je fabriquais et ce qu'ils pourraient bien faire en m'attendant. Ils s'agitaient un brin, regardaient autour d'eux, sans échanger un mot, et lorsque je me suis retournée vers le colombier, j'ai eu l'impression que ce tas de pierres avait été contaminé par leur indifférence manifeste, comme les puits et les maisons que nous avions dépassés sur la route. Cette banalité qui ressort des objets merveilleux quand on en est aussi proche. Dire que tout était là.

À leur arrivée, ils sont surpris par une vieille femme. Damienne. Voilà son nom. Cette dame qu'André Thevet allait qualifier de vieillarde, d'entremetteuse et de maquerelle, comme si elle était coupable, responsable de tout, comme si elle avait fait en sorte d'en arriver là. Son prénom a beau apparaître noir sur blanc à plusieurs reprises dans *La Cosmographie universelle* et *Le Grand Insulaire et Pilotage* d'André Thevet, d'autres personnages l'ont appelée différemment, par exemple James Phinney Baxter qui, dans *A Memoir of Jacques Cartier* de 1906, l'a baptisée Bastienne. Sans doute estimait-il que ça n'avait pas d'importance.

En chemin vers la cuisine du château, Damienne les entend arriver et s'arrête au milieu de la galerie voûtée. Elle est bossue, et tient une oie entre les mains, le cou de l'animal retombe sur son poing, tête ballante, son bec noir pointé vers le sol. D'après Thevet, Damienne avait soixante ans et venait de Normandie, détail peut-être déterminant, compte tenu de ce que Marguerite allait plus tard lui raconter de la manière dont s'étaient déroulés les faits : une région depuis longtemps indépendante du royaume.

Mais quand Damienne était-elle entrée en scène, Jean-François de La Rocque de Roberval l'avait-il employée pour pouvoir accueillir une jeune dame au château, ou cette jeune dame et la vieille servante se connaissaient-elles depuis longtemps, Damienne faisait-elle partie des biens qu'ils avaient récupérés du domaine parental, était-elle du voyage lorsqu'ils ont traversé le pays à cheval ? Thevet n'a rien écrit à ce sujet.

J'y ai beaucoup réfléchi, ce devait être décisif dans ce qui attendait les deux femmes, événement qui m'amenait justement ici, devant cette tour.

Les trois ouvrages contemporains qui racontent son histoire chacun à sa manière, voilà la preuve de son existence, la preuve que s'est produit dans une prétendue réalité ce que l'on associe aujourd'hui à son nom. Tous ont été publiés à la fin du XVIe siècle, longtemps après les événements. L'idée qu'éditer un livre prenne un temps fou à cette époque m'apaisait. Les trois textes étaient disponibles en ligne sur le site de la Bibliothèque nationale de France. Si la numérisation de la littérature pouvait parfois m'inquiéter, en ce qui concernait les livres anciens que j'avais besoin de consulter, je ne pouvais que m'en féliciter. Dieu que c'était pratique, tout paraissait accessible. L'ensemble des œuvres avaient été scannées, y compris la page de garde, et les fichiers pouvaient être téléchargés sous tous les formats possibles et imaginables.

Je me réjouissais de m'enterrer dans la lecture, de me plonger dans ces écrits et d'oublier tout le reste, tout ce qui me perturbait dans le présent et me donnait l'impression d'être une étrangère. D'être si vieille, alors que j'avais à peine atteint la fleur de l'âge. Seulement, mes troubles de la concentration ne se bornaient pas à l'écriture. Je m'étais rendu compte que j'avais aussi du mal à lire, problème qui me paraissait bien pire que le syndrome de la page blanche, et que je n'arrivais guère à m'avouer. Écrire, c'est toujours difficile. Or mon travail sur cette femme, depuis que j'en avais vraiment fait un travail, consistait en grande partie à lire. Telle était la tâche que je m'étais imposée : explorer ces trois textes anciens et tenter de les comprendre, ne serait-ce qu'en partie. Décrypter ces phrases et paragraphes rédigés par des gens qui avaient eu directement connaissance de ce qui lui était arrivé, en dégager une sorte de vérité et tenter de l'entendre, elle, à travers leurs mots.

Parmi ces trois auteurs, des personnages éminents dans la France et l'Europe de l'époque, au moins deux l'avaient rencontrée. Ils auraient certainement pu répondre au tas de questions que je me posais, mais leurs écrits dissimulaient les faits à coups de périphrases, de passages romancés et d'omissions. Le règne du silence, des digressions et des mensonges, signe de la fictionnalisation et de l'emprise littéraire. Chacun avait une raison bien précise de raconter l'histoire de cette femme et de s'y prendre de la sorte. Leurs récits reflétaient leurs propres peurs et leurs motivations, phénomène dans lequel je me reconnaissais, et j'essayais de garder en mémoire que cela participait nécessairement à mon sentiment désolant de rester en surface, quelle que soit ma façon de faire, et de risquer constamment de passer à côté d'un détail essentiel. L'archaïsme de ces textes, écrits près de cinq cents ans avant ma naissance dans une langue que je maîtrisais à peine, même dans sa version moderne, enveloppait le tout d'un voile de brume qui venait s'ajouter aux autres.

Au début, la source qui me semblait la plus intéressante était *La Cosmographie universelle*, l'atlas d'André Thevet, cartographe de la cour, proche de Jean-François de La Rocque de Roberval, et comme le roi et sa sœur et beaucoup de leurs amis, originaire d'Angoulême, où il était entré dans un ordre franciscain avant de se vouer à la science. Même s'il a laissé derrière lui le souvenir d'un explorateur remarquable, l'un des plus importants des grandes découvertes, il a commencé par rester chez lui, décrivant les pays lointains en se fiant au témoignage des voyageurs, dont celui de Marguerite avec qui il dit s'être entretenu après ses aventures. Dans son texte, la longue description qui rend compte de leur échange paraît très vraisemblable, dans la mesure où les faits concordent avec ce que l'on trouve dans d'autres documents, notamment chez le géographe Richard Hakluyt, le tout ponctué de détails qui ne pouvaient venir que de l'intéressée, et qu'il n'avait guère intérêt à inventer.

André Thevet, en tant qu'ami de Roberval, homme influent, n'aurait rien eu à gagner à imaginer de toutes pièces une telle histoire, ni à forcer le trait. Au contraire, soucieux de l'image de Roberval, il avait certainement veillé à enjoliver certains aspects, à atténuer les plus cruels. Se pouvait-il néanmoins que ce fût aussi grave, aussi sombre ? me suis-je demandé, comme beaucoup le font systématiquement à propos des malheurs qui touchent les femmes du fait même de leur sexe. D'ailleurs, le sujet n'avait-il pas été largement traité ? Tel était le fond de ma pensée. Mais plus tard, en comprenant que vraisemblablement rien n'était exagéré, j'y ai trouvé un certain apaisement. Je ne me faisais pas l'écho de jérémiades infondées à travers les siècles : dans la réalité, tout avait été bien pire.

Lorsque *La Cosmographie universelle* a paru, son auteur avait soixante ans, alors qu'il était dans la trentaine quand il a rédigé la partie qui la concerne. J'ignorais si ce délai pouvait avoir quelque chose à voir avec la complexité de l'affaire, en raison de sa relation avec Jean-François de La Rocque de Roberval, par exemple. Écrire des milliers de pages sur le monde devait tout simplement prendre du temps, avais-je conclu.

Mon autre source n'était autre que la sœur du roi, l'une des femmes les plus puissantes de son époque. Marguerite de Navarre,

Marguerite d'Angoulême ou Margot de Valois répondait à bien des noms, et outre le titre de princesse de France, reine de Navarre, duchesse de Berry et d'Alençon, elle en portait un normalement réservé aux hommes : prince capétien. Je l'ai découverte dans un livre sur les « femmes qui ont changé le monde », ou quelque chose dans ce goût-là, que la direction d'une bibliothèque où j'avais donné une lecture m'avait offert. J'ai tout de suite reconnu son nom pour l'avoir vu à Paris sur un écriteau, à la sortie de la station de métro Les Halles. Il y a une petite place dédiée à sa mémoire dans ce quartier, là où débouchent les escalators et où se trouve aujourd'hui un grand Legostore. *Femme de lettres*, lit-on sur le panneau.

Marguerite de Navarre avait étudié le latin, la théologie et la philosophie, l'hébreu, l'italien, l'allemand et l'espagnol, et continué à s'instruire tout au long de sa vie. Elle s'était battue aux côtés de son frère dans les campagnes italiennes, le sauvant lors de son emprisonnement après la défaite de Pavie. Cette femme, l'une des figures fondatrices de la Renaissance française, a joué un rôle décisif dans l'émergence de la Réforme en Europe. On la décrit comme une reine charmante, qui se consacrait à des œuvres sociales de grande envergure et qui se mêlait sans escorte aux foules, dans les villes et les villages. Elle a créé des foyers pour les filles mères et un hospice pour orphelins à Paris, l'hôpital des Enfants-Rouges, situé rue de Bretagne, à une centaine de mètres du bistro où nous avions déjeuné en arrivant, coïncidence étrange, m'étais-je dit à ma table, comme tellement de choses dans cette histoire. Tout semblait se révéler à moi quand je m'y attendais le moins.

Marguerite de Navarre, qui s'était fait un devoir d'épauler son petit frère, passait beaucoup de temps dans sa chaise à porteurs (*voilà donc comment se déplaçaient les gens !*), entre tel ou tel somptueux palais qu'il avait fait construire dans le pays, moments dont elle profitait pour écrire. Des lettres, des poèmes, des pièces, des pamphlets et des nouvelles. Je ne savais pas grand-chose de l'essor de ce dernier genre littéraire en Europe au XVIe siècle, et ce que j'avais pu lire à propos de l'œuvre de Marguerite de Navarre ne m'incitait pas à y jeter un œil. Rien dans sa production ne semblait avoir d'intérêt. Il arrive encore qu'on la décrive comme une amatrice, insignifiante à côté des grands maîtres littéraires de son temps, comme Rabelais et Montaigne, une reine qui grattait le papier pour distiller l'ennui. Aux yeux de la critique, sa position semblait nécessairement faire d'elle une mauvaise artiste. On disait sa plume insipide, confuse et sans style, et que son recueil le plus célèbre, *L'Heptaméron* – ou plutôt : *L'Heptaméron des nouvelles de très illustre et très excellente princesse Marguerite de Valois, Royne de Navarre*, titre exact de la version scannée, cachetée du sceau royal, sur laquelle je me suis appuyée –, ne contenait que des historiettes romantiques. Voilà qui ne donnait pas très envie. Je pensais me contenter de la nouvelle qui racontait son interprétation des événements, la soixante-septième nouvelle du recueil, intitulée « Nouvelle Soixantseptiesme : Extreme amour et austerité de femme en terre estrange », ou simplement la « Soixante-septième nouvelle », titre de la traduction de 1954 que j'avais réussi à me procurer.

Alors que j'étais plantée là, à regarder le poulailler, j'ai entendu une voiture freiner et se garer sur le parking de la place. Un sentiment désagréable s'est emparé de moi. Si quelqu'un approchait pour nous demander ce que nous faisions là, qu'est-ce que je pourrais bien répondre ? Un nuage de poussière flottait autour du véhicule. Un homme et deux garçons avec des cartables en sont sortis et ont disparu dans la maison accolée à la brasserie, après avoir échangé quelques mots. J'avais le sentiment que leur regard s'était légèrement attardé sur nous.

Je me suis retournée.

La pelouse était délicieusement douce à mes pieds, et un feuillage vert s'étirait de toutes parts au-dessus de ma tête. Un arbre plus imposant que le châtaignier sous lequel nous nous étions arrêtés. Son épais tronc gris, qui se tordait subitement au milieu, m'évoquait un arbre que j'avais décrit dans le roman que j'avais abandonné pour me consacrer à cette histoire. Pourquoi avais-je renoncé ? Je ne savais pas trop. Certes, je voulais continuer mes recherches sur elle en attendant qu'on me demande le scénario, me préparer à ce moment, mais il se trouvait que je n'arrivais pas à poursuivre l'écriture de ce texte. Il s'était refermé comme une huître. Qu'avait donc cette femme de si indispensable pour faire échouer tout le reste ?

Je m'étais juré de ne pas écrire de livre là-dessus. Je me félicitais, pour une fois, que mon sujet ait un cadre défini, je m'étais persuadé qu'il ne pourrait en dévier, mais je voyais bien, à présent, que je m'étais trompée. En un sens, je trouvais désolant que tout finisse toujours par prendre la forme d'un livre, et que je n'y puisse rien. Si j'avais essayé de m'en empêcher, c'est peut-être parce que mon amie m'avait demandé de ne pas en faire un roman. Voilà la vraie raison. Elle estimait que cette histoire ne m'appartenait pas, qu'elle lui revenait, après tout, c'est elle qui m'en avait parlé – et elle voulait la garder pour elle. Cette idée retentissait par moments comme un grondement sourd à travers le texte, éveillant ma peur, ma honte, tout en clarifiant ma position. Il était de plus en plus évident que ses sentiments ne pouvaient pas me retenir.

J'avais beau tenter de résister, cette femme sur son île s'était insinuée dans ma plume, dans tous mes gestes, et c'est ainsi que fonctionnait ma vie. Une machine. Il fallait que tout m'imprègne, façonne un texte et s'échappe par ce biais. Je prenais tout ce que je trouvais en chemin et je l'exploitais. Je n'avais pas conscience à l'époque qu'une autre que moi aurait pu refuser d'en ressentir de la gêne, se serait satisfaite d'utiliser cette matière de la sorte, et n'aurait été nullement ébranlée par les implications de son entreprise.

Au dos de l'arbre, l'enceinte s'ouvrait sur une haute grille en fer forgé blanche avec une petite boîte aux lettres, derrière laquelle étaient installés des meubles de jardin clairs. Au pied du château s'étirait une plate-bande de grandes fleurs rose pâle qui, de loin, ressemblaient à des hortensias. Sans doute des pivoines, peut-être des pavots. Difficile à dire à cette distance. Les meubles,

les fleurs et de fins rideaux blancs accrochés aux fenêtres çà et là constituaient les seules traces humaines dans ce paysage, mais la grille entrouverte donnait à penser que quelqu'un était sorti en voiture et ne tarderait pas à revenir. En regardant le bâtiment attentivement, j'ai remarqué que la porte d'entrée et certaines fenêtres du rez-de-chaussée étaient condamnées de l'intérieur par ce qui ressemblait à des planches de bois. Même si ce n'était pas forcément le signe que l'endroit était inhabité, je me suis sentie apaisée. Je ne voulais pas avoir affaire aux propriétaires ou locataires des lieux, si quelqu'un y vivait, de peur qu'on ne vienne me demander ce que je fabriquais là. Je n'avais pas envie de parler de mes recherches à qui que ce soit, même à ceux qui auraient eu un lien minimal avec Jean-François de La Rocque de Roberval, parce qu'ils résidaient dans son ancienne demeure. Auparavant, j'aurais voulu le contraire, j'aurais accueilli dans ma vie tous ceux qui étaient concernés par le texte pour voir ce qu'ils pourraient en faire – et ce que je pourrais en tirer –, mais désormais je préférais laisser un maximum d'éléments de côté.

Surtout, que rien de plus n'aille se greffer là-dessus. Il y en avait déjà tant. Trop. Il m'était déjà presque impossible de tout retenir.

Dans mon sac, je trimballais un carnet de notes que j'avais inauguré le matin même. J'avais commencé par griffonner quelques phrases sur une page, et fini par en remplir plusieurs, mais il ne contenait toujours pas grand-chose, à part des dessins que les enfants avaient dû réaliser un jour que nous étions dehors et que j'avais besoin de travailler en paix. J'achetais encore ce genre de carnets quand j'en trouvais, de petits cahiers avec une étiquette sur une épaisse couverture noire, que j'avais découverts dans une papeterie à Berlin et qui me convenaient bien. La caissière m'avait dit qu'on pouvait les acheter en ligne, mais je ne l'avais jamais fait, et ces dernières années, j'avais même arrêté de m'en servir.

Un carnet de notes, c'est une sécurité pour quelqu'un qui écrit, comme des tampons au fond de son sac à main. Pourtant, les mots qu'ils contiennent, cette sorte de prose que l'on a toujours sur soi, ne me satisfaisaient plus. Et là, devant le colombier, je me rappelais pourquoi. Se trouver quelque part, sans l'éprouver réellement parce qu'on veut décrire l'endroit sur le papier. Ne jamais être entièrement présent, à force d'être dans le texte, de s'y diriger, malgré les obstacles qui viennent vous interrompre. C'était une habitude qui datait depuis toujours, j'y avais à peine songé, tellement ce processus était fondamental pour moi, mais depuis quelque temps, je sentais que l'emprise était en train de se relâcher. À mesure que les enfants grandissaient, un espace s'était formé autour de ma personne. J'avais commencé à me considérer moi-même, à voir tout ce que l'écriture représentait à mes yeux, à penser et à sentir qu'il y avait d'autres façons de vivre. J'avais cru discerner une autre manière d'être, et alors que je me tenais là, entre le colombier, ma fille et Aymen du côté de la voiture, j'ai compris que je n'étais plus à l'aise avec le fait que l'écriture m'empêche de bien saisir la réalité et de m'y sentir intégrée.

Un vide résonnait en moi lorsque j'y songeais. J'avais beau l'avoir senti, je n'en étais pas moins effrayée. Peut-être était-ce le souvenir du dîner avec cet homme, dans ce bistro près du Louvre, qui m'incitait à envisager les choses ainsi, il y avait tant d'autres façons de considérer cet événement qui avait impliqué tout mon savoir, toute ma personne. L'écriture me poussait à m'exposer, mais c'était aussi un moyen de me protéger de ce que j'éprouvais comme menaçant. Les mots me maintenaient isolée, perpétuaient les difficultés qui vont de pair, et leurs conséquences.

Je savais que certains écrivains redoutaient de découvrir un monstre au fond d'eux-mêmes, sans doute parce qu'ils refusaient de résoudre leurs propres énigmes, me disais-je, sur quoi écriraient-ils autrement, et puis j'ai compris que ce n'était pas ça, le risque, en tout cas pas pour moi. Ce qui me faisait hésiter, c'était l'idée de ce qui se passerait si je n'étais plus cette personne qui avait besoin de fuir ou de se protéger. Qu'adviendrait-il de ma plume si elle ne tendait plus vers cela – et qui deviendrais-je alors ?

Jusqu'à présent, écrire avait été un moyen d'explorer l'être humain, la vie à laquelle tout le monde semblait participer, et en même temps un moyen d'y échapper, de me priver des autres, de ne pas avoir à me plier aux règles implacables auxquelles les hommes obéissent, les lois de la privation et de la vulnérabilité. Et d'échapper à ma condition de femme ; voir au lieu d'être vue. Grâce à l'écriture, je pouvais impunément, et parfois clandestinement, me rendre où il me plaisait, sur des lieux physiques ou émotionnels, les lieux de l'expérience, sans avoir vraiment besoin d'y être, sans avoir à me subordonner aux principes établis, dirigée par une autre allégeance.

Paris était sans conteste un tel endroit, mais pas Roberval, avec ses 347 habitants. C'est le texte qui m'avait conduite dans ce village, il ne m'était pas venu parce que je me trouvais là. Il y avait d'autres raisons à cela, même si j'ignorais encore lesquelles. Curieusement, à cet instant, la perspective de mieux connaître Jean-François de La Rocque de Roberval n'éveillait guère d'intérêt en moi. Je n'étais pas indifférente, loin de là, mais rétive. Rétive à l'idée de l'approcher. Il avait fait construire ce colombier, il s'était trouvé là, et ma présence ici me transportait non seulement plus près de lui, mais surtout d'elle. Leurs mains avaient touché les pierres que je touchais, leurs pieds avaient foulé la terre que je foulais. Cette pelouse ? Je ne pouvais m'empêcher de douter que ce soit le même endroit, près de cinq cents ans plus tard. Pouvait-on l'affirmer si les coordonnées étaient les mêmes, que la tour et l'enceinte n'avaient pas changé, mais tout le reste si ?

Avec le temps étaient apparus des routes et des constructions, le bourdonnement de la circulation, mais aussi la verdure, des arbres et des buissons, toutes ces feuilles et ces brins d'herbe. En photographiant la végétation, j'ai soudain éprouvé le désir de connaître le nom de toutes ces plantes, de les capturer une à une. À mon retour, je chercherais à savoir lesquelles existaient déjà à l'époque, lesquelles elle avait pu voir, prendre dans sa main pour en sentir le parfum. Le lierre qui grimpait le long du mur d'enceinte et sur le colombier, les petites crassulacées coincées entre les pierres, les fines tiges rouge sang en fleurs qui s'échappaient du mortier. Je n'avais jamais douté de la résistance de la pierre, mais devant ces plantes qui serpentaient à travers le mur, j'ai pris conscience que leur souplesse, leur capacité d'adaptation à la nouveauté les rendaient tout aussi fortes.

Une impression similaire m'avait frappée ce matin-là, aux Halles. Dans ce quartier au cœur de la ville, tant de bâtiments étaient sortis de terre depuis l'époque de Marguerite. Si les imposantes églises et certains monuments se dressaient encore là, entre eux, le temps avait laissé son empreinte. Le marché médiéval était devenu un centre commercial que l'on rénovait encore, et ce que je voulais voir se laissait à peine deviner derrière des couches et des couches architecturales, vestiges des périodes de l'histoire qui s'étaient écoulées depuis. Je savais que l'endroit que je cherchais se trouvait par ici, mais je n'ai rien appris de plus avant de repartir. Voilà sans doute pourquoi j'ai été aussi surprise en comprenant rétrospectivement pourquoi j'en tremblais encore des heures après. Ce n'était qu'un immense et étrange hasard.

En général, j'évite les interprétations biographiques, peut-être trop, sans doute parce que je ne peux m'ôter du doute que ce genre de développements affecteraient à un degré différent les femmes et les hommes qui écrivent, car ces messieurs n'aborderaient que des sujets universels, quand ces dames broderaient sur elles-mêmes. (Le fait d'écrire quand on est une femme ne recèlerait-il pas un écart toujours impossible à combler ?) Si je me suis penchée sur *L'Heptaméron*, cependant, c'est pour les événements réels dont ces récits disent être tirés. Or plus je me faisais une idée de la vie de Marguerite de Navarre, plus ses nouvelles m'intéressaient. Je voulais voir ce qu'elle faisait des événements, la manière dont elle les traitait sur le plan littéraire.

Ce recueil, elle le considérait comme l'œuvre de sa vie. Son *Décaméron* à elle, empruntant justement le cadre à Boccace : cinq hommes et cinq femmes, doubles littéraires de ses amis et de personnes de son entourage, qui reviennent d'une cure thermale dans les Pyrénées, sont arrêtés en chemin par une inondation et se réfugient dans le monastère Notre-Dame de Sarrance, dans le Béarn. Pour tuer le temps, ils se racontent des histoires et débattent de morale. Je trouvais surtout intéressant ce qui était apparu aux yeux des lecteurs ces cent dernières années : les suppositions contradictoires sur les femmes que soulèvent nombre de ces textes. En introduction à la « Soixante-septième nouvelle », un homme du nom de Simontault déclare par exemple :

> Ce n'est chose si nouvelle, mes Dames, d'ouïr de vous quelque acte vertueux, que, s'il s'en offre quelqu'un, il me semble ne devoir estre celé, mais plustost escript en lettres d'or, à fin de servir aux femmes d'exemple et aux hommes d'admiration, voyant en sexe fragile ce que fragilité refuse. C'est l'occasion qui me fera racompter ce que j'ay ouy dire au capitaine Roberval et à plusieurs de sa compagnie.

Outre un hommage à Boccace, *L'Heptaméron* aurait été un cadeau de Marguerite de Navarre à son frère, un recueil d'histoires pour le divertir alors qu'il était cloué au lit, souffrant de la fièvre qui allait le tuer. À Cognac, la ville où ils avaient grandi, l'écrivain italien était vénéré comme un dieu. L'ambition de Marguerite était de composer, comme lui, une centaine de textes avec un refrain, racontés en dix jours au début de l'automne. Hélas, elle n'est arrivée qu'à la soixante-douzième nouvelle et au huitième de l'intrigue, avant de s'éteindre à Paris, le 21 décembre 1549. Le livre n'a été publié que neuf ans plus tard, à titre posthume.

Aujourd'hui, je me dis que la « Soixante-septième nouvelle » et son message caché sur ce qu'a subi Marguerite de la Rocque auraient dû me suffire à poser un autre regard sur cet ouvrage, mais il a fallu que je commence par m'intéresser aux dernières recherches littéraires reconsidérant l'œuvre de l'ancienne souveraine. Manifestement, j'avais besoin d'une autorité universitaire pour me prouver l'évidence : elle avait été sous-estimée en tant que femme de lettres. Parfois, je me demandais si j'avais perdu mon sens critique, ma capacité à réfléchir en général ; mon cerveau aurait-il rétréci ? (J'avais lu quelque part que c'était possible chez les gens soumis au stress). Du coup, je n'aurais pas su discerner que sa renommée d'artiste était empreinte de commentaires liés à son sexe et à des thématiques dites féminines ? En réalité, je ne *voulais* pas me plonger là-dedans. Je n'étais plus si passionnée qu'autrefois par les questions de genre – non que je doute de leur pertinence, mais certains en abusaient, je ne pouvais que le constater, ce qui me désolait profondément.

Parmi les articles que j'ai trouvés remettant au goût du jour la plume innovante et subversive de Marguerite de Navarre, un chercheur expliquait qu'il était impossible de démontrer qu'elle ait écrit elle-même les soixante-douze nouvelles de *L'Heptaméron*. Au XVIe siècle, les écrivains étaient avant tout des sortes de rédacteurs, des gens qui collectaient des histoires, et ne se souciaient pas tant de l'originalité de leur production que du fait de traiter, de compléter et de renouveler ce que les autres avaient déjà pu écrire auparavant. Au fond, ce n'était peut-être pas si différent du travail des écrivains modernes, on avait simplement une autre conception de l'authenticité d'une œuvre littéraire, et il n'était donc pas si grave que quelques textes soient écrits de la main d'un autre. Comme peut-être les quatre dernières nouvelles, soulignait le chercheur, idée dévastatrice, car je croyais que la soixante-septième faisait partie du lot.

J'avais lu cet article un soir, tard, au début de l'automne, je devais être fatiguée ou je ne sais quoi pour me tromper aussi grossièrement, mais l'éventualité qui m'était apparue à cause de cette erreur de calcul me désespérait. Je ne supportais pas le facteur d'incertitude qui en découlait, un élément aussi essentiel relatif au déroulement des faits. Si Marguerite de Navarre n'avait pas écrit la nouvelle de la femme abandonnée sur une île, qui avait pu le faire ? Et si elle n'avait pas pu rédiger les cent nouvelles de son vivant, pourquoi l'éditeur en aurait-il ajouté seulement quatre ? Quitte à compléter le livre pour le publier, autant parvenir à cent histoires, comme Marguerite de Navarre l'avait voulu, me disais-je. J'ai fini par aller me coucher, et avant de m'endormir, j'ai décidé d'oublier cette affaire, de préserver mon histoire intacte, telle que je la voulais.

La troisième source ancienne venait de François de Belleforest, un traducteur, écrivain et poète de l'entourage de Marguerite de Navarre, qui écrivait lui aussi des nouvelles. Quand elle s'était inspirée de Boccace, lui avait composé une version personnelle des nouvelles de Matteo Bondello, un moine italien qui s'était approprié les fabliaux, genre le plus licencieux de la littérature française du Moyen Âge, sur lequel Shakespeare allait fonder certains de ses fameux drames.

François de Belleforest était nettement plus jeune que les deux autres. Né en 1530 à Comminges, une petite ville située au pied des Pyrénées, cet orphelin, fils d'un soldat sans le sou, avait été admis à la cour de Marguerite de Navarre à Pau, où elle avait pris sous son aile Calvin, Érasme et Rabelais, et tenait un salon de conversation baptisé le nouveau Parnasse. Même si rien ne l'indiquait parmi les articles que j'avais trouvés sur Internet à son propos, ce devait être dans ce cadre qu'il avait découvert l'art de la nouvelle italienne auquel il allait s'exercer, comme en témoignent ses *Histoires tragiques* de 1570, où l'on trouve notamment l'histoire de Marguerite de la Rocque.

De nos jours, il y avait les livres d'Elizabeth Boyer, une juriste et politologue réputée féministe, née en 1913 dans l'Ohio et morte en 2002, auteure non seulement d'un roman historique sur la jeune femme, mais d'un ouvrage qui semblait le plus complet sur la question : *A Colony of One – History of a Brave Woman*, publié à compte d'auteur en 1983, et qui comportait apparemment de multiples notes. En le cherchant sur Internet et dans les bibliothèques, j'ai constaté presque avec soulagement qu'il était très difficile de se le procurer. Ça paraissait impossible. Je n'aurais pas à m'aligner sur l'image que s'était faite quelqu'un d'autre de ce personnage qui prenait une part incroyable de mon temps, et que je considérais comme mien. Comme si c'était moi qui l'avais découvert.

Mais un jour est arrivé un e-mail. J'avais dû mettre une alerte sur Amazon et l'on m'informait qu'un exemplaire était maintenant disponible : bon état d'usage, jaquette intacte sauf quelques rayures, expédié depuis le Wyoming. Près de 1 500 couronnes, hors frais de port. Sans doute fallait-il le commander sur-le-champ, d'autres que moi le recherchaient peut-être, mais au lieu de cliquer sur le lien menant au site, j'ai ouvert l'application de ma banque et réglé des factures que j'avais laissées traîner assez longtemps pour commencer à recevoir des relances. Ensuite, j'ai consulté de nouveau ma boîte mail, puis je suis allée sur Instagram. J'y avais trouvé quelques comptes qui me plaisaient, et quand je les consultais, d'autres apparaissaient dans le flot d'images, je ne pouvais pas m'empêcher de regarder ces célébrités qui filmaient leurs enfants en train de préparer du porridge dans leur cuisine, ces jeunes femmes qui montraient leurs derniers coups de cœur littéraires, des livres mis en scène sous forme de natures mortes avec des fleurs et des tasses de thé. J'ai fini par rouvrir ma messagerie et par cliquer sur le lien.

Au bout de deux semaines, j'ai reçu un SMS indiquant que le paquet m'attendait à mon relais colis local. Il avait plu toute la journée, une pluie glaciale, incessante, un avant-goût du froid qui nous attendrait bientôt. Je suis descendue au bureau de tabac où étaient réceptionnés mes colis, et où les employés me regardaient parfois d'un air compatissant devant tous ces livres que je trimballais chez moi. Le temps de rentrer à la maison, j'étais trempée jusqu'aux os. J'ai retiré mon manteau, l'ai accroché dans le vestibule, puis j'ai arraché le scotch qui fermait le colis, laissé tomber l'épais carton marron par terre. Je le ramasserais et le jetterais plus tard.

Le livre était en bien meilleur état que ne le laissait présumer la description. La jaquette luisante arborait une photo sépia de rochers en pleine mer qui occupait toute la première et la quatrième de couverture, l'île et son archipel, j'imaginais. Au milieu, le titre était inscrit en grandes lettres capitales. Je me suis demandé si Elizabeth Boyer avait publié ce bouquin à compte d'auteur parce que personne n'avait accepté le manuscrit, ou qu'on n'avait pas voulu de ce format coûteux. Plantée dans l'entrée, je l'ai ouvert, le papier glacé sentait la cire et une autre forte odeur, une odeur corporelle, j'ai eu l'impression de percevoir la présence de ceux qui l'avaient tenu avant moi, d'effleurer leurs mains et leurs doigts. Mais visiblement, ce livre n'avait pas été feuilleté bien souvent. Sans doute était-il resté des années dans une bibliothèque, comme beaucoup d'autres auxquels nul ne prête attention, qui se fondent dans le décor et deviennent des détails anodins. Sur le rabat arrière, il y avait un portrait de l'auteure sur ces mêmes rochers, brandissant un canoë au-dessus de sa tête, l'air joyeuse, rayonnante de bonheur. Elle y était allée. Sur cette île. Tout en ne sachant pas si j'avais envie d'en faire autant, j'ai ressenti une pointe de jalousie. Aucune route n'y conduisait, écrivait Boyer, on ne pouvait s'y rendre qu'en bateau ou en avion de brousse, et même si les communications avaient certainement progressé depuis, ce serait un long voyage – je ne voulais pas m'éloigner davantage de mon mari et de mes enfants. Refuser de les quitter, c'était nouveau. Pourtant, quand je n'arrivais pas à écrire, sans pour autant me résigner à m'arracher à mon ordinateur, je cherchais à savoir combien de temps une telle expédition pourrait prendre, et combien elle me coûterait. Je n'avais aucune idée de ce que je ressentirais en voyant la grotte de mes propres yeux, en grimpant sur les roches pour la repérer, puis en y pénétrant et en m'allongeant tout au fond, à l'endroit précis où elle couchait des siècles auparavant.

J'ai parcouru la galerie de photos rassemblées à la fin du livre, avant la centaine de pages de notes que Boyer avait généreusement intégrées à son livre, et je n'ai pas tardé à trouver une image de l'intérieur de la grotte. *Margaret's Cave*, précisait la légende, un abri-sous-roche avec deux ouvertures, une grande et une petite, une au sud et une à l'est. Sans personne sur la photo, les proportions étaient difficiles à estimer. J'ai continué à feuilleter jusqu'à découvrir des clichés du village de Roberval. Le crédit photo portait le nom de quelqu'un d'autre, donc Elizabeth Boyer ne s'y était peut-être pas rendue en personne cette fois, le voyage lui avait peut-être paru trop long. D'après ce que j'avais lu, elle n'avait pas d'enfants, mais il existait une fondation en son honneur pour les mères célibataires qui fréquentaient l'université, et une association féministe fondée par elle-même en 1968 pour les femmes actives opposées à l'avortement. Chose que je trouvais déroutante, j'avais vérifié plusieurs fois pour être sûre, mais n'avais pas creusé la question.

Les clichés, la plupart en couleurs, n'étaient pas nets et manquaient d'éclat. L'un d'eux montrait le château de Roberval exactement tel que je l'avais vu, à cette différence près que la porte était entrouverte et que de longs rideaux blancs pendaient à toutes les fenêtres. La photographe était-elle entrée, Boyer avait-elle discuté avec les propriétaires, s'était-elle expliquée ? Ou ces photos sortaient-elles simplement d'une banque d'images ? Ailleurs, on voyait l'arrière du bâtiment éclairé, et en y regardant de plus près, j'ai remarqué une étendue d'eau au premier plan. Les restes des douves de l'ancien château, ai-je lu, les douves qui avaient un jour appartenu à Jean-François de La Rocque de Roberval, un large fossé creusé pour protéger ses ancêtres et lui-même. Comme c'était étrange. Tout le temps que j'avais passé là-bas, il ne m'avait pas effleuré de faire le tour du château pour jeter un œil à la façade arrière. Pourquoi donc ?

Je suis restée longuement dans l'entrée, ce livre lourd entre les mains, fatiguée par l'automne et la pluie. De mes cheveux encore mouillés ruisselaient des gouttes qui s'écrasaient sur les pages. Il y avait des photos d'autres villages de France qui pouvaient avoir un lien avec elle, Sermet, Sauveterre, Nontron. Des bâtiments couleur sable, des châteaux en ruine, des fontaines. Sur une page, le tracé simplifié de l'itinéraire qu'avait suivi à travers les îles Sainte-Marthe le célèbre pilote au service de Roberval, Jean Alfonse de Saintonge, et sur une autre, la reproduction d'un des navires avec lesquels Jacques Cartier s'y était rendu, quelques années auparavant. Plus loin, un portrait au pastel de Marguerite de Navarre, avec un petit chien sur les genoux, et une étude de celui de Jean-François de La Rocque de Roberval que je connaissais, ainsi que des notes et des documents de l'époque, dont certains signés de son nom.

Et au milieu de tout ça, l'agrandissement d'un dessin qui occupait une page entière. Je ne comprenais pas ce qu'il représentait. J'ai enjambé le carton et me suis enfoncée dans l'appartement, en tenant le livre droit devant moi, je l'ai posé sur la table de la cuisine et j'ai allumé la lumière pour y voir plus clair. À mes yeux, ce n'était qu'un méli-mélo de formes et de traits confus dans toutes les directions, toutes sortes de lignes et de mouvements. J'ai vu le palmier sans saisir de quoi il s'agissait, cette ombre éclatée dans la zone la plus obscure, et d'où tout le reste semblait s'échapper. Même si je n'y comprenais rien, je me suis attardée sur cette image. Elle renfermait quelque chose de puissant et de désagréable, quelque chose de mauvais et d'alarmant qui semblait noyer le motif.

Je n'arrivais ni à déchiffrer ce dessin, ni à le quitter du regard. J'ai épongé mes cheveux dans un torchon, puis je me suis levée pour me faire un thé et me suis rassise avec ma tasse, que j'ai posée devant le livre ouvert. Quand j'ai tourné la page par mégarde en tendant le bras vers la boisson chaude, j'ai retrouvé la même esquisse, reproduite en plus petit. Il s'agissait d'un fac-similé extrait de *La Cosmographie universelle* d'André Thevet, ouvrage pour lequel cette illustration avait été réalisée. Enfin, c'est ce que je supposais, peut-être que ce n'était pas le cas. Il se pouvait qu'elle l'ait crayonnée elle-même, pour son plaisir, parce qu'elle en avait envie, ou bien Damienne, voire l'homme qui n'avait pas de nom, ou quelqu'un d'autre qui aurait entendu ce qui s'était passé.

J'ignore combien de temps il m'a fallu pour commencer la lecture d'*A Colony of One*, mais je me souviens avoir tardé, inquiète de ne pas être capable d'intégrer le flot d'informations essentielles que j'allais y trouver. Je craignais de ne pas être capable d'en faire quoi que ce soit. J'avais de telles attentes, elle occupait une telle part de mes pensées – bien que ma réflexion n'ait rien de très poussé. J'étais surtout hantée par des images qui m'apparaissaient sans cesse et que je voulais garder encore un peu intactes. Je la voyais sur l'île, sur les rochers, je voyais la neige, la glace et l'océan désert, des cailloux et des brindilles, son corps qui grimpait, qui courait d'un pas boiteux, trébuchant dans le fond d'une crevasse, sa respiration haletante, ses bras qui s'agitaient dans les airs en arrivant sur le rivage.

Le Nouveau Testament de 1523, de la Maison Simon de Colines à Paris. Voilà le livre qu'elle garde sur elle. Une « Bible de chignon » reliée cuir, avec des décors rouges et des dorures. L'objet, d'à peine sept centimètres de hauteur, est conçu pour se glisser dans les cheveux ; elle peut donc aisément le transporter, en route vers le château de Roberval et, plus tard, à bord du bateau qui part de La Rochelle.

Je vois sa main se lever, s'arrêter dans son élan, effleurer son chignon, ses doigts se poser sur son cou et ne plus bouger.

Ce livre, lui est-il déjà aussi cher, ou est-ce qu'on le lui a imposé et qu'elle se l'est approprié plus tard ? (Pourquoi faut-il que je croie qu'on lui ait imposé la foi ?) Dans la nouvelle de *L'Heptaméron*, Marguerite de Navarre écrit que cette « pauvre femme », appellation qui m'a fait sursauter la première fois, avait toujours été pieuse :

> Comme celle qui avoit toute sa consolation en luy,
> porta pour sa sauve-garde, nourriture et consolation,
> le Nouveau Testament, qu'elle lisoit incessamment.

Quand j'ai commencé, je n'avais pas anticipé à quel point il allait être question de religion. Elle était protestante, cela semblait se confirmer, pour la simple raison que lui, Jean-François de La Rocque de Roberval, l'était. Le nom de ce dernier figure sur la longue liste des impies dressée après l'affaire des Placards survenue à Paris, quelques années auparavant, au cours de laquelle des affiches portant le message du Renouveau avaient été placardées dans toute la ville, jusqu'à la porte de la chambre de François Ier.

Cette fois, le roi était intervenu et avait sauvé son ami de la pendaison et du bûcher installé devant Notre-Dame, sort réservé aux activistes de la Réforme. J'avais cru comprendre que Jean-François de La Rocque de Roberval avait continué plus ou moins ouvertement à faire profession de sa foi, malgré les persécutions que subissaient les protestants, et qui n'ont fait qu'empirer de son vivant. Le signe d'une loyauté qui ne collait pas avec l'image que je m'étais faite de son caractère. Je crois que j'avais surestimé le mal inhérent à la religion et au christianisme, mais aussi la bonté qui, à mes yeux, allait de pair avec la piété. Je considérais Roberval comme un hypocrite, il était à mon sens impossible qu'il ait pensé servir Dieu en infligeant un tel supplice à sa pupille. Plus tard, cependant, il m'est apparu évident qu'il envisageait certainement les choses de cette manière.

Pour tout ce qui touchait au sacré et à la foi, je ne pouvais pas me fier à mon propre jugement, car je ne m'y connaissais pas. Je ne savais pas grand-chose de Dieu, de ce qu'il pouvait être, et ce que j'avais su à une époque, je l'avais laissé derrière moi, je l'avais enfoui au plus profond. Je venais d'une famille athée, d'un environnement laïque, je n'étais ni baptisée, ni membre de l'Église suédoise. D'après Elizabeth Boyer, la preuve principale de la confession choisie par Marguerite était que la différence religieuse ne trouvait pas sa place dans les familles nobles françaises de l'époque. Ce n'était simplement pas toléré.

Je me souviens avoir eu pitié de ces gens qui vivaient à un âge aussi cruel, oubliant qu'à certaines périodes j'avais moi-même cru en Dieu, et que je m'étais sentie obligée de le cacher, de peur de ce que pourraient en penser les autres. Et quand j'avais décidé de devenir membre de l'Église, je n'avais cessé de me justifier auprès de mon entourage. C'était mon premier hiver avec les trois enfants, je passais et repassais tous les jours devant un cimetière situé à côté de chez nous. L'église en pierre, en croix grecque inscrite, avec le clocher au centre, avait été construite pour être vue de loin, non seulement des quartiers environnants, mais depuis l'autre bout de la ville. Le bâtiment trônait au sommet d'une butte entre notre rue et la crèche, je passais devant avec les deux petits dans la poussette, après avoir déposé leur sœur à l'école.

En y repensant aujourd'hui, je ne sais pas vraiment comment j'ai fait pour la conduire le matin pendant des années, en attendant qu'elle soit assez grande pour y aller seule. Je crois que je m'engouffrais avec ma double poussette dans l'étroite entrée de l'établissement, que je la laissais là, il y avait pile la place, puis que je prenais la petite dernière, son frère pouvait bien m'attendre quelques minutes, avant de me précipiter dans les larges escaliers de pierre, la petite dans les bras et la grande à la main, jusqu'au troisième étage où des écoliers braillards se jetaient systématiquement sur nous pour voir le bébé, lui faire des risettes, puis je redescendais vite auprès de mon fils et le consolais s'il s'était mis à pleurer. Enfin, je déposais la cadette dans la poussette, je l'attachais et je ressortais avec mon équipage.

Ce modèle était censé être le plus léger de son genre, avec un châssis en aluminium renforcé et un guidon à hauteur réglable. En plus des épaisses chancelières fourrées dans lesquelles les enfants étaient emmitouflés, nous avions acheté des roues spécialement conçues pour la neige, le sable et la boue. Pourtant, une fois chargée des deux enfants, la poussette était terriblement lourde. Dès que la rue commençait à monter légèrement vers l'église, je devais y aller de toutes mes forces.

Je laissais mon fils à la crèche dans la section des petits, puis je repartais. Le clocher jaune s'imposait à moi dès que j'émergeais de la ruelle, je repassais devant l'église, effleurais les tombes du regard. D'où que je vienne, elle me semblait immense, et plus je m'en approchais, plus elle me paraissait grande. Je me sentais minuscule tandis que je marchais le long des sentiers enneigés qui contournaient le bâtiment, grelottante de froid derrière cette poussette géante. D'un côté, sous de hautes pierres tombales ornementées, reposaient les grands poètes – tous des hommes, à ce que je pouvais voir. La seule femme à dormir du sommeil éternel parmi ces morts était l'ancienne ministre des Affaires étrangères qui s'était fait assassiner un jour où elle était allée s'acheter un chemisier dans un grand magasin. Il y avait également une place à son nom, un endroit insignifiant en périphérie de la ville. Dans un coin du cimetière, en bas de l'allée principale, des nounours et des tétines étaient éparpillés au pied des pierres tombales. Une nouvelle croix y avait fait son apparition pendant l'hiver, avec des dessins soigneusement glissés dans une pochette plastique, quelqu'un les changeait régulièrement quand l'humidité et la neige s'y étaient infiltrées, mouillant le papier et brouillant les coups de pastels colorés.

Outre les tombes, l'église était entourée d'arbres noirs et de moelleux amas de neige blanche, c'est en tout cas l'image que je m'en fais aujourd'hui, je m'imagine que la neige est toujours jolie là-bas, et en m'approchant avec la poussette, je commençais par promener mon regard sur ce paysage, sur cet ensemble parfait, puis sur les murs un peu plus loin, les ossuaires avec leurs ferrures et leurs inscriptions, et sur l'allée qui coupait le cimetière en diagonale, le divisait. Les érables, les tilleuls et les châtaigniers alignés tendaient leurs branches décharnées vers le ciel, j'observais leurs troncs sombres, les profonds sillons dans l'écorce qui y dessinaient des gravures tarabiscotées.

Certains jours, je voyais simplement la beauté de ce lieu, mais d'autres fois, j'étais envahie par une impression que je n'arrivais pas à cerner et que je sentais décisive. Comme si quelque chose se décomposait au fond de moi. Je n'étais pourtant pas le genre de personne qui se croit immortel, qui pense que la vie ne prendra jamais fin, je n'ai jamais envisagé les choses ainsi, mais pour une raison que je ne voulais pas ou ne pouvais pas saisir, et qui me paraît aujourd'hui évidente, comme beaucoup de choses quand on a quarante ans, je m'étais convaincue que ce qui dirigeait l'être humain ne me concernait pas. Je me trouvais hors du cycle de la naissance et de la mort, principe même de l'existence des hommes. Rien ne pouvait m'affecter, je me fichais de vivre ou non. Ce propos peut paraître emphatique, mais jusqu'à cet hiver-là, c'était un poids qui me tenait en équilibre. Même si j'avais sans doute déjà compris d'une certaine manière que je me trompais, à cette époque où je passais tous les jours devant la maison de Dieu, dans un sens puis dans l'autre en me démenant derrière ma poussette, j'avais l'impression de changer, comme si le bâtiment en lui-même dégageait quelque chose susceptible de désagréger ce poids, de m'ouvrir et de me vider.

Le matin et l'après-midi, tandis que je traversais le cimetière en ralentissant le pas, je constatais que l'église, et ce qui allait avec, occupait de plus en plus mes pensées, même quand je n'étais pas là. L'effet classique des lieux saints sur les gens, m'avait expliqué quelqu'un de ma famille, le but même de leur construction : instiller la peur. C'était peut-être vrai. À force de passer par là tous les jours, j'avais peur de Dieu, peur du sort qu'il pourrait me réserver.

Nous réserver.

Je la voyais sur son île déserte, dans sa grotte sombre, ces endroits prenaient vie au fond de moi. Être aussi seule, coupée de tout sauf d'elle-même. Les images me parlaient et me réconfortaient. Sa démarche lourde sur les rochers, en quête d'une autre source depuis que la première avait gelé. Ses mains, resserrées sur une pierre, qui creusent un trou dans la glace, plongent dans l'eau glacée, puisent de longs filets de vase noire. Dans son dos, du blanc à perte de vue. Avec le temps, le champ de mes pensées s'est élargi. Je songeais à toute cette histoire, quelle qu'elle fût, et la manière dont on la racontait.

Bien que les trois sources anciennes se contredisent souvent sur l'essentiel, en les confrontant les unes aux autres, j'avais le sentiment qu'elles formaient une toile dont les fils auraient été tressés ensemble, un tout qui semblait plus grand que la somme des éléments – avec des non-dits éloquents. Lire ces textes de la Renaissance revenait à débrouiller une énigme dans une autre et, très vite, mes interrogations n'ont plus porté simplement sur cette femme, ce qu'on disait d'elle et pour quelle raison, mais sur les ouvrages en eux-mêmes, leur rapport à elle, le rôle que leurs auteurs et les gens de son entourage avaient pu y jouer.

Les divergences manifestes entre ces récits expliquaient aussi l'ampleur de ce qui avait été écrit sur elle a posteriori ; du travail universitaire au compte-rendu journalistique, en passant par les interprétations littéraires, des romans comme celui de Boyer, dont je ne savais rien. Je ne comptais pas les lire. Sur la couverture était souvent représentée une belle fille, les yeux perdus à l'horizon, ses longs cheveux flottant au vent, esthétique qui prouvait à mes yeux que ces bouquins étaient dénués d'intérêt, voire mensongers. Mais quand on la googlait, une autre photo apparaissait. Une femme armée d'un fusil, visiblement tirée d'un film, et qui me faisait l'effet d'une menace. Était-il possible que quelqu'un ait déjà réalisé une série télé ou un long-métrage sur ce personnage ?

Sur Google Books, j'avais trouvé un certain nombre de textes qui évoquaient à son propos une histoire non racontée, le destin oublié d'une femme, que le temps avait effacé, fatalité qui touchait décidément sans cesse le destin du beau sexe. Une part de moi voulait considérer les choses ainsi, et en même temps, plus je lisais sur le sujet, plus je constatais qu'elle avait fait couler de l'encre. Je n'aimais pas l'idée qu'autant d'écrivains, de chercheurs et de journalistes aient entendu parler d'elle et se soient emparés de cette matière. Voire une tranche de leur vie ?

En cherchant la nouvelle de François de Belleforest, au long titre qui résumait les événements, j'obtenais beaucoup de résultats sans parvenir à mettre la main sur le texte. J'ajoutais des mots, *demoiselle*, *île*, *capitaine*, essayais en vain différentes orthographes. Bizarre. Tous les récits anciens de ce monde semblaient pourtant catalogués quelque part, sur Google Books ou sur le site des bibliothèques nationales, et pourtant, chaque fois que j'avais besoin de trouver quelque chose, j'échouais, comme si, pour une raison obscure, l'objet de mes recherches avait été retiré des bibliothèques, ou que le site que je devais consulter avait fermé pour l'occasion. Je ne l'aurais pas avoué à l'époque, mais en vérité, je commençais à me dire que quelqu'un veillait à cacher cette histoire, dans le but de préserver la réputation de Jean-François de La Rocque de Roberval. Aujourd'hui encore.

Je m'efforçais de repousser ce genre d'idées. Elles me donnaient le sentiment de tomber dans le conspirationnisme, comme ces quelques amis sur Facebook que je n'avais pas vus depuis des années, ou que je ne connaissais simplement pas, qui postaient des vidéos affirmant que la Terre était plate. (Conception du monde qui m'avait d'ailleurs intéressée au début, croyant qu'elle était répandue dans les années 1540, jusqu'à ce que je me rende compte que cette idée avait déjà été écartée à l'époque, soulagée de ne pas avoir à écrire sur une expédition maritime organisée du temps où l'on craignait de chuter dans un précipice.)

Après une longue errance, j'ai fini par tomber sur un article qui m'a fait comprendre qu'il s'agissait d'une œuvre colossale. Je ne risquais pas de trouver le livre de François de Belleforest sans le numéro du volume qui m'intéressait ; la troisième histoire du cinquième tome, ai-je appris plus tard. Voilà où se trouvait le récit que je cherchais. Cependant, je n'étais pas au bout de mes peines : il existait énormément d'ouvrages intitulés *Histoires tragiques,* car il s'agissait d'un genre littéraire auquel s'étaient exercés non seulement François de Belleforest, mais Marguerite de Navarre. Des textes voués à raconter les aspects les plus sombres de l'homme et les événements les plus effroyables.

Ce qui restait de mon français n'était pas terrible. J'avais souvent honte quand j'essayais de m'exprimer, soit parce que j'étais incapable de sortir un mot, soit parce que j'entendais comme mes formulations étaient infantiles. À mes souvenirs de classe se mêlait l'argot que j'avais appris à l'adolescence, quand j'allais à Paris dès que j'en avais l'occasion. Impossible de tenir une conversation adulte avec ce bagage linguistique, encore moins de déchiffrer des textes historiques. Lire ces sources relevait du défi. François de Belleforest s'avérait encore plus difficile que les deux autres, d'autant que la nouvelle qui m'intéressait comportait une longue et obscure chanson. Je saisissais des fragments de vers par-ci par-là et des bribes de l'intrigue, mais au moindre obstacle, j'étais perdue. Je cherchais dans le dictionnaire les mots que je ne comprenais pas, les associais aux autres, googlais des expressions, en entrais certaines dans Google Traduction.

Ce qui me troublait particulièrement, c'était de ne jamais voir la limite entre mon incompétence et l'intention de dissimulation inhérente à ces textes. J'ignore toujours pourquoi, mais quand j'ai commencé mes recherches sur cette femme, aller sur Wikipédia me rebutait terriblement, acte qui aurait pourtant dû couler de source à notre époque. Encore cette sorte de protectionnisme, je crois, je n'aimais pas que n'importe qui puisse venir sur ce site pour lire son histoire, se l'approprier aussi facilement que la recette d'un plat de pâtes, la description des quarks, des trous noirs et du reste. Moi qui, comme Simontault dans *L'Heptaméron*, disais vouloir qu'on cultive la mémoire des femmes qui avaient marqué l'histoire… Était-ce vraiment le cas ?

Un matin que je m'étais réveillée avec un malaise insidieux, truchement qu'avait dû trouver mon subconscient pour me dire que ça ne pouvait plus continuer, j'ai allumé mon ordinateur et ouvert en une fraction de seconde la page qui la concernait. « Fl. 1536-44 », lisait-on immédiatement après son nom, Marguerite de la Rocque. Fl. *Floruit.* La troisième personne du singulier du verbe latin *florere* au parfait, fleurir. Elle s'était épanouie. Pouvait-on qualifier d'épanouissement ce qu'elle avait connu pendant ce laps de temps ? Si elle avait vécu aujourd'hui et connu quelque chose de tel, elle aurait probablement dit que oui. Car au fond de toutes nos histoires couve l'idée que le pire nous fait avancer, que ce qui ne tue pas rend plus fort, que chacun d'entre nous est un héros qui surmonte les difficultés pour mieux se relever à la fin et pouvoir raconter ses aventures. Peut-être y avait-elle vu une forme d'épanouissement, peut-être avait-on déjà la même attitude à l'époque, ou peut-être que c'était vrai.

1536 était une année connue de son existence. C'est ce qu'indiquait un site d'histoire canadien, le deuxième résultat que j'obtenais dans Google quand j'entrais ce que je présumais être son nom complet. J'avais trouvé la même chose sur Wikipédia, elle avait prêté serment en tant que *seigneuresse* de deux provinces, le Languedoc et le Périgord, le 17 novembre 1536. Je m'imaginais la scène : dans une sombre chapelle à Amboise, une jeune femme, entourée d'hommes, devient propriétaire des terres que son père a laissées à sa mort. Je me la représentais comme je me représentais la scène du carrosse. Au milieu de ces messieurs dans l'obscurité du chœur de l'église, son visage est doux et lumineux à côté des leurs, ses cheveux peignés en arrière attachés sous un voile noir qui tient grâce à un haut diadème de la même couleur. Je voyais ses petites mains blanches, sa robe brodée et ces hommes qui échangent des regards.

Son jeune âge renforçait chez moi l'idée qu'une fille avait beau posséder des richesses, elle était démunie, et je me demandais quel âge elle pouvait bien avoir pour s'allier à un homme, s'amouracher d'un autre, et faire tout le reste. Je revenais de la Foire du livre de Guadalajara où j'avais présenté mon dernier roman. Lors de la soirée d'accueil à la résidence de l'ambassadeur, à Mexico City, on m'avait placée à côté d'une femme qui m'avait tout de suite plu, elle avait une manière de parler si engageante, si claire, tout en ayant l'air de réfléchir à chacune de ses phrases. Elle était responsable d'un projet qui visait à limiter les grossesses chez les adolescentes dans le pays, m'avait-elle expliqué. Quand je lui avais demandé quel âge avaient les filles qu'elle rencontrait dans son travail, elle avait souri et répondu qu'« adolescentes » n'était peut-être pas le bon terme, puisque la majorité n'avait pas dix ans. Entre neuf et douze, plus précisément. Leurs amants jusqu'à trois fois leur âge.

– Vous imaginez, avait-elle ajouté.

Puis elle avait piqué du bout de sa fourchette un morceau de saumon en gelée, d'un rose quasiment assorti au t-shirt qu'elle portait sous sa veste, *THE FUTURE IS FEMALE*, et tout en examinant son assiette, elle avait soulevé la question qui me brûlait les lèvres : combien de ces filles entre neuf et douze ans estimait-on avoir été consentantes ? Impossible à dire, tout ce à quoi on pouvait réfléchir, c'était ce que signifiait le consentement dans ce contexte.

En ce qui concernait Marguerite, en revanche, je voulais savoir.

Ses pensées m'avaient envahie comme le font les réflexions de tant de gens sans que je m'y oppose, mais sur les plaisirs de la chair, j'avais le sentiment de ne pas pouvoir m'en contenter. Qu'avait-elle éprouvé, à quoi avait-elle songé ? Voilà les questions qui me taraudaient du matin au soir. J'aurais tant voulu pouvoir tenir quelque chose pour acquis, avoir l'assurance, du moins le signe, que ma représentation de sa personne collait à la réalité. Qu'il n'était pas invraisemblable de penser que la catastrophe ait émergé au fond d'elle.

Je me faisais une idée de ses rêves, de ses envies et de ses intentions, et je crois que je voulais que les événements se soient déroulés ainsi, que tout ait commencé par là. Quelle naïveté, sans doute. Peut-être qu'elle n'avait rien voulu, rien cherché, du fait de sa conception du péché, de la chasteté et de l'honneur, ou de ce qu'elle avait entendu dire dès son plus jeune âge sur les hommes. La femme de François Ier, Claude, n'avait que sept ans quand on l'avait fiancée, Louise de Savoy, onze, quand on l'avait mariée, et Marguerite de Navarre, dix-sept, quand on l'avait forcée à épouser un duc pour que l'Armagnac reste sous gouvernance française. Certes, les alliances de ces têtes couronnées n'étaient pas représentatives, elles servaient d'accord entre pays, le corps de ces femmes de monnaie politique, mais elles étaient les seules dont on ait su quelque chose de nos jours, par le biais de l'histoire, de leurs témoignages, des écrits qu'elles avaient laissés derrière elle. J'avais lu des pages et des pages sur la question, qui était promise à qui, qui était la maîtresse de qui, et qui parmi ces femmes, les « bonnes intrigantes », parvenait à prendre le pouvoir en couchant avec tel ou tel roi, ou en se faisant passer la bague au doigt.

Lorsque Marguerite de Navarre avait dix ans, sa mère avait tenté d'arranger une union avec le prince de la couronne d'Angleterre, le futur Henry VIII de la maison des Tudors. En investiguant davantage, j'étais tombée sur un blog d'histoire consacré à la série *Les Tudors*, où j'avais lu que Marguerite de Navarre apparaissait dans un épisode de la première saison. Un simple double fictif qui, d'après l'auteur du site, n'était que très peu fondé sur le personnage historique. Je regardais peu la télévision, et je me félicitais toujours d'avoir un prétexte professionnel pour le faire. J'ai aussitôt cherché *Les Tudors* sur Netflix et me suis installée dans le canapé du salon.

Il ne m'a fallu que quelques minutes pour comprendre que ce rôle n'avait rien à voir avec la Marguerite de Navarre que j'avais appris à connaître à travers ses propres textes, ni avec ce que j'avais pu lire à son propos. Tout ce que je reconnaissais, c'était son illustre beauté. Dans l'une des premières scènes, on la décrivait comme « belle et docile et pleine d'admiration pour le roi », et c'est précisément sous ces traits qu'on la fait apparaître à la cour de Henry VIII, avec des boucles blondes et un décolleté plongeant, que ne se privent pas de commenter les proches du roi, comme le reste de son corps. Ce dernier lui adresse un signe auquel elle répond par un regard espiègle, tête inclinée. En soi, ce n'était pas révoltant – bien des jeunes femmes de l'époque, avec ou sans pouvoir, aspiraient à finir dans le lit royal, et le montrer ne faisait pas de mal – mais extraire de son contexte une femme exceptionnellement puissante, peut-être la plus puissante de son époque, pour en faire une maîtresse comme les autres… On aurait dit que les scénaristes voulaient la remettre à sa place. Pour couronner le tout, l'épisode était censé se dérouler le 24 février 1525, ou peu après, quand, dans la réalité, François Ier avait été emprisonné par l'empereur du Saint Empire à Pavie, où s'était rendue sa sœur pour le délivrer. Je n'en revenais pas. Comment les femmes pourraient-elles un jour se sentir les égales des hommes si leur histoire était sans cesse déformée ?

En en lisant davantage sur Pavie et l'intervention de Marguerite de Navarre pour délivrer son frère, je m'étais intéressée à l'empereur Charles Quint, ou plutôt à sa mère, Jeanne la Folle, à propos de laquelle j'avais fini par chercher des livres. Le problème était sans fin. Un nom, une image, une phrase suffisait à m'éloigner de mon sujet. Une chose en menait à une autre, il était difficile de délimiter le tout.

Dieu que c'était ironique que Marguerite de Navarre soit présentée comme un vulgaire plan cul, quand on savait l'influence qu'elle allait avoir sur la percée du protestantisme en Angleterre, l'un des fils rouges de la série. Ses livres ne tarderaient pas à se retrouver entre les mains des femmes de la dynastie Tudor : Anne Boleyn, Catherine Parr, Jeanne Seymour et Élisabeth Ire. Je venais juste de trouver la traduction que cette dernière avait faite du recueil de poésie de Marguerite de Navarre, *Le Miroir de l'âme pécheresse*, de 1531. Une version en prose qu'Élisabeth avait réalisée à l'âge de onze ans et reliée à la main. Les pages manuscrites reproduites étaient tellement usées, tellement sombres, qu'à bien des endroits il était difficile de déchiffrer le texte, avec ses grandes lettres soignées tracées sur du papier à fine réglure. Ce poème de mille quatre cents vers est une sorte de monologue mystique où le double de l'auteure explore tout ce qui fait qu'elle a échoué dans la vie. Je l'ouvrais et le lisais souvent sur mon téléphone. J'y trouvais quelque chose de libérateur, et en même temps, j'étais toujours un peu abattue de me sentir aussi concernée par cette œuvre vieille de cinq cents ans, toutes les questions laissées en suspens lui donnaient du corps, quelque chose de profondément incontestable. Peut-être que la position extérieure de cette femme de lettres permettait à sa parole de résonner à travers l'espace et le temps. Comme tant d'autres textes, *Le Miroir de l'âme pécheresse* semblait m'avoir touchée dans une sorte de traversée obscure de l'histoire. J'avais le sentiment que personne d'autre que moi ne pourrait les voir, tant mieux, ai-je pensé, je m'en souviens, personne n'aurait sans doute intérêt à ce qu'ils apparaissent au grand jour. Ce livre était le plus controversé que Marguerite de Navarre ait écrit, son point faible. L'Église catholique le considérait comme blasphématoire, car elle y soutenait que la seule manière d'entrer en contact avec Dieu, c'était de reconnaître sincèrement ses péchés. Un concept qui me parlait. Dans l'un des vers, elle avait écrit son nom, Marguerite, ce que la jeune princesse Élisabeth avait traduit par « moi », comme si le poème parlait d'elle-même, ce dont elle avait certainement l'impression. J'étais fascinée que cette fille de onze ans se soit approprié l'œuvre d'une adulte ; d'une reine et d'une poétesse qui confiait à une force supérieure ses failles et ses péchés. Je ne pouvais m'empêcher de me demander pourquoi, et je sais à présent que ce n'est pas sans rapport avec l'histoire sur laquelle je travaillais, sur le châtiment, la quarantaine et mes propres intentions. Mais je ne disserterai pas davantage là-dessus.

Aujourd'hui, quand je regarde le dessin et tout ce qu'il contient (je crois en tout cas discerner l'ensemble), je le vois clairement, mais au début, ce n'était pas évident. Il m'en a fallu du temps, penchée sur cette image, pour que le motif se révèle petit à petit. L'île et ses habitants. Toutes ces lignes, tous ces traits et pâtés noirs qui s'entremêlaient me déconcertaient, je m'y perdais sans cesse. Cette gravure était une énigme optique qui se résolvait peu à peu. J'ai commencé par distinguer l'étrange forme rectangulaire de l'île, les lignes tarabiscotées de la côte, l'océan au-dehors, les vagues et le navire. Puis les arbres feuillus au nord, le caribou de l'autre côté du ruisseau. Les détails m'apparaissaient très lentement, comme orchestrés au fil du temps. Après avoir compris la curieuse nature de cet arbre, mon attention se portait souvent sur le palmier, sur les aplats noirs à l'arrière, ce qu'il y avait à ses pieds, l'épée, par exemple, que je sais à présent avoir appartenu à l'homme, et l'objet au-dessus qui ressemble à une fleur.

Un après-midi, alors que j'étais assise sur mon lit, le dessin posé sur mon ordinateur devant moi, sa silhouette s'est soudain révélée à moi, je l'ai vue distinctement, entière, en bas, au milieu de la gravure. Un pas en avant qui se révélait source de déception.

Cette créature civilisée n'avait rien à voir avec l'image que je m'en étais faite. Son visage fin et élégant, au regard presque introverti sous d'épaisses paupières, n'avait rien de grossier ni d'animal. Son profil, toute sa personne, m'évoquait une déesse grecque, son port de tête, ses larges épaules, l'étoffe intacte qui plissait sur ses jambes. Dans sa robe montante à manches longues, elle avait l'air forte et courageuse. Elle tenait entre ses mains un long fusil braqué sur un ours qui allait droit vers elle, un autre gisant à ses pieds.

L'image recelait-elle d'autres détails que je ne voyais pas, me demandais-je, serait-il plus facile de les distinguer si j'avais l'original sous les yeux ? Me munir d'une loupe ne servirait en tout cas à rien. J'avais lu quelque part qu'un exemplaire de *La Cosmographie universelle* se trouvait à la bibliothèque universitaire de Toronto, où Elizabeth Boyer avait dû se rendre pour le feuilleter. C'était trop loin, je devrais me contenter du microfilm de 1 046 pages disponible en ligne. Avant d'imprimer l'image, je me suis dit que je pourrais la retoucher sur un logiciel pour la rendre plus lisible, mais alors que je parcourais le livre de Thevet afin de voir rapidement jusqu'où il était possible de zoomer sans perdre en qualité, contrairement à la reproduction que je possédais, floue et énigmatique, je n'ai pas trouvé le chapitre concerné. Il y avait toutes sortes de gravures aux mêmes jeux d'ombres et traits épais, y compris plusieurs îles, mais pas celle qui m'intéressait. Les pages dont j'avais besoin manquaient.

Quelqu'un avait dû entretenir la même relation que moi avec cette femme et, tout comme je le faisais, la garder pour lui. Telle a été ma première pensée. J'ai commencé à délirer sur cette personne, une sorte de copie émotionnelle de moi-même à l'autre bout du monde, moi dans la peau d'un homme, avec un autre métier. Peut-être un jeune étudiant en histoire, spécialisé en biologie marine ou peut-être en navigation. Je m'imaginais ses lunettes, son allure générale, et l'enthousiasme avec lequel il parlait de son projet, les encouragements qu'il recevait de son directeur de thèse pendant leurs déjeuners en tête à tête dans une université du nord-est des États-Unis, sa petite amie tout aussi encourageante… Je les voyais tous.

Une fois mon calme retrouvé, j'ai commencé à explorer le problème et compris que le texte de Thevet, comme celui de Belleforest, était beaucoup plus long que je ne le croyais. *La Cosmographie universelle* était en fait une œuvre en deux volumes, qui comptait en tout plus de quatre mille pages. J'ai fini par trouver le second volume sur un site et repérer le fameux dessin au milieu d'une page, entre deux paragraphes, avec une légende en marge qui expliquait les choses en quelques mots. La phrase donnait le sentiment qu'il n'y avait rien de plus normal, que la présence de cette femme n'était qu'un événement parmi tant d'autres.

Comme les peintures à l'huile que j'examinais au début de mes recherches, cette gravure était techniquement impressionnante. Pourtant, ce qui m'a frappée quand j'ai commencé à distinguer le motif dans son ensemble, à le comprendre un peu mieux, c'était sa relative simplicité, cette perspective maladroite qui le rendait plus vrai et détaillé qu'un portrait naturaliste. Quelqu'un s'était assis à son pupitre, avait dessiné l'île et cette femme d'après des témoignages, ou ce qu'André Thevet en disait, à moins qu'il ne l'ait réalisé lui-même, auquel cas il s'agissait de sa propre représentation des choses. Le but n'était pas de coller au maximum à la réalité, mais d'illustrer les suppositions de son auteur – les palmiers qui pousseraient en Amérique du Nord, par exemple. Mais cet arbre n'était-il pas le symbole de tous les continents lointains qu'on allait découvrir et coloniser ?

Ce dessin me donnait le sentiment qu'elle avait aimé son séjour sur l'île, ce qui allait se révéler exact, mais pas de la manière dont il le suggérait. Peut-être cette impression venait-elle de la figure de l'explorateur en tant qu'idéal de l'Âge des découvertes, mais peut-être aussi de la vision d'une « femme forte » devenue populaire à mon époque, raison parmi d'autres qui expliquait ma présence ici, avec ce dessin imprimé sur une feuille A4. En écrivant ces mots, je me rends compte qu'il s'agissait plus probablement de l'image qu'elle souhaitait véhiculer d'elle-même. Pourquoi aurait-elle voulu se montrer au monde sous son vrai jour, ou telle que je la voyais ?

Une fois qu'elle m'était apparue en bas de la gravure, je me suis de nouveau retrouvée coincée un bref instant. À cause de quelque chose que j'avais lu dans *A Colony of One* et qui me coupait encore plus les jambes que l'idée que Marguerite de Navarre n'ait pas écrit elle-même la « Soixante-septième nouvelle ». Le genre d'informations qui m'incitaient souvent à éviter de pousser trop loin les recherches. Quand l'histoire est belle, mieux vaut ne pas y regarder de trop près, mais là ne s'arrêtait pas le problème. Il y avait aussi mon épuisement. Toutes ces complications qui apparaissaient quand j'écrivais et parcourais les textes m'éreintaient.

La question m'avait effleurée, je n'avais simplement pas eu la force d'y songer tant elle m'accablait d'avance. Cette fois-ci, je ne pouvais plus y échapper. C'était écrit noir sur blanc dans le grand livre que j'avais sous les yeux : il était impossible d'en apprendre davantage sur elle. Non qu'elle n'ait pas existé, mais nul ne pouvait savoir exactement qui elle avait été, qui était précisément celle qui l'avait incarnée. Non seulement son identité ne pouvait être prouvée, car elle avait beaucoup d'homonymes – Marguerite était l'un des noms les plus courants à l'époque, tout comme de la Rocque, avec ou sans *c*, voire *ch* –, mais le silence qui s'était installé à son sujet, visiblement d'un commun accord entre les hommes concernés, avait effacé toute trace de sa vie. Elle avait été rayée de l'histoire, sauf un petit laps de temps entre 1536 et 1544, que j'avais vu se réduire à la lecture de Boyer.

La frontière qui délimite le fait de dénoncer la manière dont une femme a été gommée de l'histoire et le fait d'y participer soi-même n'est pas toujours facile à situer. J'y pensais beaucoup quand j'essayais d'en savoir plus sur elle. Ces dernières années, il était devenu assez en vogue de tenter d'exhumer des destins de femmes oubliées, il m'arrivait de lire des écrits féministes sur ces figures qu'on estimait avoir été exclues de l'histoire – la raison principale du ressenti de leurs auteures était manifestement qu'elles avaient elles-mêmes omis ces œuvres, ou la littérature secondaire à leurs propos. Une femme n'était pas nécessairement oubliée parce qu'elle n'était pas mentionnée dans les débats quotidiens ou les articles du moment partagés sur Facebook.

Marguerite de la Rocque (quelle que soit l'orthographe) n'existait nulle part avant que Jean-François de La Rocque de Roberval ne tente de s'en débarrasser. Ensuite, son nom avait été caché pour le protéger, lui et ses complices, assurer leur liberté, et maintenant que les événements étaient enterrés depuis des siècles, comment savoir qui pouvait bien être cette femme parmi toutes celles qui avaient vécu à cette époque ?

Dans *A Colony of One*, Elizabeth Boyer suggère trois candidates, dont celle qui a prêté serment à Amboise, et que l'on semble aujourd'hui considérer comme la bonne Marguerite. Mais Boyer l'écarte d'office. Contrairement à ce que je m'étais représenté de la cérémonie, elle n'était apparemment plus mineure au début des années 1540, quand Roberval était devenu son tuteur. De plus, ses terres étaient situées trop loin de Nontron, d'où on pense qu'elle était originaire pour la simple raison que Thevet l'aurait rencontrée là-bas, et une femme de sa condition n'aurait guère pu s'engager dans un voyage risqué outre-Atlantique. Elle n'aurait jamais pu s'en sortir aussi bien, souligne Boyer, visiblement plus réaliste que moi. La chercheuse pensait manifestement à quelqu'un qui devait être à la hauteur dès le départ, alors que j'aimais l'idée que le personnage se soit transformé, que sa force n'ait pas été innée, mais qu'elle l'ait acquise, une ténacité que personne n'aurait soupçonnée chez elle. Était-ce le cinéma commercial qui m'influençait, la nécessité d'un héros qui évolue ? Dans mes livres, les protagonistes ne changeaient que rarement. C'est en tout cas ce que les gens disaient, et je ne voyais pas de raison de les contredire.

Dernier argument d'Elizabeth Boyer : rien n'indiquait que cette Marguerite ait été de la famille de Jean-François de La Rocque de Roberval. D'après Wikipédia, site sur lequel j'étais contrainte de me rendre de plus en plus souvent, elle possédait pourtant une autre terre en commun avec lui, Pontpoint, ce qui semblait indiquer non seulement qu'ils étaient parents, mais qu'il avait un lourd motif pour lui réserver un tel sort. Si elle mourait, toute la propriété lui revenait, à condition qu'il ne l'ait pas assassinée.

Si Pontpoint est mentionné dans *A Colony of One*, l'ouvrage ne dit pas que Jean-François de La Rocque et sa pupille en aient été tous deux propriétaires. Des recherches plus récentes auraient-elles mis au jour quelque chose que Boyer aurait manqué au début des années 1980, quand elle avait écrit ce livre ? Encore un imprévu. Je n'avais pas le courage de réfléchir aux conséquences de ce détail sur mon travail, j'étais épuisée rien qu'à l'idée de devoir me plonger dans cette éventuelle étude historique, afin de compléter le puzzle de Boyer. Cette tâche me semblait exténuante, et ce n'était pas tout : j'avais du mal à me concentrer. Non seulement sur cette histoire, mais de manière générale, quelle que soit ma lecture, un roman, un recueil de poésie, un article de journal. C'était bien le pire. J'avais toujours plusieurs livres en cours en même temps, et quand l'un me plaisait particulièrement, je m'y attachais tellement qu'il m'était difficile de le finir. Je gardais les dix-vingt dernières pages pour plus tard.

De toute façon, rien de nouveau ne semblait pouvoir être découvert. Ou m'en étais-je convaincue pour mieux me dérober à mes recherches ? En écrivant aux gens que j'estimais être des experts de la question pour leur demander de l'aide, j'ai commencé à comprendre qu'en un sens, il était à mon avantage qu'on ne puisse pas savoir précisément qui avait été cette femme. Tant mieux, si elle n'avait pas de descendants qui auraient pu émettre un avis sur la manière dont il fallait la représenter, sur ce qu'il fallait en dire. Pourtant, j'avais le sentiment qu'on me privait de quelque chose, comme si l'objet de mes désirs, un désir que j'aurais éprouvé sans le comprendre, m'avait été retiré alors que je l'avais à peine entrevu. Pourquoi l'identité était-elle aussi importante, pourquoi jouait-elle un tel rôle ? Une fois que j'aurais su son nom, je n'aurais pas pu lui passer un coup de fil pour discuter, je n'en aurais peut-être même pas eu envie.

J'avais écrit à la rédaction du site d'histoire canadien pour connaître leur source sur l'identité du personnage, et tenter de comprendre leur raisonnement. De nouveaux éléments avaient peut-être été apportés depuis le livre de Boyer, même si rien ne laissait entendre que des travaux à ce propos soient en cours. Un formulaire de contact permettait de m'adresser directement à eux. J'étais à New York à ce moment-là, à l'occasion d'un festival littéraire auquel je participais, et même si mes journées étaient déjà bien remplies, je ne cessais de réfléchir à son sujet.

Plus tard dans la soirée, je suis sortie en compagnie de mon éditrice américaine, les rues étaient bondées, comme le restaurant de SoHo qu'elle avait choisi aussi, une brasserie classique à la française qui affichait toujours complet. Je venais de faire ma dernière intervention, une lecture dans une sandwicherie de Lower Manhattan, j'avais lu un court extrait de la dernière partie d'une histoire que j'avais coécrite avec trois écrivains venus des quatre coins du monde. Nous avions tous eu comme point de départ une phrase, la dernière de la partie précédente, formulée par un autre. Le genre d'exercices auxquels les écrivains se livraient constamment, d'après ce que j'avais compris, en plus des événements littéraires, des workshops et de l'enseignement. Pourtant, tout cela était nouveau pour moi, difficile, je me sentais soulagée que ce soit fini. Par chance, une table s'est libérée juste à notre arrivée. Nous avons commandé, puis discuté de ce qui s'était passé dans nos vies depuis notre dernière rencontre, et quand elle m'a demandé comment avançait le roman que j'étais en train d'écrire, cette histoire d'arbre, je lui ai expliqué que j'avais dû le laisser de côté, je n'arrivais plus à rien depuis que j'avais commencé à travailler sur autre chose. Je lui ai parlé de mes recherches sur elle, du scénario de long-métrage que j'avais accepté d'adapter en série, puisque c'était devenu plus populaire que les films. Les gens regardaient plus de séries que d'émissions d'actualités, certains semblaient y consacrer tout leur temps, voilà le nouveau roman, a poursuivi l'éditrice avec un petit rire. C'était sans doute vrai, a-t-elle ajouté, mais ça ne signifiait pas que le roman n'ait plus son mot à dire.

– Chaque chose en son temps, a-t-elle conclu. Tout ça me paraît sensé. Tu sais bien que le livre que tu as commencé sera toujours là, quand tu auras réussi à sortir le reste. Et alors, tu pourras en faire ce que tu veux.

Puis, penchée en avant, elle m'a glissé : pourquoi pas un livre ? Je lui ai expliqué les choses telles quelles, au début, je m'étais sentie incroyablement libre de travailler sur une histoire qui, pour une fois, ne déboucherait pas sur un livre, mais désormais, ça me paraissait inévitable. Je n'y couperais pas. Ce qui me passionnait la dernière fois que nous nous étions vues me semblait désormais vide, insignifiant, et je ne pouvais pas commencer autre chose à partir de zéro, autre chose que ce que je tenais là. L'éditrice m'a écoutée, puis elle a hoché lentement la tête. Elle était toujours si compréhensive, et comme plusieurs de mes éditeurs, elle me donnait le sentiment que mon raisonnement était logique, que ce que je faisais était sensé, oui, comme elle l'avait dit, ce qui m'apaisait. Ma culpabilité disparaissait, ou du moins s'atténuait. L'espace d'un instant, j'avais l'impression d'être quelqu'un avec un métier normal, une vie normale.

Pendant notre conversation, j'ai soudain réalisé que le sentiment que j'avais d'abord éprouvé n'était peut-être pas une libération, mais au contraire, le signe que je ne supportais pas d'être dans l'incapacité d'écrire ce que je voulais. Si je lui avais fait part de mes pensées, elle aurait probablement pu m'aider à y voir plus clair, mais je n'en ai rien dit. J'ai préféré sortir mon téléphone, chercher l'image de l'île pour la lui montrer, ainsi qu'une page de *La Cosmographie universelle* que j'avais également sauvegardée. Elle les a examinées longuement et lorsqu'elle a tendu le bras au-dessus de la petite assiette d'huîtres placée entre nous pour me rendre mon téléphone, elle m'a donné un conseil.

– Avant de partir, si tu as le temps, va donc à la bibliothèque de Bryant Park. Ils ont une superbe collection de cartes anciennes de toutes les régions du monde. Tu pourrais trouver quelque chose qui mérite le coup d'œil, j'en suis à peu près certaine.

Puis, tandis que nous dînions, elle m'a parlé du projet qui l'occupait en ce moment même, les écrivains qu'elle mentionnait apparaissaient comme des diapositives sur ma rétine. Tous disciplinés, concentrés et talentueux, ils arrivaient sans problème à lire et intégrer leurs sources, aussi vastes soient-elles, leur production était importante, leur plume ne leur instillait aucun remords vis-à-vis du reste de leur existence. Je les enviais. En sortant du restaurant, nous avons marché côte à côte le long de quelques pâtés de maisons, puis nous nous sommes séparées à l'angle d'une avenue. Tandis qu'elle remontait vers le nord, j'ai continué seule vers le sud de Manhattan.

L'automne, à New York, c'était autre chose que ce que nous connaissions dans le nord de l'Europe. L'air était doux, plein de parfums, et les rues grouillaient de gens qui disparaissaient dans des bars, des restaurants, des karaokés. Je m'attendais à peine à ce que la rédaction du site d'histoire me réponde, mais une fois de retour dans ma chambre d'hôtel, je me suis installée au bureau, j'ai ouvert mon ordinateur, et un e-mail est apparu. Mon interlocuteur m'expliquait que, comme moi, il était à l'étranger en ce moment, il ne pouvait donc rien affirmer, mais il était quasiment sûr qu'ils s'étaient fondés sur les écrits d'André Thevet. C'était bien ce qui me semblait. Pourtant, ni dans *La Cosmographie universelle* ni dans *Le Grand Insulaire,* il n'était précisé où se situaient les terres que possédait Marguerite, ni ce qu'elle avait fait en 1536. À part son prénom et son nom, tout ce que Thevet disait, c'était qu'il s'agissait d'une jeune femme de haut rang, une *damoiselle*, et une « proche parente » de Jean-François de La Rocque de Roberval, « laquelle il respectoit fort, et luy declaroit toutes ses affaires, comme estant de son sang ».

J'ai commencé à rédiger une réponse pour lui expliquer pourquoi je m'intéressais à ce personnage, et lui faire part de mes doutes, je m'efforçais de résumer et de formuler mes questions les plus importantes, comment pouvaient-ils savoir que parmi toutes les femmes portant ce nom qui avaient vécu à la même époque et au même endroit, cette Marguerite de la Rocque qui avait prêté serment en 1536 était bien la bonne, d'où tiraient-ils leur information sur son lien de parenté avec Roberval et sur cette terre qu'ils possédaient ensemble ? Mais en relisant mon e-mail, j'ai eu des regrets. J'ai tout effacé. Je n'osais pas l'envoyer.

Le lendemain, mon dernier jour à New York, j'ai pris le petit déjeuner dans un *diner* ukrainien d'East Village avec une amie et sa fille. Nous avons discuté de la vie au quotidien avec un enfant dans un studio au dernier étage sans ascenseur, dans un immeuble du XIXe siècle en plein cœur de Manhattan – « je n'ai quasiment plus besoin de faire de jogging, tu vois ce que je veux dire » – puis nous avons remonté la Cinquième Avenue, croisé une vingtaine de rues jusqu'à la New York Public Library où mon éditrice m'avait conseillé de faire un tour. J'ai franchi l'entrée, avec ses pompeux aphorismes sur la littérature ; des expressions gravées dans la pierre d'un tel anachronisme que leur propos semblait avoir mué, comme si la lecture et la langue n'avaient plus rien à voir avec les fonctions cognitives, mais étaient devenues quelque chose de mystique, et le fait de s'introduire ici pour chercher un livre revenait aujourd'hui à frapper à la porte de l'un des nombreux voyants de la ville, attiré par la promesse qu'on puisse lire l'avenir dans votre paume.

Après avoir fait la queue devant les agents de sécurité afin qu'ils jettent un œil dans mon sac à main qui ne contenait qu'une batterie de rechange pour mon téléphone, le programme du PEN America World Voices Festival, et deux bâtons de rouge à lèvres, j'ai repéré la salle des cartes, derrière une petite cafétéria, à l'angle du hall. Le silence régnait dans la pièce, l'endroit était quasiment désert, à part quelques personnes absorbées par leurs lectures dans des fauteuils installés le long des fenêtres, et une bibliothécaire assise derrière le guichet, occupée à feuilleter des fiches. Je me suis approchée et lui ai demandé s'ils avaient quelque chose d'André Thevet. Elle avait mon âge, ou peut-être un peu plus – j'avais souvent l'impression que les gens étaient plus vieux que moi, quand ils étaient du même âge, voire plus jeunes –, et avec une certaine indolence, elle m'a montré des étagères dressées dans un coin avec d'énormes classeurs en plastique bleu.

Le catalogue.

Au nom de Thevet, il y avait une note inscrite à la machine à écrire dans une colonne : *Le Novveau Monde Descovvert et Illvstre de Nostre Temps* – A. Thevet, 1575. Était-ce l'une des cartes de *La Cosmographie universelle* ? Avant de pouvoir commander à la réserve le document qui serait disponible dans l'après-midi, la bibliothécaire devait me créer une carte de prêt. Elle m'a confié un formulaire et un stylo à bille, et une fois soigneusement rempli, je le lui ai rendu et je suis sortie.

Dehors, il faisait chaud, le soleil brillait. J'ai marché jusqu'à la Quarante-huitième Avenue, où je savais que je trouverais un marchand ambulant qui vendait des fruits à pain, planté devant les hauts immeubles avec son chariot. Nous étions en plein rush du déjeuner. Deux types servaient de la nourriture dans des boîtes isothermes aux gens qui se glissaient dans la queue sur le trottoir, des employés de banque et de bureau. La plupart discutaient au téléphone ou conversaient entre eux, certains alternaient entre l'anglais et d'autres idiomes. Les femmes portaient des jupes courtes et des talons hauts, je songeais à ce que ça pouvait signifier pour elles d'être des dames perchées sur des escarpins, avec un job à Manhattan. Était-ce ce dont elles avaient toujours rêvé, s'étaient-elles imaginées dans ce rôle ? Je n'ai pas tardé à être la première de la queue, le fruit à l'écorce carbonisée a été épluché et sa pulpe chaude découpée en morceaux. Une fois ma boîte en main, je suis retournée au parc et je me suis installée à l'une des tables vertes, à l'ombre de la bibliothèque.

Le goût de cet aliment était exactement conforme à mes souvenirs, et comme à chaque fois que je mordais dans un fruit à pain, j'ai pensé à Robinson Crusoé, là où j'avais découvert son existence, le roman de Daniel Defoe était le premier livre qu'on ait lu à l'école. J'en avais un exemplaire très ancien, usé jusqu'à la corde, et illustré de petits dessins à l'encre de Chine qui représentaient Robinson et Vendredi sur leur île déserte, avec tous leurs outils. J'ai posé mes couverts en plastique pour photographier mon plat en boîte, mais à l'instant où je levais mon téléphone, un homme a surgi et s'est emparé du tout, avant de s'enfuir à travers le parc. Je me suis levée et retournée, je l'ai regardé au loin ralentir le pas au carrefour et commencer à remonter tranquillement la Cinquième Avenue, en portant à sa bouche une tranche de fruit.

Je suis restée là, immobile, un court instant. Personne aux alentours ne semblait avoir remarqué ce qui s'était passé. J'ai attrapé la serviette en papier sur la table, voilà tout ce qu'il m'avait laissé, et je l'ai froissée en boule. J'avais encore du temps devant moi avant de pouvoir consulter la carte, mais j'ai mis le cap sur le magistral escalier en pierre de la bibliothèque. Il y avait foule à cette heure, les gens évoluaient sur les marches d'un air presque recueilli. Certains, encombrés de livres et de sacoches, s'apprêtaient manifestement à prendre place dans la grande salle de lecture à l'étage pour potasser, quand d'autres venaient simplement jeter un coup d'œil à cet endroit célèbre, avec ses longues rangées de pupitres surmontés de lampes. La pièce était divisée en deux. D'un côté, les touristes admiraient le décor et s'imprégnaient de l'atmosphère, de l'autre, les New-Yorkais pouvaient travailler en paix, sans être dérangés ou risquer de finir sur une photo instantanément mise en ligne.

La salle des cartes, au rez-de-chaussée, n'était pas aussi somptueuse, mais il y était également interdit de prendre des photos. Le calme y régnait toujours, malgré l'arrivée de quelques visiteurs. Seuls se faisaient entendre le crépitement des claviers d'ordinateur, le crissement des pages que l'on tournait et le grattement des stylos sur le papier. La concentration était palpable dans l'air. En me voyant approcher du comptoir, la bibliothécaire m'a tendu une paire de gants en coton blanc que je me suis empressée d'enfiler, puis elle m'a conduite à la place qu'elle m'avait destinée sur une longue table placée de manière à ce qu'elle voie tout ce qui s'y passe. Une fois que j'étais assise, elle a rejoint un petit chariot à livres rangé contre le comptoir et attrapé un grand porte-documents qui devait contenir la carte. Lentement, un peu solennellement, elle a traversé la pièce avec ce précieux objet entre les mains, avant de le déposer délicatement devant moi. Envahie d'une odeur de poussière et de papier ancien à laquelle je ne m'attendais pas, j'ai soudain éternué. La bibliothécaire n'a pas bronché, elle s'est penchée sur la table pour dénouer l'attache en tissu qui fermait le porte-documents, et l'ouvrit d'un grand geste.

Le Novveau Monde Descovvert et Illvstre de Nostre Temps était une gravure brune sur mousseline, de cinquante centimètres de large et presque autant de haut. Était-il possible qu'André Thevet ait lui-même palpé cet exemplaire ? Qu'avait-il pu ressentir pendant ces années où il s'était appliqué à dessiner l'ensemble des régions du globe, qu'avait-il pensé de son travail et de sa propre personne ? Le Nouveau Monde était divisé en territoires soumis aux pouvoirs coloniaux, *lieues Italiques, lieues Francoyza, lieues Marinza* – l'Italie, la France et l'Espagne. En regardant la carte de plus près, j'ai constaté que cette ancienne image du continent américain était très proche de celle que je m'en faisais, à la différence que la pointe australe de l'Argentine n'était pas pointue mais arrondie, comme une grande presqu'île, et qu'à sa gauche apparaissait la Nouvelle-Guinée, curieusement immense.

Je m'étais toujours demandé comment les premiers cartographes s'y étaient pris pour réaliser leurs esquisses. Comment pouvaient-ils se faire une représentation aussi nette de la Terre ? Il était encore difficile de comprendre la manière dont tout se conjuguait, les pays, les océans, les îles et les montagnes, et il était vertigineux de penser qu'avec notre liberté de mouvement nous pouvions aujourd'hui nous déplacer à la vitesse grand V à travers cet ensemble. Mais si nos cartes étaient aussi proches que celles de l'époque, c'était peut-être qu'elles n'étaient pas exactes, mais qu'elles étaient le fruit de déductions et de pures suppositions. Voilà ce qu'était la science : élaborer des théories et y croire dur comme fer jusqu'à ce que quelqu'un vienne vous prouver le contraire.

L'île se situe au nord du golfe du Saint-Laurent, un estuaire entre le Labrador, Terre-Neuve et Québec, aussi vaste qu'un océan, où se jettent les Grands Lacs et le fleuve du même nom. Jacques Cartier était passé par là lors de sa première expédition. Il l'avait avisée un 29 juillet, jour de la Sainte-Marthe, et comme il avait pris l'habitude d'appeler ses découvertes dans le Nouveau Monde selon le calendrier catholique des saints, il avait baptisé le golfe, ses îles et ses écueils en hommage à Marthe, la sœur de Lazare, celle qui, dans le Nouveau Testament, entend Jésus annoncer qu'il est la résurrection et la vie, après avoir ramené son frère dans le monde des vivants. Quand j'étais petite, je me souviens que je trouvais ces histoires de résurrection épouvantables, à cause de leur contenu assurément mensonger – tout ce qu'il y avait de vrai dans ces récits, c'était leur façon de s'opposer à l'irrévocable. À l'ouest, l'estuaire est délimité par le détroit de Jacques-Cartier, je me suis dit, comme à chaque fois, que Jean-François de La Rocque de Roberval aurait aimé que cet étroit ruban d'eau célèbre plutôt sa mémoire. Après tout, c'est lui qui avait donné à l'île son appellation la plus fréquente dans les sources : l'île des Démons. Il avait exhorté Jean Alfonse de Saintonge, André Thevet et tous les autres navigateurs et cartographes à la renommer pour prévenir les marins qui s'aventureraient par là de la présence de mauvais esprits et de démons. Depuis le XVe siècle, des bateaux français pêchaient la morue dans les alentours, peut-être que cet endroit avait déjà une réputation effrayante, à moins que Roberval n'en ait été l'instigateur, pour que personne n'y débarque et ne découvre ce qu'il y avait laissé.

Je n'ai jamais vu d'« île Sainte-Marthe » sur la moindre carte, et *Le Novveau Monde Descovvert et Illvstre de Nostre Temps* n'affichait ni cette première appellation, ni « île des Démons », ni « île de Roberval », ainsi que Thevet allait plus tard la baptiser. Il était évident que ce petit bout de terre ne faisait pas partie de la représentation du Nouveau Monde, mais je n'y ai pas pensé, assise dans cette salle, comme envoûtée par le sentiment que me procurait le fait d'avoir ce document entre les mains. Une fois que je m'étais habituée aux lettres raffinées et décolorées, mes yeux se sont posés sur l'île des Diables, située légèrement au sud du Groenland. Bien trop au nord et à l'est, je m'en rends compte à présent, et même pas dans l'estuaire, mais j'étais comme aveuglée. Je l'associais à l'île des Démons sans doute parce que je voyais ce que je voulais voir, parce que je n'avais que cette île en tête, comme si elle était au centre de tout.

Dans l'avion et pendant des jours après mon retour de New York, j'ai lu des textes sur l'île des Diables disponibles sur Google Books et d'autres archives, jusqu'à ce que par une journée grise, alors que je feuilletais au hasard mes notes sur *A Colony of One* à la maison, je tombe sur le tracé de l'itinéraire que Jean Alfonse de Saintonge avait emprunté pour se rendre sur l'île, en remontant la baie. Ce croquis m'a fait comprendre mon erreur, et j'étais loin d'être la seule à me tromper : bien des écrivains et chercheurs ont cru écrire sur l'île des Démons, quand il s'agissait de l'île des Diables. Pour être honnête, je m'en suis réjouie, tous ceux qui s'intéresseraient à elle risquaient aussi de se méprendre. Récemment, j'ai trouvé une carte anonyme datée de 1556, on y lit clairement « île des Démons », un morceau de terre peuplé de diables, d'anges et d'hommes en tenue d'Ève et d'Adam qui se réfugient dans des huttes. Au sud, *Terra Nova*, au nord, *Terra de Labrador*, et dans les eaux qui roulent à l'est, le courant *Levante* illustré par un gros animal marin.

L'île allait donc avoir plusieurs désignations, ce qui était déterminant pour le devenir de l'histoire de Marguerite. C'est du moins ce que je croyais. Aujourd'hui, on l'appelle encore différemment, à la mémoire d'un noble européen, un comte et officier anglais qui a un lien fort vague avec cet endroit. À la mort de Jean-François de La Rocque de Roberval, Thevet a choisi de lui donner le nom d'île de Roberval sur ses cartes. Une façon d'exprimer leur profonde amitié, explique le savant, et parce que le capitaine était le premier à y débarquer. Qui sait, peut-être que c'est vrai. Roberval avait peut-être été à bord du canot, peut-être qu'il avait pataugé vers le rivage avec les matelots et ces dames, et qu'il s'était dépêché de mettre le premier le pied sur cette terre et d'y planter un drapeau français.

Ce n'est pourtant pas ce que je m'imagine.

Je veux dire ma représentation du déroulement de la scène, une vision si réelle qu'elle ne peut guère être supplantée, et je pense aussi à ce que Cartier a écrit dans une lettre lors de sa première expédition : on ne devait pas parler de Nouveau Monde, mais d'un monde de pierres et d'effroyables falaises (*et je me demande ce que devaient éprouver ceux qui devaient repartir pour l'Europe avec cette lettre, contraints de faire demi-tour, à peine arrivés*).

Au fil de l'écriture, André Thevet ne cesse de constater qu'il s'éloigne de son sujet, ce qui me faisait plaisir. Dans *Le Grand*

Insulaire, qui se trouve à Paris, à la BnF, il consacre par exemple de nombreux paragraphes aux mauvais esprits qui peuplaient l'île, incarnés par des animaux sauvages ou des hallucinations effrayantes qui accablaient Marguerite. S'il s'y intéressait autant, était-ce pour décrire l'enfer qu'elle avait vécu ou pour appuyer les propos de Roberval, entretenir la réputation de ce lieu que l'on disait hanté ? Les sciences naturelles étaient justement en train de gagner du terrain sur la religion et les superstitions, or il était courant que la science s'intéresse au surnaturel. Sans remettre en cause le retour des esprits sur terre et leur apparition aux yeux des vivants, Thevet dit laisser la question aux théologiens et autres experts dans le domaine :

> Joint que presentement j'auroie bien à desmeler autre chose, et beaucoup plus difficile, si je me plaisoie à discourir des poincts qui resjouirent vrayement le Lecteur, mais qui ne pourroient estre esclaircis, sans extravaguer trop hors de mon sujet.

Je le voyais avec sa plume, envahi de pensées qui glissaient comme une pluie torrentielle sur le flanc des montagnes au milieu de son exposé. Je me représentais son bureau, la plume qui grattait le papier, son écriture penchée que j'aurais pu reconnaître entre mille, ses longs *s* tarabiscotés qui ont depuis disparu de la calligraphie.

Le cœur de son sujet était le continent inexploré, non pas cette femme qui avait survécu au large du Nouveau Monde. L'île, autrement dit. Une île aussi belle et froide qu'une autre, écrit-il, peuplée de démons et d'animaux sauvages. Même s'il n'y a jamais abordé, des images de cet endroit revenaient sans cesse. Comme moi, il s'y rendait en rêve, bien que pour d'autres raisons.

Au début, je trouvais curieux que Thevet qualifie d'ami proche Jean-François de La Rocque de Roberval. L'estime qu'il semblait avoir pour lui me rebutait. Au milieu d'une phrase qui racontait ce que Roberval avait fait de sa pupille et des autres, il pouvait vanter les vertus de cet homme. À la colonie que Roberval avait baptisée France-Roy en l'honneur de son cher François Ier, il n'avait toléré qu'une seule fois l'exécution par pendaison de six personnes et l'enchaînement d'une poignée d'autres, ses petits « favoris », fouettés jusqu'au sang. Le savant protégeait le capitaine, me disais-je, révoltée, non seulement parce que c'était la marque du patriarcat, mais parce qu'au fil de mes lectures j'avais créé un lien avec lui. Je ne pouvais pas accepter que sa loyauté envers Roberval soit plus importante que son empathie pour elle, en dépit tout ce qu'il savait, de tout ce qu'elle lui avait appris lors de leur entretien. Ce n'était pas surprenant, bien au contraire, il n'y avait sans doute rien de plus naturel que cette solidarité masculine, mais maintenant que j'avais lu son œuvre et des articles à son propos, je refusais cette idée. Son long tableau des pays et des océans, de tout ce qui existait sur notre planète, m'avait poussée à vouloir me fier à lui. À cause de ses écrits, j'avais envie de penser du bien de cet homme.

Tel est l'effet de la voix des écrivains sur ma personne, malgré tout ce que je sais de leur allure trompeuse. Parce que j'aimais lire ses descriptions de l'île, je voulais que Thevet condamne Roberval. En même temps, j'avais commencé à me demander pourquoi j'y accordais une telle importance, et s'il s'était vraiment rangé du côté de son ami. N'était-il pas envisageable que Thevet ait été proche de Roberval tout en réprouvant son comportement ?

Sur Internet, j'ai trouvé la carte d'André Thevet et son portrait, une gravure sombre que j'ai imprimée et épinglée au mur avec les autres images. Il portait la barbe et un vêtement drapé. Devant lui, un globe terrestre reposait sur un socle, il avait une main ouverte, comme pour souligner d'une gestuelle prudente son propos, et tenait de l'autre, le poing appuyé sur le globe, un objet qui ressemblait à une pince, certainement un instrument de navigation. Il semblait donner un exposé, l'air grave, comme inquiété par ses propres explications.

À cause de mes troubles de la concentration, j'avais du mal à lire ce qu'il fallait sur la Renaissance en France et les grandes découvertes, mais plus je me forçais à en apprendre davantage sur cette époque, plus mes interprétations de la documentation sur Marguerite me semblaient réalistes et exploitables. Je commençais à comprendre que j'avais lu le chapitre qui lui est consacré dans *La Cosmographie universelle* avec des œillères. Les deux autres sources, des nouvelles fondées sur une histoire vraie, je les considérais comme des œuvres fictionnelles, avec tout ce que cela impliquait, mais j'avais visiblement oublié que le texte d'André Thevet avait été composé dans un ensemble, et devait être examiné tel quel. On aurait dit que j'avais perdu toute ma sensibilité et éprouvé un soudain besoin d'explicitation que je critiquais volontiers chez les autres. J'avais confondu vérité et authenticité, comme si le fait que ces textes soient des sortes de vestiges de l'histoire me forçait à les prendre à la lettre.

Quelque chose avait beau être écrit noir sur blanc, il ne fallait pas nécessairement le tenir pour vrai. Ce n'est pas parce qu'André Thevet saisissait la moindre occasion pour louer la personnalité de Jean-François de La Rocque de Roberval qu'il en avait eu véritablement l'intention. Il y avait peut-être été contraint pour pouvoir écrire, exprimer tout ce qu'il avait en tête. En observant le portrait de Thevet, j'ai pris conscience d'une autre évidence à laquelle je n'avais pas encore pensé : à l'époque, le monde avait forcément beaucoup plus d'indulgence pour le geste de Roberval, qu'on juge aujourd'hui inconcevable.

Il était étonnant que cette idée ne m'ait pas effleurée avant, malgré le temps que je consacrais à ce sujet. Même si *La Cosmographie universelle* n'avait été imprimée qu'après la mort de Roberval, pendant la rédaction du livre, André Thevet pouvait avoir redouté des représailles non seulement de Roberval en personne, mais de l'une des institutions qui le soutenaient. Il avait peut-être peur que le récit de sa rencontre avec Marguerite et de ses confidences ne finisse par retomber sur elle. Avec ses témoignages d'amitié et de loyauté pour le capitaine, il cherchait peut-être à la protéger. Mieux valait ne pas condamner Roberval, puisqu'il était soumis à son autorité. Elle n'aurait jamais eu raison contre lui, rien que sa survie dans ces conditions était invraisemblable, une réalité qui défiait toutes les lois de la physique, et en souffler un mot à son bourreau n'aurait fait que la mettre en danger.

Quelles qu'aient été ses motivations d'écriture, le texte de Thevet avec tous ses détails qui pouvaient paraître hors de propos, comme le passage sur les mauvais esprits, avait acquis de la valeur à mes yeux. J'étais consciente que je ne saurais jamais rien de ses intentions, et il n'était pas non plus certain que j'aurais pu les comprendre si j'avais vécu à l'époque et découvert ce livre à sa parution. Pour peu que la femme que j'aurais été ait su lire.

C'est dans le paragraphe consacré à son honorable ami que Thevet la mentionne pour la première fois : parmi les gens qui accompagnaient le capitaine lors de son voyage par-delà l'océan, il y avait une femme. Était-elle au courant de l'existence de ce récit ? Avait-elle lu le livre, lu sa propre histoire et regardé son portrait sur l'île ? Peut-être qu'il se fichait de redorer le blason de Marguerite de la Rocque, peut-être qu'elle n'était qu'un témoin parmi d'autres auxquels le savant se fiait pour se représenter le Nouveau Monde, lui qui n'y était pas allé en personne ; cette voie détournée méritait d'être explorée, compte tenu de ce qu'elle pourrait révéler des conditions de vie outre-Atlantique. Ce texte était pourtant une sorte de réhabilitation, volontaire ou non. L'île, cette femme, son titre et son nom. La description des animaux, de la nature, et des démons. L'énumération de ce qui l'entourait, des autres personnages, la temporalité du déroulement de l'histoire, aussi rudimentaire et évasive soit-elle. Sans oublier ses mots, ses prières et ses rêves. Il est le seul à révéler son identité.

Quand j'observe la gravure si noire, mon regard est toujours attiré par le même détail. Une petite forme oblongue, couchée par terre, devant la cabane en bois qu'elle a dit à Thevet avoir construite avec les autres. Un machin emmailloté, parfaitement immobile, comme la larve d'un papillon.

J'ai écrit que cette histoire commençait par la mort. La mort qui emporte son père, la mort sous-jacente à la soif de conquête, l'envie d'apprivoiser le monde sauvage. Le 15 janvier 1541, Jean-François de La Rocque de Roberval est nommé commandant en chef de l'expédition pour la Nouvelle-France et vice-roi de la région, représentant de la haute autorité sur l'ensemble du territoire. Sa lettre d'affectation est deux fois plus longue que celle que Jacques Cartier a obtenue quelques années auparavant. François Ier y exprime son désir de découvrir les pays étrangers, laissés inexplorés de l'autre côté de l'océan, mais aussi toute sa confiance en Roberval, qui malgré son manque de qualification formelle apparaît comme le seul candidat possible pour cette mission. Le texte loue son ambition, son dévouement pour l'Église et la Couronne, son discernement, sa loyauté et bien d'autres vertus.

Roberval prendra le relais après le troisième voyage de Jacques Cartier. Cap sur Terre-Neuve, jusqu'à Candia, le Canada, pour y établir une colonie que le roi espère être source de richesse, d'honneur et de grâce divine. Les envoyés de la Couronne vont libérer les sauvages de la barbarie, de la déraison et de la candeur, carcan dans lequel ils sont enfermés, ils vont sauver leurs âmes et leur faire don d'une descendance chrétienne et française. Accompagné de sa suite, Jean-François de La Rocque de Roberval aura le pouvoir absolu sur la colonie, les terres et les mers, et le moindre sujet qui y posera un pied. Il fera construire des châteaux et des églises, et diffusera la parole de Dieu. Un prix bien peu cher à payer, m'apprêtais-je à écrire. Je partais du principe qu'il n'aurait pas de problème à mettre de côté ses propres convictions religieuses pour une telle mission, mais d'après André Thevet, si Roberval était aussi dur en tant que chef, ce n'était pas sans rapport avec son réformisme, lui qui était calviniste. Cette remarque était-elle une simple manière de décrire son caractère brutal et autoritaire, ou fallait-il en déduire que, malgré les conflits religieux, Roberval en avait profité pour prêcher sa foi et inciter ses colons à y adhérer ?

Sa flotte est composée de trois navires flambant neufs : le *Vallentyne*, le *Sainte-Anne* et le *Marye*. On a gardé la trace de certains nobles engagés dans l'expédition, des noms comme de Guinecourt, Sainterre, L'Espiney, Noir Fontaine, Dieu Lamont, De La Brosse, Frete, Francis de Mire, La Salle, Royeze, d'après un document conservé. Le soir où j'ai découvert ces gens et ces bateaux, je suis allée dîner chez des amis que je n'avais pas vus depuis longtemps. À ce moment-là, je ne voyais plus grand monde, je trouvais que j'avais du mal à avancer. Ne rien prévoir d'autre que mon travail et les tâches du quotidien me convenait parfaitement.

Il arrivait cependant que je décide de sortir. Ce soir-là, j'avais laissé les enfants à la maison, mais en arrivant, j'ai constaté que les autres convives avaient emmené les leurs. Couchés sous la table, les gamins jouaient pendant que leurs parents parlaient de leur travail en sirotant du vin. Un homme avec un petit de deux ans sur les genoux m'a demandé ce que j'écrivais, si j'allais bientôt publier quelque chose. J'ai essayé d'éluder la question. Je savais que si la tablée réagissait avec enthousiasme, je me sentirais nulle, je ne pouvais que les décevoir, et il y avait aussi le risque que certains se mettent à palabrer sur les sujets qu'ils auraient eux-mêmes traités s'ils avaient été écrivains, ou à s'ébahir devant le métier merveilleux que ce devait être, *imagine un peu, passer sa journée à faire son introspection*, m'avait dit un jour une femme, le sourire aux lèvres, comme si elle ne pouvait rien rêver de mieux.

Je ne voulais pas non plus qu'on me rappelle à quel point cette histoire était extraordinaire, j'aurais eu le sentiment que j'étais en train de la détruire. J'étais égocentrique comme le sont les gens guidés par leurs peurs, je ne pensais pas à l'époque que tous les écrivains le sont parce que nos vies intérieures prennent le dessus, parce que nous travaillons pour nous-mêmes, isolés. Pourtant, au fond de moi, je savais que si je me confiais, il y avait une petite chance que j'en tire quelque chose d'intéressant. C'était arrivé, ça arrivait parfois. Alors j'ai expliqué l'affaire dans les grandes lignes. L'homme trouvait étonnant que les Français aient été aussi passionnés par le Nouveau Monde, que pouvait-on bien faire du Canada quand on venait de France ? Le *Kanata*. Je ne comprenais pas ce qu'il voulait dire, mais il a enchaîné sur un voyage qu'il avait effectué dans un camp de nudistes à Carcassonne, et j'ai pensé à cette tension qui m'intriguait depuis toujours entre les naturistes qui estiment avoir opté pour un meilleur mode de vie, et ceux qui se mettent à nu parce qu'ils trouvent ça excitant.

– Carcassonne, tu dis ?

– Oui.

Qu'il était bizarre qu'on me parle de cette ville… Celle où Roberval était né. Encore un signe ? (Quelle idiote, je croyais en voir partout !) La conversation autour de la table s'est portée sur l'expansion coloniale française en Afrique et en Asie du Sud-Est, personne ne semblait vouloir en savoir plus sur le destin de Marguerite, sans doute à cause de mon piètre talent d'oratrice. Même une histoire aussi extraordinaire que celle-ci, j'étais incapable de la transmettre de sorte que les gens veuillent m'écouter. Je me suis efforcée de ne pas en conclure quoi que ce soit sur ma faculté à la coucher par écrit.

Après le dîner, je me suis empressée de rentrer chez moi. J'avais eu bien chaud chez mes amis, avec tous ces gens et les vapeurs de cuisine, mais dehors, il tombait une pluie glaciale. Il faisait nuit noire, un temps hostile, alors qu'il n'était pas tard. Si je pressais le pas, j'aurais peut-être le temps de lire une histoire aux enfants avant qu'ils ne s'endorment. Mon écharpe enroulée sur la tête, je me suis mise à trottiner, fixant le trottoir pour éviter de déraper sur les tas de feuilles à moitié pourries qui gisaient çà et là. Dans l'appartement régnait une obscurité presque aussi intense qu'à l'extérieur. La pluie martelait les carreaux, un courant d'air froid s'infiltrait par les fenêtres et rasait le sol. Les enfants dormaient à poings fermés dans leurs lits. Mon mari s'était assoupi, lui aussi, ses lunettes de lecture dans une main, la biographie de Kafka qui l'occupait en ce moment ouverte sur sa poitrine.

J'ai attrapé mon iPad sur la table basse et me suis couchée à ses côtés, emmitouflée dans une couverture et blottie contre lui, pour m'imprégner de la chaleur de son corps imposant. Il ne m'a pas remarquée, plongé dans son sommeil. J'ai repris mes recherches sur la vie à bord d'un navire comme le *Vallentyne*, ce qu'on y mangeait, où l'on se reposait, ce genre de choses. Je me demandais ce qu'on devait éprouver sur un tel vaisseau, à quoi ressemblait la cabine de Marguerite, comment faire pour tenir dans une pièce aussi étriquée, et comment les autres se débrouillaient, ceux qui n'en avaient pas, mais qui dormaient à tour de rôle dans des trous à rats. J'ai lu que Roberval n'avait pas veillé à la bonne conservation de l'eau, elle avait tourné pendant la traversée et les réserves avaient dû être jetées, il ne leur restait plus que du cidre. Quel enfer... Vivre au beau milieu d'un océan, entouré de passagers saouls, hommes et animaux confondus.

L'homme que j'avais rencontré au dîner sous-entendait certainement que la France était un beau pays et qu'il était étrange de vouloir s'en aller. Mais au début des années 1540, il y régnait une profonde misère, les guerres de religion déchiraient la nation et des régions entières n'étaient soumises à aucune loi. Pas d'ordre public, pas de sûreté, et la situation ne semblait pas près de s'arranger.

Si personne hormis le roi et ses proches ne devait trouver qu'il faisait bon vivre en France, nul n'aspirait pour autant à prendre la mer. Il est probable que les nobles qui ont suivi Roberval dans son expédition outre-Atlantique y aient été contraints, soit du fait de son emprise sur eux, soit parce que François Ier, dans sa volonté de modernisation, leur avait confisqué leurs terres, les forçant à s'en trouver de nouvelles pour maintenir leur rang. Et elle ? J'avais beaucoup réfléchi à ce qui avait pu la pousser, à ce que l'on disait de sa personnalité. C'était devenu l'essentiel, ou presque. Son existence avant la traversée était-elle compliquée au point de se laisser séduire par l'idée d'affronter un océan féroce pendant deux mois, à bord d'un navire peuplé d'une centaine d'étrangers, tous des hommes ? Ou n'avait-elle pas eu le choix, elle non plus, forcée par Roberval ou le manque de perspectives, ou bien encore : l'homme sans nom l'en avait-il convaincue ?

Surtout, je me demandais si quelque chose n'avait pas pu germer au fond d'elle. C'était ce que j'imaginais le plus au début : un sentiment aussi diffus qu'implacable l'avait imprégnée, un élan auquel elle n'avait pu résister et qui l'avait menée vers ces fameux horizons noirs, un point central qu'elle voulait voir de ses yeux. Je me lamentais souvent sur la question qui se posait systématiquement à propos des femmes, les personnages de mes livres autant que la gent féminine en général : avait-on affaire à des forces de la nature ou à des victimes ? Mais en commençant à me pencher sur l'histoire de Marguerite, j'ai constaté que je souffrais de ce même besoin involontaire de condamnation ou de partage des rôles. Derrière la question de savoir ce qu'elle recherchait apparaissait un élément déterminant dans sa construction personnelle, qui elle avait été et qui nous voulions en faire, nous qui l'examinions, et ce que cela signifiait sur nous.

Depuis toujours, ma vision des femmes m'encombrait dans mes lectures, et depuis que j'écrivais, j'essayais de la combattre. Mon idée que les femmes valaient mieux que les hommes, mon aspiration à ce que ce soit vrai, même quand il était évident que ce n'était pas le cas. *Mon*, dis-je, mais c'était une conception générale, bien entendu, quelque chose qui revenait un peu partout en réaction contre l'inégalité entre les sexes, preuve même de cette réalité. En devenant écrivain, j'avais remarqué que ma prose s'en trouvait contaminée, et malgré tout, je n'arrivais pas à m'en détacher entièrement. Il ne suffisait pas de vouloir en finir, c'était une tendance, un mouvement vaste qui revenait encore et toujours.

Je voulais me faire une idée d'elle depuis si longtemps, que les informations que je pourrais trouver me conforteraient dans cette représentation, me prouveraient qu'elle était telle que je l'espérais. Il ne s'agissait pas simplement d'elle, mais de la figure de la jeune femme. Je n'ai jamais su si ça venait de moi, non pas que je sois la seule à avoir ce genre de réflexions, mais ce système de pensée semblait plus prégnant chez moi en raison de mon travail sur Marguerite, et les questions et discussions qui en découlaient. À moins que ce ne soit la manière dont la vie intime des jeunes femmes était perçue par la société, par notre inconscient collectif ; sa personne, ses désirs et motivations étaient-ils profondément exotiques en eux-mêmes ? Il existait un écart entre les clichés persistants sur les femmes et la réalité des expériences, une tension épineuse et délicate. J'avais beau y penser depuis longtemps, j'avais un penchant aussi fort que les autres pour les portraits de femmes au bon cœur, de pauvres victimes dans un monde masculin, de faibles créatures dévouées qui avaient besoin qu'on les sauve – et j'avais tout aussi tendance à me soumettre à la façon dont il fallait se comporter (ou ici, à la manière dont il fallait décrire les femmes) pour maintenir ces représentations.

Voilà sans doute ce qui renforçait mon impression : elle avait voulu se rendre dans le Nouveau Monde pour les mêmes raisons que Jean-François de La Rocque de Roberval. Elle n'avait jamais eu à lui cacher qu'elle savait lire et écrire, et si Roberval était aussi féru de littérature, de culture et de modernité que François Ier, il avait certainement accepté l'idéal humaniste naissant de l'éducation des femmes – certaines femmes, et même très peu, mais quand même. Comme Thevet l'affirmait, il la respectait peut-être (je n'avais pas entendu un homme dire qu'il « respectait » son égale depuis bien longtemps, ce mot m'avait toujours gênée, comme si ces messieurs n'avaient aucune estime pour les représentantes du beau sexe, mais pouvaient faire une exception), et dans ce cas, il n'était pas impensable qu'il l'ait laissée contribuer aux préparatifs du voyage, toutes ces choses à prévoir, tous ces gens à rencontrer, ceux qui voulaient les accompagner et ceux qu'il fallait convaincre. Peut-être s'intéressait-elle au projet de son tuteur depuis longtemps, être innocent qui était arrivé dans sa vie et qui s'était inspiré de son grand rêve, rêve que je considérais aujourd'hui comme mauvais. Elle avait observé les objets dans sa chambre, les avait pris entre ses mains, elle avait écouté ses histoires, ses pronostics, lu ses rapports, examiné ses cartes des continents et océans, elle l'avait suivi à Amboise pour une entrevue avec Donnacona, le chef iroquois avec qui Jacques Cartier était rentré de son expédition. Je voyais l'image d'un vase vide, une jeune femme qui se laissait remplir par les idées de cet homme, doctrines qui prenaient racine au plus profond d'elle-même.

Après sa nomination, il avait dû convaincre les gens de se lancer dans l'aventure : des travailleurs excellents dans leurs domaines, des marins expérimentés, des personnes de renom comme Jean Alfonse. Il n'est pas impossible qu'elle l'ait assisté dans cette tâche, qu'elle se soit tenue sur le seuil de son bureau et qu'elle ait écouté les échanges, voire qu'elle y ait participé. Il n'est pas impossible qu'elle ait voulu partir en mer malgré le danger, et que cette expédition ait représenté autant pour elle que pour le capitaine, et qu'elle ait partagé les valeurs cruelles et violentes de la conquête du Nouveau Monde. Longtemps, cette idée m'avait dérangée, mais après mon passage dans le village de Roberval, je ne m'en souciais plus tant que ça. Je ne me laissais plus effrayer par la perspective qu'elle ait peut-être voulu s'emparer de ces terres aussi brutalement que les hommes à bord. Je n'exigeais plus d'elle qu'elle vaille mieux qu'eux, je ne crois même pas que je l'aie souhaité.

De tous ceux qu'il fallait persuader, Jean Alfonse de Saintonge était le plus important. Sa présence était essentielle, lui qui avait longé les côtes américaines en direction du Mexique, la plus haute autorité dans le domaine de la navigation et de la construction navale. Contrairement à Jacques Cartier et à André Thevet, il était plus connu de son vivant qu'aujourd'hui. Évidemment qu'il n'était pas célébré comme les autres, me disais-je, un peu trop bercée par l'idée qu'il avait joué le rôle que je lui attribuais dans le drame.

À Paris, j'avais pensé à lui tous les jours. Pour rentrer à l'hôtel, nous devions passer devant la rue de Saintonge, juste en face de la boutique Comme des Garçons, et je me demandais si cette ruelle célébrait sa mémoire et ce qui pouvait bien faire que ma vie fasse systématiquement écho à cette histoire. Le dernier soir, j'ai finalement compris que ce passage, comme la rue de Bretagne qu'elle croisait, là où nous avions déjeuné en arrivant, désignait en réalité une province, et que Jean Alfonse n'était pas un prénom composé, mais un prénom et un nom auxquels l'intéressé avait ajouté sa région d'origine. C'était pourtant si évident.

Alfonse devait piloter les trois navires selon les cartes de Cartier, cap sur le Fort Saint John situé à la même latitude que La Rochelle, d'où l'appellation de « Nouvelle-France ». Ensuite, l'expédition continuerait vers le nord, où la colonie devait être implantée. J'avais beau chercher des représentations des navires de l'époque, il semblait n'y en avoir aucune, ce que soulignait d'ailleurs Elizabeth Boyer dans son livre. Je pouvais toujours me rendre au musée de l'autre côté de la ville, examiner le fameux vaisseau de guerre du XVIIe siècle exposé là-bas, mais il aurait fallu y emmener les enfants, allier l'utile à l'agréable, pour ainsi dire – ne sachant pas vraiment ce qui relevait de l'un et de l'autre –, et chaque fois que j'essayais de dénicher des informations sur la flotte de Roberval, je me retrouvais à planifier notre virée familiale. J'allais sur le site du musée, regardais les horaires, les visites guidées proposées, je calculais à quelle heure il faudrait quitter l'école pour arriver à temps. Là, couchée auprès de mon mari, j'avais envie d'y jeter de nouveau un œil, mais je suis tombée sur un article que je n'avais encore jamais lu et qui expliquait que la construction navale avait évolué au cours de la seconde moitié du XVIe siècle. Au son de la pluie qui martelait de plus en plus fort les appuis de fenêtre en tôle, j'ai poursuivi ma lecture, et au bout de quelques paragraphes, j'ai compris que ces transformations avaient été tellement importantes qu'il était vain d'aller voir un navire construit un siècle après l'expédition.

Je n'ai jamais été aussi tourmentée que cet automne-là, harcelée de pensées et d'impulsions, de souvenirs qui jaillissaient au fond de moi. Chaque minute, mon esprit semblait essayer de se porter sur quelque chose de plus facile, de plus agréable que ce qui m'occupait. Je ne cessais de songer à l'été, à ces belles et chaudes journées parisiennes. Je revoyais ma fille faire bronzette, assise contre l'enceinte du château de Roberval, je me rappelais m'être immobilisée un instant pour observer son visage, les jolies taches de rousseur qui étaient apparues au cours du week-end, plus nombreuses, foncées et éparpillées sur sa frimousse au fil des jours.

En sentant que je la dévisageais, elle avait ouvert les yeux et retiré de l'oreille un de ses écouteurs blancs, l'air de me demander ce que je voulais. J'ai secoué la tête, mais continué à la dévorer du regard, elle a pointé le nez vers le soleil et clos les paupières. À part le murmure sourd de la route, il n'y avait pas un bruit. Il faisait toujours aussi chaud, alors que nous étions en fin d'après-midi. Aymen, appuyé contre la voiture à l'ombre du châtaignier, avait retiré sa veste et déboutonné le col de sa chemise blanche. Je me suis approchée du colombier, j'ai levé la tête, les yeux plissés vers le toit d'ardoises et la sculpture tout là-haut, avec ses drôles de figures qui scrutaient les quatre points cardinaux.

Ma fille s'est levée et a commencé à marcher en direction du parking. Je suis restée plantée là, face au colombier. Du coin de l'œil, je l'ai vue se mettre à danser sur l'herbe un peu plus loin, son téléphone en main, suivre manifestement la chorégraphie d'un clip musical. Le soleil brillait sur les pierres, des blocs à la fois scintillants de reflets minéraux et ternis par la poussière de la route, du sol et du mortier, mon ombre formait une bande sombre sur le mur. C'est à ce moment-là que j'ai eu un flash, je crois. Sans doute était-ce la manière dont la lumière de l'astre du jour caressait la pierre blanche. L'enceinte et la tour, dont j'étais si proche. Dieu que j'étais bête… Quand j'avais l'âge de ma fille, je n'étais pas allée à Paris pendant l'été, mais à La Rochelle. Comment avais-je pu l'oublier ? Lire et écrire le nom de cette ville tant de fois ces derniers temps sans y penser ?

Ma mère avait toujours dit qu'il était inutile de voyager avec ses enfants, parce qu'ils ne se rappelaient rien à l'âge adulte – je devais bien lui donner raison, du moins en partie. Cette année-là, elle avait dû estimer que j'étais assez grande pour notre road-trip. Nous avions longé la côte de la Normandie jusqu'au Poitou, en passant par la Bretagne. Le matin, nous nous arrêtions le long de la route pour acheter du café et des pains aux raisins bien gras, le genre de viennoiseries qui s'émiettent quand on les mange et qu'on ne trouvait qu'en France, à l'époque. À chaque fois que j'allais à la boulangerie, mes parents me laissaient la monnaie, et en arrivant à La Rochelle, j'avais économisé assez pour m'acheter des allumettes et un paquet de cigarettes. J'étais descendue au port pour ne pas risquer de me faire pincer. La citadelle médiévale grouillait de monde, mais tout au bout, derrière l'une des tours, j'avais trouvé un banc qui faisait face à la mer. Là où la flotte de Roberval avait mouillé en attendant le grand départ, sauf que je n'en savais rien à ce moment-là.

Personne ne pouvait me voir dans ce recoin de la ville. Moi-même, je n'apercevais que l'océan, le vieux fort qui flottait au large dans des eaux bleues étincelantes, et l'horizon au loin. Malgré le vent de face, j'ai réussi à allumer une allumette et ma cigarette. Un désir fort, presque insoutenable, s'est emparé de moi, je pensais que je me souviendrais de cet instant toute ma vie, et c'est le cas, bien qu'un peu confusément. J'avais conservé ce souvenir, il était juste enfoui si profondément dans ma mémoire, dans mon histoire, que je n'y avais pas songé plus tôt.

Appuyée d'une épaule au colombier, j'ai approché la tête, senti la pierre m'effleurer les cheveux. Je pensais à elle et à lui, je voulais qu'ils m'envahissent, maintenant que je me tenais là, mais je n'ai rien éprouvé d'autre que le besoin de rentrer à la maison, l'impatience de me mettre à mon ordinateur le lendemain pour écrire sur ces personnages, reconstruire leurs gestes dans ce décor, et aussi les miens. Alors seulement, ce serait réel à mes yeux.

Rien ne confirme l'existence de Marguerite avant ce jour où la flotte de Jean-François de La Rocque de Roberval a largué les amarres dans le port de La Rochelle. Le 16 avril 1542. Cette date me plaît. J'aime qu'elle ait été consignée par écrit. Voilà enfin quelque chose à quoi m'accrocher, le seul point d'ancrage à partir duquel les jours et les années peuvent se dérouler aujourd'hui jusqu'à moi.

Même si son nom n'est mentionné nulle part ce jour-là, je sais qu'elle se trouvait à bord. J'écris qu'elle se tient près de Roberval, en haut de la citadelle, et qu'elle observe le port et l'océan, les gens qui s'affairent autour des trois navires à quai, ce fourmillement à ses pieds. Le doigt pointé, il lui montre et lui explique les choses. On a chargé à bord des machines agricoles, des outils et des vivres, des hommes s'agitent sur le pont. Des marins, des charretiers, des meuniers, des menuisiers et des forgerons, beaucoup attendent sur place depuis des jours, certains depuis des semaines.

Comme Jacques Cartier avant lui, Roberval s'est servi parmi les prisonniers, seul moyen de se procurer suffisamment de monde. Je m'étonnais que cet homme, que l'on décrivait comme un vrai maniaque, ait pu être aussi peu regardant sur ce point. Sans doute sa foi lui permettait-elle d'accepter l'idée de peupler son pays de criminels, puisque toutes les âmes pouvaient être sauvées et façonnées. Voilà ce que je supposais jusqu'à ce que je découvre un article sur les voyages pénitentiaires pendant l'ère coloniale, qui expliquait que Roberval avait organisé des sortes d'auditions au cours des années précédant l'expédition. Une quarantaine de personnes avaient été chargées de parcourir le pays pour sélectionner des prisonniers – de préférence des nobles condamnés pour crime de guerre, meurtre ou duel illégal. Lui-même avait fait le tour des établissements aux alentours de Paris et de son village, pour éviter qu'on lui envoie les pires monstres, des meurtriers en série et des cannibales dont on aurait voulu se débarrasser.

D'où qu'ils viennent, loin dans les terres, les élus ont été emmenés vers la côte à pied, les fers aux chevilles, puis retenus dans des cachots à proximité du port. Dans le navire, ils logeraient avec les animaux : dix cochons, vingt chevaux et autant de vaches, quatre taureaux, cent chèvres et moutons. Je me demande si Roberval, face à ce spectacle, se prend pour Noé sortant de son arche, avec elle à ses côtés. À moins qu'elle n'ait suggéré elle-même cette comparaison, n'hésitant pas à le flatter. Oui, voilà comment ça s'est passé.

J'avais un compteur capable de m'indiquer le nombre de jours, d'heures, de minutes et de secondes qui s'étaient écoulées depuis ce jour. Mais chaque fois que je voulais entrer la date, je devais commencer par la retrouver dans l'un de mes carnets, je ne l'avais pas notée correctement. Quelle était cette fatalité ? À force d'éviter tout ce qui pouvait accentuer mon travail de recherche, je me retrouvais à collectionner des dates et à les trier. Je ne cessais de remplir des pages et des post-it que je finissais par déchirer et jeter, tout en sachant que je devrais inscrire de nouveau ces informations quelque part.

Je n'ai jamais vraiment voulu noter mes résultats. Je m'imaginais que je pourrais m'imprégner de cette histoire, que je fusionnerais avec les faits, et que je n'aurais plus qu'à écrire. Je voulais que Marguerite s'anime en moi, je refusais de constater que nous étions deux personnes différentes, liées par un fil qui s'étirait à travers le temps et venait reproduire un rapport de subordination où je tiendrais le rôle du maître. Encore. En même temps, c'était un moyen d'éviter de prendre des décisions, je me disais que je garderais les choses en tête. Ce que j'oublierais ne valait simplement pas la peine d'être raconté.

Cependant, un détail concret m'a longuement intriguée : ses règles. J'avais lu que la poudre de crapaud séché était un vieux remède utilisé pour soulager les douleurs menstruelles, mais qu'il valait mieux serrer les dents. Avec les douleurs de l'enfantement, elles faisaient partie de la punition infligée aux femmes pour le péché et la débauche inhérents au beau sexe. Une fois de plus, j'avais retrouvé les Tudors – tout ce qui s'était passé au XVIe siècle semblait impliquer cette dynastie –, avec une note concernant la commande d'un certain type de coton hollandais pour l'armoire à linge d'Élisabeth Ire, et dans une traduction de la Bible de l'époque, on expliquait que des chiffons servaient de serviettes hygiéniques.

Quelle horreur, pensais-je, dire que le problème n'était toujours pas entièrement résolu aujourd'hui, la précarité menstruelle sévissait dans bien des régions du monde, pour toutes sortes de raisons. J'avais vu un documentaire à la télé à ce propos, lu des recherches qui recensaient ces endroits où les femmes ne pouvaient pas aller au travail, ni même sortir de chez elle, pétries de honte à l'idée de se balader avec une culotte ensanglantée entre les jambes. Dans les archives historiques, je ne voyais rien à ce sujet, ce qui m'irritait profondément, jusqu'à ce que je comprenne que c'était sans importance. Je n'avais pas besoin d'en savoir plus, puisqu'elle saignait certainement à peine. Au pire, elle avait eu ses règles quelques fois sur le bateau, probablement une seule, les cycles étaient plus longs à l'époque, plus irréguliers, parce que les femmes étaient souvent frêles et malnutries ; je ne me souviens pas où j'avais déniché cette information, peut-être dans un blog sur lequel j'étais tombée en cherchant des astuces pour ma propre santé, pour *gagner de l'énergie*. Et ensuite, l'aménorrhée. Telles étaient en tout cas les circonstances qui avaient pu jouer en sa faveur, me disais-je.

Même quand il était théoriquement possible que ses saignements aient repris, compte tenu du cours des événements, il est très peu probable que ce soit le cas. Peu importe, en réalité, ce n'était pas comme si elle ne devait pas souffrir pour autant, se sentir mal physiquement et mentalement, mais j'étais focalisée sur la question, et aujourd'hui, je me rends compte que c'était sans doute parce que mes propres règles ne revenaient plus depuis quelque temps.

Je comprends aussi pourquoi, et quelles étaient les raisons de ce phénomène. J'en suis toujours aussi effrayée, mais d'une autre manière qu'à l'époque – je me croyais atteinte d'une obscure maladie gynécologique, ou au seuil de la ménopause. Quand je me lavais les dents le soir, face au miroir, les reflets clairs de mes cheveux me semblaient gris, grisaille que je retrouvais sur mon visage. Mes joues s'étaient creusées, ma peau pendait au niveau de mes pommettes et sous les yeux. Mes mains ressemblaient à celles d'une vieille femme, avec leur enveloppe lâche au-dessus des articulations, leurs profondes rides qui couraient parallèlement comme sur l'écorce d'un arbre. J'avais toujours cru que j'aimerais le grand âge, que ma vie prendrait une nouvelle tournure, mais maintenant que j'y étais confrontée, je n'en ressentais plus que le côté monstrueux.

Que l'expédition soit partie de là, de ce port, de cette ville, j'y voyais un présage. Une étrange coïncidence. Mais à l'heure où j'écris ces mots, je sais que ça n'a rien d'étrange. Il était même logique que j'aie été sur place, comme une foule de gens ; ces cars à touristes qui attendent sur le parking du port, ces guides qui indiquent le chemin avec leurs parapluies brandis en l'air. Rien de plus normal que nous nous rendions sur ces sites, que nous y retournions, qu'ils retiennent notre attention.

Je note qu'elle suit Jean-François de La Rocque de Roberval sur la passerelle, à bord du *Vallentyne.* Certains documents précisent que huit cents hommes montent sur le navire ce jour d'avril, d'autres parlent de deux cents. Elle est la seule femme. (*Certes, Damienne n'est pas loin, mais elle ne compte pas.*) Le premier visage qu'elle voit sur le pont du vaisseau amiral, c'est le sien. J'écris qu'il s'appelle X. Il n'a pas de nom, je ne pouvais pas lui en choisir un, quel que fût mon choix, il aurait porté mes fantasmes sur sa personne. En tout cas, il est plus grand que la moyenne, elle l'aperçoit au milieu de la foule, avant même que lui la remarque, et lorsqu'il lui prend la main, il garde sa cithare dans l'autre, le poing serré sur l'étroit manche de l'instrument.

Le reste, je l'ignore.

Mais ensuite, une fois que le navire a largué les amarres et qu'elle est seule dans sa cabine, elle retire le livre de ses cheveux et se couche. Elle le feuillette du bout de ses doigts moites, parcourt les phrases inscrites sur les pages fines, puis elle colle l'ouvrage contre sa poitrine, comme pour repousser, calmer ce qui a éclos au fond d'elle. Elle entend les gens s'affairer sur le pont, son tuteur lancer des ordres, et la voix d'un autre, peut-être la sienne, celle de l'homme sans nom.

Il se pourrait qu'elle l'ait déjà vu auparavant, mais cette fois-ci, sa présence a éveillé en elle un sentiment qui a fait voler en éclats toutes ses certitudes, elle ne sait plus rien ni de Dieu, ni d'elle-même, ni de ses convictions. Au début, je trouvais cette attitude hypocrite, ambivalente ; je pense à présent que c'était la sous-estimer, sous-estimer toutes les dimensions de l'hypocrisie et de la duplicité de la conscience humaine. Elle n'a pas besoin d'avoir éprouvé le moindre doute. Elle pouvait très bien chérir Dieu en sachant tout du flot de sensations qui l'avait envahie après sa rencontre avec cet homme, et qui l'envahirait à chacune de leurs entrevues.

Grâce à mon éditeur, j'étais entrée en contact avec un professeur d'université qui enseignait le français et devait pouvoir m'aider à déchiffrer certains extraits de la nouvelle de François de Belleforest. Lorsque je lui avais envoyé mes premières questions par e-mail, il m'avait confirmé que l'écrivain ne nommait pas une seule fois l'homme au fil des quatre cents pages de son texte. Il se contentait de le décrire comme un gentilhomme, un scalde qui chantait des chansons sur la mort et l'amour en s'accompagnant au luth (*une cithare, d'après moi, comme l'écrivait Thevet*), comparable au personnage de Tristan. Le narrateur commençait par prétendre ne pas connaître son identité, précisait le professeur, mais à la fin de la nouvelle, il se ravisait : « Il se désole de connaître leurs noms. »

Autrement dit, Belleforest savait. Et j'avais le sentiment que Marguerite de Navarre aussi. Était-elle proche de cet homme, de sa famille, voulait-elle les protéger comme elle semblait avoir voulu la protéger, elle ? Belleforest l'avait-il également fréquenté, par exemple pendant ses années à la cour de Pau, avait-il eu le même raisonnement, et avait-il rencontré l'autre Marguerite ? Se connaissaient-ils donc tous ? Le moindre protagoniste de cette histoire était mentionné quelque part, dans l'une des trois sources au moins. Tout le monde, sauf lui. À croire qu'ils s'étaient mis d'accord pour garder son nom sous silence. Peut-être figurait-il sur la liste des compagnons de route de Roberval, ou ailleurs. François de Belleforest le désigne en tout cas comme « le gentilhomme » et « le noble français », Marguerite de Navarre comme « le mari » et « l'artisan », André Thevet comme « le gentilhomme », « ce gentilhomme », « ledit gentilhomme ». Cette manière de répéter renforce l'anonymat, je trouve, comme s'il voulait critiquer ce processus, voire protester. Mais pourquoi s'y serait-il opposé ?

Moi, je l'appelle l'homme, tout simplement, ou l'homme sans nom. Je m'interroge sur lui, et je pense au mot « homme » qui, dans certaines circonstances, continue de me gêner, et au fait que, pour Marguerite, il n'était peut-être pas d'abord un mâle, mais une présence qui lui faisait prendre conscience d'elle-même, et qu'elle avait reconnue au premier instant, avant même que l'équipage se disperse devant elle, le capitaine et Damienne, avant même qu'il se retourne et l'aperçoive.

J'écris que ça se passe sur le bateau. C'est sans doute de ma part une sorte de concession vis-à-vis de l'atmosphère, cette première tempête, l'énorme navire qui gîte, fend un océan menaçant, en apparence infini. Ou peut-être vis-à-vis de cette logique, raison même qui explique que nous ne sachions rien d'elle aujourd'hui, qu'elle ait commencé à exister le jour où Jean-François de La Rocque de Roberval est parti avec elle.

Même moi, je lui refuse d'avoir vécu avant.

Leur première leçon de cithare. Ils sont installés sur le pont, autour d'eux, l'équipage s'active comme toujours, ils ne se laissent pas perturber. L'homme commence par entonner une chanson, avant de lui montrer comment faire, comment tenir l'instrument entre ses mains. Elle est confuse, lui prend cette tâche très au sérieux. S'il est important de savoir divertir et instruire la protégée du capitaine, apporter la musique au Nouveau Monde l'est tout autant. Elle doit trouver la bonne position, il prend ses doigts entre les siens, les glisse sur les cordes, les place délicatement un à un. Damienne les observe, eux puis la mer. La tempête n'est pour l'instant qu'une zone d'ombre loin dans le ciel, loin à l'horizon.

Soudain, l'air se transforme, la lumière du jour faiblit, des nuages éclipsent le soleil, imposant une lourde grisaille. Puis, le noir, le vent, la pluie cinglante qui s'abat sur eux. Tout va si vite. L'homme sans nom lui attrape la main et celle de Damienne, Marguerite tient fermement l'instrument de musique. Ils se précipitent dans sa cabine, s'y ratatinent, puis recommencent à jouer tandis que la tempête gronde sur le pont, force les hommes à s'agenouiller, sous les ordres de Jean-François de La Rocque de Roberval qui hurle à la barre.

Je crois qu'il s'adresse aussi à Dieu. Une tourmente est sans doute une bonne épreuve à ses yeux, une sorte de conversation entre lui et le Tout-Puissant. Je le vois agrippé au gouvernail, le nez pointé vers le ciel, les vibrations qui secouent le navire semblent venir de sa personne, comme s'il l'ébranlait de toutes ses forces.

Tout à coup, Damienne doit sortir de la cabine, c'est à ce moment-là que ça arrive, lorsqu'elle se retrouve seule avec lui. Elle lui prend le bras, les épaules, le coude. Il commence par l'étreindre, le vaisseau tangue encore, vole sur les vagues. Leurs mouvements et ceux du bateau ne se laissent plus dissocier, la tempête semble les guider, inciter ses mains à le toucher, à l'attirer contre elle. Le tonnerre couvre leurs gémissements, l'obscurité dissimule leurs corps qui s'agitent dans l'étroite cabine. La cithare gît par terre. Damienne, au-dehors, s'accroche à un cordage, pliée en deux ; de sa bouche s'échappe une giclée que le vent lui renvoie, le contenu de son estomac forme des toiles d'araignée sur sa jupe, le pont et ses chaussures, déjà trempées par la pluie torrentielle, par les énormes vagues qui franchissent le plat-bord. Elle reste là, recroquevillée, s'accrochant à l'étai d'une main de fer, son corps frêle secoué par le mal de mer. Elle tente de se reprendre et de retourner dans la cabine, mais lorsqu'elle arrive enfin, il est trop tard.

Le mal est déjà fait.

Leur union malencontreuse – il me semble qu'André Thevet en parle en ces termes – est une catastrophe qu'elle a voulu provoquer. Comme tous ceux qui se sont approprié cette histoire au cours des siècles écoulés depuis, je romance les événements. Je m'imagine que face à cette épreuve elle se repentit en quelque sorte. Une force qui la saisit, qui l'emporte sans qu'elle puisse rien y faire, et son impuissance, le fait que nul ne s'y oppose, révèle une sorte d'absolution. Quelque chose qui habite toutes ses sensations, tous ses gestes, un élan supérieur qui l'étreint en même temps que lui, mais un élan venu d'ailleurs.

Je n'avais pas lu le Nouveau Testament, mais je savais qu'on y disait que la chair était faible, qu'elle menait aisément à la luxure, à l'impureté de l'âme et à la débauche, et que ceux qui se rendaient coupables de ces péchés ne trouveraient pas leur place dans le royaume de Dieu. Même en faisant abstraction de la religion, j'avais du mal à comprendre qu'elle ait osé. L'idée que l'érotisme soit source de complications et de menaces, capable d'anéantir tout le reste, était moins vivace dans mon esprit que lors de mes premières années à ses côtés. De plus en plus, il me semblait que je ne pouvais pas vraiment parler de pulsion, peut-être d'un désir innocent qui se serait retourné ensuite contre elle, l'enchaînant totalement. Si j'arrivais à me représenter ce sentiment, j'avais de plus en plus de mal à m'imaginer la facilité avec laquelle il pouvait tout mettre en péril.

J'en étais venue à penser que la loyauté entre elle et son tuteur n'était peut-être pas mutuelle, qu'elle ne partageait pas cette intimité dont lui affirmait l'existence, ou que les déclarations d'André Thevet à ce propos étaient infondées. Sa foi dans le projet colonial n'était donc pas si grande, elle considérait qu'elle n'avait rien à perdre, l'amour qu'elle éprouvait pour l'homme sans nom était si fort que tous leurs gestes lui semblaient justes – en tout cas jusqu'à ce qu'il disparaisse, et ne se montre plus.

Il est possible qu'ils se soient rencontrés à La Rochelle, ou à l'occasion d'une chasse royale au château de Roberval, voire plus tôt encore, dans le sud de la France, lorsqu'ils étaient enfants, pour peu que leurs familles se soient fréquentées. Peut-être que leur amour existait bien avant ce jour d'avril, comme toute sa personne. Pendant un temps, j'ai essayé de me convaincre que ça n'avait pas d'importance, et c'est sans doute le cas, en un sens, bien que la nature de leur relation me paraisse essentielle pour pouvoir se faire une image d'elle. Je voulais savoir où ils avaient fait l'amour pour la toute première fois, non seulement pour me représenter la scène, mais aussi parce que je pensais pouvoir trouver dans ce détail une réponse à mes questions.

Thevet écrit que l'homme sans nom s'était embarqué dans l'expédition « plus pour l'amour de ladite Damoiselle, que pour le service du Roy, ou respect du Capitaine, ainsi que bien apparut peu de temps après ». N'avait-il donc aucune raison de faire ce voyage, s'était-il engagé simplement pour la suivre ? Et elle ? Se trouvait-elle là pour ses beaux yeux, parce qu'il l'avait persuadée de partir, ou parce qu'elle le souhaitait aussi ? Peu probable. D'après Thevet, c'était lui qui en était l'instigateur :

> Estans sur mer, ce Gentilhomme ne faillit d'acoster si privément ladite damoiselle, que nonobstant les perils et dangers qui s'offrent ordinairement à ceux qui courent à la mercy des vents, jouerent si bien leur roullet ensemble, qu'ils passerent plus avant que promesses ou vaines paroles.

Voilà quelque chose qu'elle avait pu raconter lors de leur entrevue, parce qu'elle voulait que leur rencontre se soit déroulée de la sorte – soit parce qu'elle avait honte, soit parce qu'il fallait qu'il en soit ainsi. Peut-être qu'ils n'en avaient même pas parlé, que ce n'était qu'une supposition naturelle parmi d'autres. Et que signifiait le mot « amour » sous la plume d'André Thevet ? Après l'avoir aperçue un jour, dans un château, le grand homme sans nom avait-il songé à elle comme à un objet interdit – ou avaient-ils fait connaissance, s'étaient-ils revus et approchés physiquement ?

J'écris qu'elle s'habitue à l'océan. Aux flots qui montent et descendent. Cette force qui soulève le navire la mène vers le haut, vers l'avant, jusqu'à ce qu'elle décolle légèrement au creux de la vague, qu'elle trébuche, parfois. Où qu'elle porte son regard, la limite entre le ciel et la surface de l'eau apparaît au loin, mais quand cette ligne s'efface, quand les environs ne sont plus que murs noirs tempétueux ou voiles laiteux de brume, elle est désorientée.

Sur une page de mon carnet de notes, je lis : *s'habitue-t-elle aussi aux hommes ?* Je pensais non seulement à tous ceux qui se trouvaient à bord, mais à lui. Je me disais qu'au début, elle pouvait avoir pris peur. Était-ce la faire passer pour une innocente petite fille, ou se souvenir de l'impression que l'on a quand on est possédée la toute première fois par l'omniprésence masculine ? Je me rappelle un de mes premiers correcteurs, ses commentaires écrits au crayon dans la marge du premier chapitre du premier jet de mon roman : *Transformer ces interrogations en affirmations. Éviter de soulever trop de questions.*

Selon les calculs de Jean Alfonse, la traversée devait prendre soixante-dix jours. Au début, elle reste en retrait ; elle est à leurs côtés, dans la passerelle, lorsque l'explorateur et Roberval prévoient l'itinéraire, anticipent le vent et la météo, discutent de leurs options s'il faut changer de cap, des solutions possibles en cas de tempête à laquelle la flotte serait incapable de résister. Roberval va et vient sans cesse. Il scrute l'océan et l'équipage. Quand tout va bien, il cherche le signe d'une dégradation ; la météo est imprévisible, les hommes le sont tout autant. Tous ses gestes visent à les maîtriser, mais l'océan, lui, est indomptable. Contrairement à ce que le capitaine et Jean Alfonse semblent croire, assis là avec leurs cartes et leurs instruments, il ne se laisse pas dominer. Aussi têtu que soit le royaume de Neptune, les deux hommes semblent penser que le Ciel les protégera.

Roberval devait apaiser la colère de Dieu qu'elle avait provoquée, voilà l'explication que j'ai longtemps admise, naïve que je suis. Une interprétation indulgente et athée des faits. Aujourd'hui, je suis plus disposée à penser que, comme mon amie l'avait suggéré quand nous en avions discuté un jour, il avait déjà tout un plan la concernant, l'inclure dans l'expédition était l'ultime solution à tous ses problèmes. Le crime qu'elle avait commis ne représentait rien d'autre que l'occasion de faire ce qu'il voulait d'elle. Peut-être l'avait-il envisagé comme une intervention divine, un coup de pouce inattendu, à moins qu'il n'ait voulu que l'homme sans nom lui apprenne la cithare précisément pour cette raison, qu'il ait compris que quelque chose pourrait se passer entre eux, quelque chose qui lui permettrait de se débarrasser de la jeune femme. J'ai d'abord refusé d'y croire, peut-être parce que je rejetais l'idée qu'il ait été aussi calculateur, aussi cruel, mais surtout parce qu'elle n'aurait plus été maîtresse de son aventure, que ça n'avait plus rien de romantique, et parce qu'au fond j'étais partie du principe que Roberval ne pouvait souhaiter la donner à un autre homme.

Je désirais tellement comprendre qui avait mené la danse, je n'arrivais pas à admettre qu'il ait pu suffire de désigner quelqu'un qui aurait tout orchestré au fil de ses gestes et pensées. Le problème, c'est aussi que je voulais tenter de saisir la manière dont elle envisageait l'amour et la sexualité, ce qu'elle en savait, si elle était vierge ou non, ce que la virginité et la chasteté pouvaient représenter à ses yeux. Au début, je m'accrochais aussi à mon envie de déterminer s'il fallait la considérer comme sujet ou objet de son histoire, comme si elle ne pouvait être que l'un ou l'autre, une seule des deux possibilités à la fois.

Si Roberval a vraiment tiré les ficelles, il ne devait pas trouver bien plaisant qu'elle soit constamment dans les parages. Jean Alfonse lui montre ses instruments de navigation, il la laisse les examiner : des quadrants et des tableaux, un astrolabe et une alidade, autant d'outils qu'il évoque dans *L'Hydrographie d'un Decouvreur de Canada et les Pilotes de Pantagruel*, où il précise également que les navigateurs de l'époque n'étaient pas de fins astronomes, du moins pas volontairement. Il lui parle d'Homère et du dieu Océan, de l'objet comparable à une boussole que Leif Eriksson et les Vikings appelaient la pierre du soleil, du calcul de l'azimut, des premières cartes dessinées par l'homme, non pas des esquisses des mers et des continents, mais du ciel étoilé. Sa présence devait inspirer au capitaine une certaine culpabilité, en tout cas une ambivalence, même lui était susceptible d'éprouver ce genre de sentiments, et c'est peut-être de nouveau pour cette raison, pour qu'elle sorte de son champ de vision, qu'il échappe à ses remords, qu'il a prié l'homme sans nom de lui montrer comment jouer de son instrument.

Je ne me souviens même pas si j'avais lu quelque part qu'il le lui avait demandé, ou si je m'étais mis cette idée en tête. J'en suis arrivée assez vite dans mon travail à ne plus savoir ce que je tirais des sources officielles, d'autres documents, ou de mon imagination. J'avais tendance à voir Jean Alfonse de Saintonge comme une antithèse de Jean-François de La Rocque de Roberval. Était-ce parce que j'en avais besoin ? Si je voulais qu'il soit son parfait opposé, était-ce parce qu'au fond je souhaitais que quelqu'un soit bienveillant à l'égard de Marguerite ? Je ne l'aurais jamais cru, mais plus j'avançais dans le récit, plus j'aspirais à un équilibre, à ce que quelqu'un soit bon dans cette histoire. Je pense toujours que Jean Alfonse a joué un rôle dans l'évolution des événements. Et que dans *Routier de Jean Alfonse*, le document sur lequel il a travaillé pendant le voyage et qu'il a fait publier un peu plus tard, à son retour à Paris, se trouve ce qui peut apparaître comme une preuve, un témoignage de sa loyauté envers elle. Ces mots écrits noir sur blanc me donnaient confiance. Je me fiais plus à Jean Alfonse qu'à l'homme sans nom. Lui, j'avais commencé par être sous son charme, mais je sentais de plus en plus que je ne pouvais rien savoir à son propos.

On dit que les sentiments les plus forts ont traversé les époques et le monde, mais comment peut-on en être aussi sûr ? Je me demandais quels pouvaient être ses rêves et pensées, si les rêves et les pensées venaient des profondeurs de l'inconnu enfoui en chacun de nous, ou de l'immensité que nous partagions avec les autres, l'ensemble de tout ce qui existait et de ce que l'humanité avait découvert, et s'il y avait une différence entre les deux, s'il était seulement possible de les distinguer.

J'ignorais si l'attirance qu'elle avait éprouvée était comparable à ce que j'avais ressenti à son âge, mais j'imaginais que le triomphe de l'érotisme, allié à la conviction que ce qui leur semblait juste devait l'être, expliquait leur imprudence. Ou n'avaient-ils simplement pas su se taire ? En lisant des poèmes d'amour du Moyen Âge et de la Renaissance écrits par des femmes, Marie de France, Christine de Pisan, Marguerite de Navarre, Louise Labé et d'autres, j'avais été captivée par un vers de cette dernière, extrait de *Débat de Folie et d'Amour* de 1555 :

> Le plus grand plaisir qui soit après amour, c'est d'en parler.

Au cours des huit semaines de traversée, il n'aurait pas été étrange que l'un des deux en ait touché un mot à quelqu'un. Quelqu'un d'autre que Damienne. À moins que ce ne soit elle qui en ait parlé, mais pour une tout autre raison que la leur, parce qu'elle sentait qu'elle perdait le contrôle, qu'elle avait besoin d'aide. C'eût été compréhensible. Elle n'avait eu qu'un seul devoir, auquel elle s'était soustraite. À partir de là, les rumeurs se seraient répandues à bord.

Peut-être ont-ils vite été démasqués, peut-être dès que le navire a atteint la terre ferme. Si dans *Histoires tragiques* François de Belleforest évite également de nommer Jean-François de La Rocque de Roberval « par respect » pour lui, il précise que le capitaine apprend tôt ce qui se trame, que sa pupille – qu'il présente comme sa sœur – s'est donnée à un gentilhomme à bord. André Thevet écrit aussi qu'il a été informé de son aventure scandaleuse au cours de la traversée, mais « accort et sage » qu'il était, il a ravalé sa colère et attendu le moment opportun. Même s'il avait prévu de la trahir, une trahison bien pire que celle qu'elle lui a infligée, il était furieux. Elle ignorait tout de ses plans, elle ne pouvait se douter qu'il ne voulait pas que son bien, elle le considérait comme son protecteur, et pourtant, elle a tout mis en péril, attiré la honte et le déshonneur sur le capitaine et sur sa flotte, oui, sur la France entière, l'Église et le projet colonial. En commettant ce péché, c'était comme si elle entraînait notre Terre bénie de Dieu dans la boue, ne craignant manifestement pas son courroux.

Le plus grand arbre planté devant le château dépassait le châtaignier et le colombier. J'avais lu que Roberval avait fait construire cette tour pour s'assurer un capital avant son départ, mais je pense aussi qu'il voulait asseoir sa grandeur pour la postérité, que le monde se souvienne de lui – et je respectais sa volonté, là, face au bâtiment. Au-dessus de ma tête s'étiraient les branches de l'arbre comme un toit, couvertes d'un épais feuillage qui occultait le ciel, bloquait les rayons du soleil. Ils l'irradiaient d'une lumière uniforme qui lui donnait un vif éclat vert, et en levant les yeux, je me suis demandé comment je pourrais décrire ce phénomène, cette clarté verte qui paraissait si vivante et pourtant artificielle.

Je n'y arriverais pas.

Je me suis approchée du mur et y ai posé la main, suivi l'arrondi de la tour. Je sentais les pierres lumineuses sous ma paume, le mortier entre elles qui s'égrenait au bout de mes doigts. J'étais tout près, et en même temps non, comme si une distance invisible séparait mon entendement de la tour et de ce mur que je palpais. J'ai fini par reculer, aller et venir sur la pelouse pour photographier le bâtiment sous différents angles. À chaque cliché, je croyais m'approprier ces ruines, et pourtant, le téléphone semblait un obstacle dressé entre nous. Je savais que je ne saisirais pas ces vieilles pierres tant que je ne les aurais pas décrites, une fois de retour chez moi, quand je tenterais de porter ma conscience jusqu'à elles. Alors, je me garderais de jeter un œil aux photos. Je ne voudrais plus qu'écrire, me disais-je, j'éviterais de sortir mon téléphone et de les observer, de peur qu'elles ne me montrent quelque chose qui me forcerait à recommencer.

Ma fille marchait un peu plus loin, ses écouteurs blancs enfoncés dans les oreilles, son téléphone tendu devant elle et les yeux fixés sur l'écran, je me suis demandé ce qu'elle pensait vraiment de notre excursion, de *mon* excursion sur laquelle elle avait pu se greffer. Y songeait-elle seulement ? Elle pensait certainement à autre chose, avec un peu de chance, elle avait autre chose auquel penser. Son enfance était si différente de la mienne. L'idée qu'elle n'ait pas à endurer ces années comme j'avais dû le faire m'apaisait – mais n'était-ce pas la rabaisser ? Ce genre de convictions ne détournent-elles pas les gens de la réalité, ne nous poussent-elles pas à commettre les mêmes erreurs que nos parents, parce que nous sommes incapables de nous voir du point de vue de nos enfants, comprendre que leur prime jeunesse est à part, et non une sorte de rectification de la nôtre ?

Aymen nous attendait, m'attendait, appuyé à sa voiture, jambes écartées. Il fumait une cigarette et parlait en arabe avec quelqu'un au téléphone, affichant ce même sourire ravi qu'il avait eu tout le trajet. Il avait un ton intrigué, et de temps en temps, il éclatait de rire. Je me demandais ce qui pouvait bien le rendre aussi joyeux. J'ai sorti de nouveau mon portable pour prendre encore quelques photos. L'écran était fendu, je l'avais fait tomber en pleine rue quelques jours auparavant, alors que j'attendais que le bureau de prêteur sur gages m'ouvre ses portes pour vendre quelques bijoux dont je ne me servais plus, et qui ne valaient pas assez pour être rénovés. L'appareil était désormais protégé par une coque que je passais mon temps à ajuster parce qu'elle dissimulait l'objectif, mais chaque fois que je voyais la fissure, je me sentais étonnamment satisfaite de ne pas l'avoir fait réparer.

J'en étais arrivée à songer beaucoup aux sous. Depuis que l'écriture était devenue une sorte de métier, une activité qui occupait toutes mes journées, ça m'obsédait, je ne pouvais m'empêcher de voir chaque couronne qui arrivait sur mon compte comme la possibilité de continuer à écrire, et, selon la même logique, chaque couronne qui s'en échappait comme un frein. Au fil des mois, débourser de l'argent m'était de plus en plus difficile, parce que j'ignorais quand j'en recevrais de nouveau. Je m'efforçais de surveiller mes dépenses sans arrêt, et il m'arrivait de penser que si je n'avais jamais acheté mon premier smartphone, mis le doigt dans l'engrenage de ces appareils coûteux qu'il fallait changer et réparer à tout bout de champ, mes finances se seraient mieux portées. Sans parler de ma capacité de concentration. Elle aurait été plus intacte, j'en étais persuadée. J'aurais lu davantage, mieux écrit, travaillé dur, et me serais sentie plus satisfaite du résultat. J'en aurais su davantage sur la Renaissance en France, sur elle, sur ce que j'étais en train de fabriquer.

Les gens disent souvent qu'il est difficile de préserver le niveau de concentration qu'exigent la lecture et l'écriture, rejetant volontiers la faute sur leurs portables, j'avais moi-même mis de côté mon iPhone pour cette même raison, un jour, pour le remplacer par un petit appareil à clapet, mais s'en étaient suivis une série de quiproquos que j'avais compris dès que j'avais rallumé mon ancien téléphone, découvrant tous les messages que je n'avais pas reçus ; le report de certaines réunions, des codes de portes que j'avais vainement attendus, des rappels concernant des devoirs de classe et des sorties scolaires.

J'avais longtemps considéré que les portables étaient nécessaires, qu'ils me donnaient accès à une sorte de centre que j'avais besoin de fréquenter en tant qu'écrivaine, quand on travaillait autant pour soi-même, dans un tel isolement, il fallait essayer de vivre au présent, du moins dans l'idée, me disais-je, mais avec le temps, il était apparu de plus en plus nettement que ce raisonnement n'était pas vraiment valable. Si la technique m'ouvrait les portes d'un centre, plus celui-ci se développait, plus il apparaissait que ce n'était qu'un des milliers sur terre, un point logé dans chacun d'entre nous. Rien à voir avec le noyau que je m'étais imaginé.

Soudain, j'ai remarqué la forme des feuilles. Là, à cet instant seulement.

Un érable. Comment se faisait-il que je ne m'en sois pas aperçue plus tôt ? Je ne savais rien des arbres, ni de leur âge, ni de leur croissance, s'il était possible que celui-ci se dresse là depuis cette époque, et encore moins d'où il pouvait venir. Roberval avait-il exporté les érables au Canada, ou les avait-il au contraire rapportés du Nouveau Monde ? L'excitation qui s'est emparée de moi à la vue des lobes de ces feuilles vertes s'est vite transformée en une lassitude face à tout ce que je voulais élucider. Des détails. Tous ces détails qui semblaient n'en plus finir, qui ne cessaient d'apparaître, apparemment plus importants les uns que les autres. C'en était presque trop.

Non, elle n'était pas la seule femme à bord. Les écrits ont beau l'affirmer, ce n'est pas vrai ; tout ce qu'il faut en déduire, c'est qu'elle était la seule qui compte. Après la première tempête, elle parcourt le navire pour s'occuper, repousser les idées malsaines, la malice du péché qui s'insinue dans son esprit. Les hommes sont à leur poste, le silence règne, l'eau grise est si calme qu'elle s'imagine tendre la main, y tremper les doigts.

Elle s'aventure de plus en plus loin dans les entrailles du vaisseau, et un jour, en approchant d'une des cales de stockage, elle entend un bruit qui semble venir des animaux, mais en avançant, elle comprend que ce sont des femmes, des voix qui murmurent, qui se lamentent. Elle se fige, tend l'oreille, perçoit quelques mots, quelques sifflements, le crissement des fers sur le bois humide au moindre mouvement. J'ai trouvé un article qui cite une lettre de Jean-François de La Rocque de Roberval adressée à un pénitencier, il y dresse la liste de prisonniers qu'il veut réquisitionner pour l'expédition. Dix-huit dont quatre femmes, j'ai lu leurs noms, leurs âges et leurs sentences :

> Mariette de la Tappye, 40 ans, condamnée pour avoir assassiné son gendre. Cassette Chapu, 40 ans,

condamnée pour violence et débauche. Antoinette de Paradis, 25 ans, condamnée pour vol. Jehanne de la Veerye, 30 ans, condamnée pour avoir vendu son enfant.

J'écris qu'elle est soulagée par cette découverte. Ce sont donc ces femmes qui vont devoir offrir leur service, non pas elle – tel était le raisonnement que je lui attribuais. Offrir leurs corps, leurs organes reproducteurs. Son haut rang ne voulait pas dire qu'elle n'ait pas été considérée comme une jument poulinière, simplement, il fallait des accords stricts déterminant les conditions qui permettraient de la traiter de la sorte. Une jeune femme se trouvait aussi à bord de l'un des autres navires, une fille de dix-huit ans du nom de Mondyne Boispie, elle avait suivi un prisonnier à qui on avait promis la liberté outre-Atlantique. Même une fois que Marguerite avait appris son existence, il lui était difficile de comprendre comment les fils du Nouveau Monde de France seraient engendrés par une foule d'hommes et deux femmes seulement. Je me demandais si elle pouvait ne pas avoir ressenti ce constat comme une menace.

Bien entendu, il aurait été intéressant que l'homme sans nom ait quitté une existence paisible pour être à ses côtés – mais ce n'est pas tellement essentiel pour se représenter le personnage. Ses intentions me semblent un peu moins pertinentes, pour la simple raison que c'est un homme et que sa sexualité, de fait plus intégrée à sa personnalité, en détermine certains aspects, rien de décisif, un besoin naturel comme n'importe quel autre, comme tous les besoins des mâles. Il pouvait être guidé par le désir tout en parvenant, dans cette affaire, à séparer la passion de la raison. Pour une femme, c'était différent. Comme ces questions féminines m'accompagnaient apparemment où que j'aille, je ne me rendais pas vraiment compte que ce n'était pas le cœur du sujet. Et c'était sans doute la raison pour laquelle cette histoire exerçait sur moi une telle fascination en même temps qu'elle m'effrayait un peu plus chaque jour.

Ma fille s'était accroupie par terre, du côté de la voiture. Elle avait son téléphone en main, les yeux rivés sur l'écran. Aymen, de l'autre côté du véhicule, fumait une nouvelle cigarette, scrutant la route où défilaient de plus en plus de voitures. Était-il temps de partir ? J'ai regardé l'heure sur mon téléphone. Rien ne pressait, je pouvais encore faire un tour le long de l'enceinte. J'en avais envie, je me sentais à la fois attirée et agressée par ces vieilles pierres. Aymen n'avait visiblement rien contre l'idée d'attendre encore un peu au soleil. Heureusement. S'il s'était plaint ou avait manifesté le moindre signe d'impatience ou d'ennui, je me serais laissé faire et déposer plus tôt à l'aéroport, rien que pour le satisfaire, alors que je ne connaissais pas cet homme, que je ne lui devais rien, mais je ne supportais pas de percevoir chez les gens la désapprobation que je pouvais susciter.

Je suis restée un moment sur l'herbe, entre la voiture et le château, puis je me suis approchée lentement du mur. Je voulais prolonger l'instant sans risquer de nous mettre en retard. En réalité, j'aurais voulu ne pas m'en aller, ne jamais m'arracher à cet endroit. Tant que je me trouvais là, j'étais une romancière qui faisait son travail, une mère en week-end avec sa fille, mais dès que je rentrerais, que je me mettrais à écrire, que je retrouverais la vie qui allait avec, je serais de nouveau cette femme qui commettait toutes sortes d'erreurs, qui doutait d'elle-même et de tous ses gestes, qui cherchait sans cesse à trouver un peu de temps pour ci et ça.

Ça n'a pas manqué.

Jamais je n'ai redouté autant l'obscurité que l'hiver suivant. Le noir s'abattait sur moi de tout son poids, comme pour m'étouffer et m'achever une fois pour toutes. J'ai toujours pensé que la lumière et l'obscurité rivalisaient au fond de moi, parfois je voyais la lumière comme ce qui m'habitait dès le début, et l'obscurité ce qui s'était insinué plus tard, parfois l'inverse, mais cette épreuve de force circulait de telle sorte que l'une et l'autre semblaient évoluer en grande partie hors de moi. Je n'étais que le théâtre de leurs remous.

Plusieurs voyages m'attendaient, des rencontres littéraires organisées dans différents pays. Notamment en Californie, l'État doré, je ne demandais qu'à croire ce qu'on dit dans notre coin du monde, que la lumière du soleil peut recharger le corps humain, un peu comme on recharge des piles. Dans l'avion, j'ai passé mon temps à écrire. Les jours précédents avaient été fructueux, l'idée de bientôt voir le soleil californien devait m'aider, ce soleil qui nourrissait les oranges et les avocats, illuminait les canyons et les plages, toutes ces choses que nous connaissions tous, y compris ceux qui n'y avaient jamais mis les pieds, comme moi. Cette perspective m'a fait sortir un peu de ma torpeur, comme si la lumière me caressait déjà.

Sans doute est-ce parce que j'étais occupée à écrire, pour une fois, que je n'avais pas préparé mon voyage, ou parce que j'avais toujours eu tendance à trop planifier les choses et que j'essayais de prendre les jours comme ils venaient, ça valait mieux, je l'avais récemment compris. Allez savoir. J'avais bien regardé mon planning et cherché sur Google Maps quelques endroits où me rendre si j'en avais le temps, mais guère plus, et je n'avais donc pas anticipé ce qui m'attendait en atterrissant à San Francisco. Tous les postes de télévision de l'aéroport, allumés sur des chaînes d'informations, montraient les ravages des incendies qui sévissaient dans la région viticole de la Napa Valley depuis des jours, et se répandaient à une vitesse effroyable, détruisant des terres entières et anéantissant les récoltes, ainsi que les opérations d'extinction en cours. La population avait été évacuée, certains avaient tout perdu, d'autres trouvé la mort. Un couple de personnes âgées qui avait refusé de quitter leur domicile avait dû sauter dans la piscine quand le feu s'y était déclaré, ils avaient attendu les secours pendant des heures, réfugiés dans l'eau. On diffusait ce qu'ils avaient filmé eux-mêmes avec leurs téléphones, les images vacillantes d'une maison et d'un jardin, des flammes qui s'en emparent comme un enfer noir.

Un instant après avoir récupéré ma valise et traversé le terminal, une fois assise sur la banquette arrière de la voiture du consul général qui me conduisait en ville, j'ai vu le soleil. Une tache lumineuse faiblarde au milieu de l'épais ciel gris, colorée par les rougeoiements du feu qui s'y reflétaient. La fumée formait un couvercle au-dessus de la baie, un brouillard dense flottait au-dehors, laissant à peine deviner le pont du Golden Gate lorsque nous l'avons approché. J'avais honte de m'être tant réjoui de cette chaleur qui s'était retournée contre les gens.

On m'a déposée à l'hôtel et installée dans une chambre avec un grand bow-window, le genre de fenêtres que je savais typique de San Francisco, comme le tram et les routes escarpées que j'avais vus dans des films et des séries. Pour me forcer à rester éveillée, m'habituer au fuseau horaire local, je suis descendue au magasin Uniqlo à l'angle, où j'ai acheté des doudounes aux enfants, et me suis offert un sous-pull extra chaud. En rentrant à l'hôtel, j'ai senti que j'avais mal à la gorge. Une douleur angoissante. Ce n'était pas le moment de tomber malade, hors de question de manquer tout ce qui était prévu pendant mon séjour. J'ai écrit un e-mail pour demander à annuler les activités de la soirée, un spectacle de danse et un dîner, dans l'espoir d'être en forme pour ma lecture du lendemain. Puis je me suis forcée à ne pas m'endormir en regardant CNN, devant des débats sur des concepts alternatifs lancés six mois plus tôt et qui avaient pris corps dans la société, sur les *fake news*, le mur que le nouveau président promettait de construire à la frontière avec le Mexique pour dissuader les migrants, et sur ce qui avait pu amener cet homme à la Maison-Blanche.

J'ai fini par m'assoupir au son de ces voix emportées qui résonnaient dans ma tête, avec ce sentiment d'échec qui m'envahissait au moindre symptôme, parce que j'avais appris à exiger de mon corps qu'il s'adapte. À mon réveil, le mal de gorge s'était envolé. Quel soulagement ! J'ai sauté de mon lit, enfilé mon short de sport et mes baskets, pris l'ascenseur, attrapé un gobelet en carton que j'ai rempli de café laissé à disposition à la réception. Et je suis sortie. Le trottoir était noir, ai-je aussitôt constaté. J'ai toussé. Il faisait chaud et gris, quelque chose n'allait pas, l'air me semblait brûlant, crasseux, il me griffait la peau et la poitrine. J'avais de nouveau la gorge enflammée, une nouvelle quinte de toux m'a secouée. Mais lorsque mes yeux se sont posés sur la grande pancarte installée sur la porte d'une quincaillerie avoisinant l'hôtel – WE'RE OUT OF MASKS – j'ai compris que je n'étais pas malade, c'était la fumée des incendies aux portes de la ville qui m'irritait les voies respiratoires. Inquiète et soulagée à la fois, j'ai décidé de marcher jusqu'à City Lights Bookstore, juste pour voir en vrai cette fameuse librairie, peut-être que je trouverais quelque part où acheter un masque en chemin. Il ne pouvait y avoir rupture de stock dans toute la ville.

Peu de choses m'étaient aussi agréables que de marcher le matin dans une métropole étrangère, je m'étais réjouie du sentiment que ce genre de promenades me procuraient, mais je ne le retrouvais pas. Un drôle de parfum flottait dans l'air, un mélange de châtaignes grillées et de caoutchouc brûlé, et les rues étaient désertes. Seules apparaissaient les silhouettes des sans-abri, étendus çà et là au pied de caravanes, et des touristes qui, comme moi, flânaient d'un pas prudent. Le soleil n'était toujours que cette lueur rougeâtre accrochée dans le ciel que j'avais observée à mon arrivée, et il régnait sur la ville une ambiance fantomatique qui collait avec mon impression que ça n'allait pas, qu'on était en train d'empoisonner le monde, et que tout était sens dessus dessous.

En arrivant, j'ai commencé par regarder la vitrine de la librairie où était racontée l'histoire de Lawrence Ferlinghetti, des poètes de la *Beat generation*, et de cet endroit, symbole des mouvements de jeunes anticonformistes. Un court poème de Diane di Prima que j'avais découvert dans une anthologie de femmes de la *Beat generation* m'est alors revenu en mémoire. Je n'avais fait qu'emprunter le livre et ne l'avais jamais consulté depuis, si je jetais aujourd'hui un œil à ces vers, ils ne me parlaient peut-être plus autant. Au contraire, ils m'inciteraient à réfléchir sur moi-même, sur celle que j'étais à l'époque, une fille bien plus jeune que je regarderais de haut. En entrant dans la boutique, je me suis dirigée vers le rayon littérature étrangère, assez fourni pour une librairie américaine, mais pas tant que ça, et j'y ai trouvé mon livre.

Malgré l'heure matinale, toute une foule allait entre les étagères, les gens se prenaient en photo, lisaient les affichettes accrochées au mur sur l'histoire de cette institution. Beaucoup attrapaient des livres et les feuilletaient, plantés là, mais il n'y avait personne à la caisse, personne ne semblait s'apprêter à payer, j'ignorais moi-même si je comptais acheter quelque chose. Je me suis enfoncée dans la boutique, dirigée vers une petite pièce à l'arrière avec des essais en soldes empilés dans un coin. J'ai observé distraitement l'une des piles, dans l'idée de sauver un de ces ouvrages abandonnés. Un mémoire sur *Howl* d'Allen Ginsberg, un ouvrage sur Hamsun, je l'ai attrapé puis reposé en apercevant les mots *Rape and Writing* inscrits sur un autre qui dépassait tout en bas. C'était fait pour moi, me suis-je dit en me penchant et en retirant prudemment le livre, mais quand le titre est apparu en entier, j'ai sursauté et la pile s'est effondrée. *Rape and Writing in the Heptameron of Marguerite de Navarre.* En couverture, le portrait de la femme de lettres avec son chien, sauf que l'animal avait été coupé. Le livre, daté de 1991 et signé Patricia Francis Cholakian, maître de conférences en français au Hamilton College de New York, était présenté en quatrième de couverture comme une analyse littéraire qui, selon une perspective psychanalytique, sémiotique et narratologique, proposait une nouvelle approche de l'œuvre de Marguerite de Navarre, son contexte d'écriture, et le genre du récit à tiroirs. Je me suis assise par terre près de la pile de bouquins, je l'ai pris sur mes genoux, l'ai ouvert et j'ai commencé à lire.

Depuis le jour où j'avais entendu parler de l'île, elle m'avait attirée. Cet amas rocheux qui émergeait à la surface de l'eau, à mille lieues de moi. Le silence et le vide qui régnaient là-bas, ces bruits qui ne m'étaient pas destinés et dont je ne saisirais jamais la portée.

Aux terres qui formaient l'énorme baie où elle flottait, Jacques Cartier avait donné le nom qu'employaient les sauvages, avait-il appris. *Kanata*. Autrement dit, pendant son séjour, Marguerite n'était pas la seule âme vivante de ce continent inexploré, loin de là ; l'île se situait sur la route de guerre des Iroquois et des Inuits, en plein milieu du chenal. Simplement, ces populations n'étaient pas considérées comme humaines.

D'après les documents conservés, la flotte de Roberval atteint Saint John le 8 juin 1542. En entrant dans l'estuaire, ils croisent Cartier, décidé à rentrer au pays, après sa troisième tentative avortée en Amérique du Nord. L'explorateur n'a repéré ni le passage du Nord-Est, ni celui menant à Saguenay, cet endroit mythique où des guerriers blancs, blonds comme les blés, auraient fait fortune grâce à l'or et au commerce des peaux, de nombreuses années auparavant. Les pierres précieuses qu'il a dénichées ne valent rien, et les Peaux-Rouges ont massacré une trentaine, voire une quarantaine de ses colons. Roberval tente de le convaincre de rester et de poursuivre ses recherches, mais Cartier repart pendant la nuit, protégé par l'obscurité. Au lever du jour, la flotte de Roberval continue vers les fleuves et le continent, cap sur Royal-Charlesbourg, la forteresse isolée qui porte le nom du fils de François Ier, située dans l'actuel Cap-Rouge, un quartier de Québec, avec des immeubles en briques rouges et un centre commercial proposant un simulateur de golf.

Dieu qu'il est difficile de se représenter une île déserte. En mon for intérieur, je ne cesse de la peupler. J'écris que, quand ils approchent, elle apparaît comme une montagne brisée à la surface de l'eau grise. C'est l'été, la fin des beaux jours à Terre-Neuve-et-Labrador, au nord de la Nouvelle-Écosse. Des rochers acérés, quelques lourds bosquets, un renfoncement comparable à une gorge. Roberval se tient à la barre avec Jean Alfonse. Marguerite, un peu plus loin sur le pont, les observe. Eux qui lui disent toujours tout ne lui ont pas parlé de cette manœuvre. Pourquoi s'enfoncer dans l'archipel quand ils sont censés continuer vers le fleuve à l'ouest ? Elle guette leurs mouvements, voit Jean Alfonse montrer du doigt des écueils, carte en main, et Jean-François de La Rocque de Roberval secouer la tête.

Le ciel est couvert, le vent souffle. Le vaisseau, voiles gonflées, se fraie un chemin entre les îlots parsemés dans la baie. Au bout d'un moment, Roberval s'approche d'elle. Il traverse la foule d'hommes rassemblés sur le pont et lui tend le petit livre qu'il a dû trouver dans ses affaires, en fouillant sa cabine. Elle le prend, le cache dans sa robe, puis il s'éclipse, laissant la place à ses seconds qui avancent à leur tour, ils la soulèvent, ils s'y mettent à plusieurs. Elle cherche des yeux l'homme sans nom, en vain. Les matelots la transportent sous le regard des autres, personne ne prononce un mot.

Au cours des semaines de traversée, il est probable qu'elle ait fait connaissance avec certains, que ceux qu'elle considérait peut-être comme ses amis aient assisté à la scène, mais pas qu'ils aient tenté de la défendre pour autant. D'après la « Troisième histoire » du recueil de François de Belleforest, l'équipage est au courant de son aventure secrète, et ils n'aiment pas ce genre d'histoires. Dans ce récit, le capitaine explique à sa « sœur » qu'elle s'est comportée comme une catin. Elle proteste : *Non, je ne suis pas une fille de joie.* Il réplique qu'il ne saurait être aussi cruel qu'elle est ingrate, et lui cède donc des vivres, des armes et des munitions.

Puis on met le canot à l'eau, avec des biscuits de mer, des arquebuses et de la poudre. Je suppose que Roberval veille à manifester que s'il bannit sa protégée, c'est pour la punir, et non la tuer, s'il était directement responsable de sa mort, il ne pourrait hériter de ses terres. Il s'agit aussi de montrer l'exemple, de prouver aux colons qu'il n'hésite à châtier personne, pas même ses proches.

Au cours de mes voyages cet automne et cet hiver-là, j'ai compris que la lumière représentait plus à mes yeux que la seule possibilité d'écrire. Même si le manque de luminosité dans les latitudes australes n'avait rien à voir avec l'obscurité quotidienne par ici, il supposait malgré tout un enfermement : ces sonorités bleu foncé qui s'abattaient partout, ces murs que dressait le noir, me contraignant dans mes mouvements, quel que soit l'endroit, nouveau, étranger, où je me trouvais. Je me suis mise à penser à la lumière nordique, à toutes ces fois où j'avais entendu parler de ce cliché ; dire que je n'avais pas compris que le Nord était – *aussi* – une région lumineuse, et que tant d'évidences pouvaient encore m'échapper. Quelles autres forces de la nature me portaient donc sans que je le comprenne ?

Après San Francisco, je suis descendue à Los Angeles. Les incendies qui s'étaient déclarés autour de la ville avaient été maîtrisés plus rapidement, et dès que je suis sortie de l'aéroport, j'ai remarqué que je pouvais respirer normalement. Mes poumons se sont gonflés de cet air neuf, chargé de gaz d'échappement, de produits d'entretien et de fumées de cigarette. Une chambre m'attendait dans un classique hôtel de luxe d'Hollywood, où j'avais prévu d'écrire pendant quelques jours. « The Château », un bâtiment ancien, style château médiéval français, avec des tours et des tourelles qui surplombaient les panneaux publicitaires plantés le long de la route.

À mon arrivée, le groom m'a informée que Marilyn Monroe avait logé dans ma chambre, dormi dans le lit où j'allais me coucher, et pris son bain dans la petite baignoire rose poudré de la salle de bains. Il a continué sur les autres stars qui avaient séjourné dans l'hôtel, certains clients choisissaient leur chambre en fonction de l'histoire que chacune recelait. Moi qui me croyais assez insensible au glamour, j'ai vite constaté que ces vieux murs produisaient un étrange effet sur moi. Peut-être était-ce le simple fait qu'on s'y sente comme dans une sorte de sphère à part, où l'on pouvait aisément s'imaginer que tout le reste s'était éteint. Ce hall, plongé dans la pénombre à toute heure du jour et de la nuit, relativement déserté, avec son parquet grinçant et son odeur de renfermé. Ce bar, tout aussi obscur, avec son gramophone qui tournait en continu. Il menait à une cour intérieure pavée qui me faisait penser à l'univers de Narnia, que j'avais commencé à lire aux enfants. On aurait dit un vieux jardin royal avec des sculptures et des bancs de pierre, des pieds de vigne, des plantes grimpantes et une épaisse pelouse surmontée de dalles disposées en damier, comme un plateau d'échecs.

C'est là que se trouvait le restaurant de l'hôtel et que je m'installais pour écrire le matin, quand l'air portait encore l'humidité grise de la nuit. Le soir, je me mettais au bureau de ma chambre, toutes fenêtres ouvertes pour entendre les murmures du monde extérieur, et l'après-midi, je m'allongeais au bord de la piscine et lisais le livre de Cholakian. C'est là que j'ai été approchée par un homme que j'ai reconnu comme l'acteur d'une ancienne série médicale diffusée quand j'étais ado et qui m'a offert des cigarettes. Je me souviens qu'en rentrant de l'école, je me mettais par terre, devant la télé, un bol de corn flakes en main. Il n'avait pas changé, et malgré sa casquette et ses lunettes de soleil, je l'avais reconnu au premier coup d'œil.

Je voulais voir pas mal de choses à Los Angeles. Pourtant, à part quelques excursions, je suis restée le plus souvent à l'hôtel. Je sentais que cet endroit avait quelque chose de particulier, sans parvenir à mettre le doigt dessus. Le dernier soir, une journaliste est venue m'interviewer sur mon roman. Nous nous sommes retrouvées au restaurant. Elle portait une robe moulante rouge, drapée à la taille, et arborait des tatouages sur ses bras et ses mains pâles, toutes sortes de petits traits et symboles.

– J'imagine que vous avez remarqué qu'ici toutes les femmes sont jeunes, a-t-elle déclaré en s'asseyant et lorgnant les tables voisines. Regardez les couples, madame est toujours deux fois moins âgée que monsieur.

En jetant un coup d'œil aux alentours, j'ai compris que c'était ce que je n'avais pas réussi à identifier. Elle a commandé pour nous deux, puis s'est mise à me parler de mon livre et de la revue littéraire pour laquelle elle travaillait. Tout en l'écoutant, je fixais ses mains, je ne pouvais pas m'en empêcher. Même ses doigts étaient tatoués, ornés de bagues en or, terminés par de longs ongles pointus. Ce n'était sans doute qu'une mode, mais cette coquetterie m'évoquait Marguerite de Navarre ; voilà comment je m'étais représenté ses mains, les tatouages en moins. La journaliste a sorti son téléphone, l'a posé devant moi sur la table et, une fois l'enregistrement lancé, elle m'a demandé pourquoi j'avais décidé d'écrire un roman sur l'allaitement et le fait de s'occuper d'un tout-petit. Je me suis sentie reculer sur ma chaise. On avait beau m'avoir posé et reposé cette question, c'était comme si la honte que j'éprouvais, d'une certaine façon, d'écrire sur mon expérience de mère avait toujours de l'emprise sur moi. J'ai répondu que ce n'était pas un choix, mais un instinct auquel j'avais longuement tenté de résister. C'était vrai, je ne voyais pas les choses autrement.

Après coup, je trouve bizarre de m'être empêchée d'écrire sur ce dont j'avais le plus envie. En même temps, c'est un mécanisme qui m'est devenu familier. Ce n'était pas lié au thème de la maternité en soi : quelque part, j'avais toujours voulu me retenir d'écrire sur ce qui pouvait me tenir à cœur, et je me demandais si, de la même manière, tous les sujets n'étaient pas finalement des tabous personnels. J'avais longtemps envisagé ma production comme l'occasion de balayer des angles morts, davantage les miens que ceux la société – mais, peut-être l'écriture, ce qu'elle avait d'interdit, faisait-elle de tout ce qu'elle touchait des objets scandaleux et défendus.

J'envisageais la maternité comme un lieu commun sur la féminité dont j'aspirais à m'éloigner, et pourtant, il s'agissait d'un phénomène que je ne pouvais omettre et qui ne ressemblait à aucun autre. Le seul capable de rivaliser avec l'écriture. Je crois que c'est en quittant l'hôtel après notre entretien, ce soir-là, que l'histoire de ce livre m'est apparue dans toutes ses dimensions, et je me souviens m'être sentie d'autant plus coupable. Tout ce qui concernait les femmes devait donc avoir trait à la maternité ? Je me suis installée dans un restaurant mexicain pour manger des tamales et boire de la tequila. La soirée était chaude et sombre, les gens aux tables alentour discutaient de leur travail, des astuces pour percer à Los Angeles, la rue s'étirait comme une rigole noire le long de la terrasse, et assise là, à regarder autour de moi, j'ai pris conscience que les récits sur la maternité traitaient aussi de nous-mêmes, autant du fait d'être mis au monde que de mettre au monde. J'avais oublié ce détail une fois de plus, je l'oubliais sans cesse, et il arrive encore qu'il m'échappe. Voilà pourtant le genre de choses qu'il faut que je garde en tête, il est rare qu'on me le rappelle.

J'avais beau y prendre garde, le corps était en un sens au centre de tout ce que j'écrivais. Pourquoi était-ce donc si difficile à accepter ? Après tout, mon envie d'en parler était plus forte que l'idée qu'il ne fallait pas, cette peur de la féminité qui venait de mon aversion pour le déterminisme biologique, lié au sexisme autant qu'à cette forme de féminisme qui voulait mettre les femmes sur un piédestal, croire à la *femme* avec un grand F, figure talentueuse et vertueuse qui méritait le plus grand respect.

Fidèle à ma désespérante habitude de tout catégoriser, j'avais associé pendant des années maternité et féminité idéale, ce dont témoignent des récits imprégnés d'essentialisme et de féminisme de la différence. J'étais devenue adulte à une époque où l'on s'interrogeait beaucoup sur les différences entre hommes et femmes, lesquelles d'entre elles étaient liées à l'environnement et lesquelles innées, pour justifier encore une division sociétale où les femmes, définies par ce que l'on considérait comme spécifiquement féminin, n'avaient pas leur place dans la sphère des hommes. Une conclusion tellement provocante qu'il m'avait semblé ne pouvoir qu'en prendre le contre-pied et refouler totalement la biologie, comme si une attitude extrême ne pouvait être combattue que par son extrême inverse, qu'il suffisait d'adopter une position diamétralement opposée à celle de ses adversaires, pour leur faire changer d'avis dans un monde aspirant à l'égalité. Peut-être que c'était nécessaire à l'époque, je ne veux rien dénigrer, mais quand je repensais à cette période, combien ces convictions nous avaient dominés, moi et mon entourage, j'éprouvais une certaine tristesse de ne pas avoir compris que j'étais tout aussi aveuglée par une idéologie que ceux que j'accusais du même tort, et que mon écriture en avait pâti d'autant.

Lorsque je me suis réveillée le lendemain, il faisait encore nuit, mais comme je partais le jour même, je n'ai pas essayé de me rendormir. Je me suis aussitôt mise à mon bureau pour écrire quelques heures, avant de faire ma valise, de sortir de ma chambre, de prendre le vieil ascenseur et de m'installer au bar avec mon ordinateur. Deux serveurs vêtus de blanc étaient déjà en train de préparer la salle pour le petit déjeuner. Le plus âgé d'entre eux m'a servi un thé de luxe dans une grande théière en argent, et m'a demandé, comme souvent ces derniers jours, s'il pouvait me l'offrir. J'ai hoché la tête, reconnaissante d'échapper à cette dépense, puis je l'ai écouté causer au téléphone avec un fournisseur, qui d'après ce que je comprenais était en retard pour la livraison de viennoiseries du jour. Après avoir raccroché, il m'a demandé ce que je pensais de Los Angeles.

– Vous parlez comme un écrivain, a-t-il commenté. Vous travaillez sur quoi ?

Je lui ai raconté mon projet dans les grandes lignes, et il a enchaîné sur son fils qui faisait ses études à UCLA et venait de partir en échange en Europe, à la Sorbonne.

– Regardez ce que j'ai reçu hier, a-t-il dit en ouvrant un tiroir derrière le comptoir. Je ne me risquerais pas à essayer de le prononcer, mais tenez.

Il me tendait une carte postale.

– Notre château a été construit sur le modèle de celui-ci. L'original est beaucoup plus grand, donc ce n'est pas parfait, mais vous voyez, c'est une sorte de réplique.

J'ai attrapé la carte et l'ai observée. *Château d'Amboise.*

J'étais sans voix.

« The Château » n'était autre que celui-là.

L'avais-je su, mais oublié ? Était-ce pour cette raison que j'avais choisi cet hôtel ?

Le téléphone a de nouveau retenti et le serveur a disparu. Un homme en chaussettes venait de prendre place à une table, on lui a servi un jus d'orange et deux œufs durs, sans qu'il ait à passer commande. Il m'a adressé un signe de tête, j'y ai répondu, puis j'ai porté mon regard derrière lui, à travers les portes ouvertes sur le jardin. Il ne faisait pas encore parfaitement jour, mais je voyais le matin se lever entre les murs gris, les fenêtres à vitraux et leurs centaines de petits carreaux, les tours et tourelles aux toits d'ardoises pointues, précisément comme sur la carte postale que j'avais entre les mains.

Je ne sais pas quoi écrire sur les signes. J'ignore même si je peux affirmer quoi que ce soit à ce propos sans passer pour une folle. L'image que je renvoie importe-t-elle seulement ? Je voudrais dire que non, mais c'est peut-être déterminant pour le reste de cette histoire, et donc pour elle. Pour que ma voix ne la contamine pas.

Bien qu'il soit sans doute déjà trop tard.

Des signes, j'en voyais partout. J'avais le sentiment qu'ils m'aidaient, je m'y accrochais. Ces petits détails, la manière dont ils m'apparaissaient, et ces échos plus importants que je croyais sans cesse percevoir. Toutes ces choses qui revenaient. Il m'arrivait d'éprouver une profonde reconnaissance pour tous ces étranges clins d'œil de la vie que je ne pouvais qu'interpréter comme la preuve que cette histoire m'appartenait autant qu'à un autre.

J'étais écrivain, j'avais déjà publié plusieurs livres. Néanmoins, je m'excusais constamment d'écrire. J'ai beau considérer ce problème comme propre à cette histoire, je sais qu'il a toujours été sous-jacent. Qu'il revient systématiquement, quoi que je fasse. L'écriture s'accompagne d'une honte, d'une culpabilité incessante, le fait de composer des phrases au lieu d'exercer un métier qui profiterait à mon entourage, de vivre pour écrire au lieu de vivre pour les autres, de transformer l'existence des gens, de s'emparer d'une réalité et d'en faire des phrases, de la coucher de force sur le papier au lieu de… *oui, pourquoi ?*

Je croyais aux signes, et j'y crois toujours. Cependant, chaque fois, j'allais constater qu'il y avait une explication rationnelle. Voilà à quoi ressemble le cours du temps. On se souvient des rois, des reines et des capitaines longtemps après leur mort, l'écho de leurs exploits résonne à l'infini comme ils l'ont désiré, leurs monuments trônent partout et tous nos gestes ne sont que la répercussion des leurs.

Si les écrivains ont tous leurs raisons d'écrire, aucune ne me semblait assez bonne. Elles me paraissaient floues et insuffisantes. Les livres n'étaient-ils qu'un simple moyen de traiter tout ce qui est était difficile, voire impossible à maîtriser ? Aujourd'hui, je m'aperçois qu'en ce qui concerne Marguerite de Navarre, cette lecture m'a donné accès à son œuvre et permis d'y trouver un sens, mais pour ce qui est de ma plume, j'insiste sur le *simple*, parce qu'elle me semble si futile. Y penser revenait à me confronter à mes échecs et à ce que j'avais fait de mon existence jusqu'à présent ; j'éprouvais du mépris pour ma personne en songeant que j'avais non seulement tourné le dos aux vivants, écrit pour écrire, mais surtout que j'avais métamorphosé le moindre problème en mots, tel un animal qui se nourrit de ses excréments.

L'écriture était une addiction. Je l'avais lu maintes fois, mais je ne le comprenais que maintenant. Elle fournissait une issue à chaque crise, petite ou grande, une esquive à la moindre difficulté, si bien que je n'aurais pas à trouver de solution, il me suffirait de me laisser porter jusqu'au texte. Mon existence avait été dépendante de cette lumière crue qui peut se dégager d'une page blanche, mais aussi de l'idée que je n'aurais jamais besoin de m'impliquer, de vivre dans les mêmes conditions épouvantables que le commun des mortels, puisque je n'exigeais personne à mes côtés tant que j'avais l'écriture.

Elle avait été isolée de force, moi, je m'isolais volontairement. Je recherchais à tel point la solitude que j'en étais tourmentée, une fois que j'en avais pris conscience. Cette façon de me détacher de tout et de tous. Si j'avais tant de mal à écrire cette histoire, c'était parce que mon amie m'avait priée de ne pas le faire, me disais-je, cette idée était sans doute confortable. Mais un peu plus tard, au cours de la mauvaise saison, il m'est apparu clairement que quelque chose d'autre menaçait ma prose, quelque chose qui n'impliquait que moi.

En réalité, rien qui me concerne uniquement. J'appartenais au monde qui m'entourait, et au fond, je savais que je n'étais peut-être pas aussi isolée que je le croyais ; je n'étais pas la seule à me sentir impuissante, à me demander, résignée, où tout fichait le camp. Chaque fois que je n'arrivais pas à écrire, à lire ou aller au bout de mes pensées, je mettais en cause l'obscurité, cette façon qu'elle avait de s'abattre sur moi et de tout éteindre – mais ce n'était pas ça, du moins pas juste la nuit qui étouffait le ciel. Avec l'hiver s'était imposée une cruauté qui ne relevait pas simplement du noir et du froid, mais qui compliquait tout autant la vie. Or ma vie, c'était mon travail, même si je perçois à présent le reste, dont je ne devinais alors que les contours flous.

J'avais longtemps veillé à ne pas considérer l'écriture comme quelque chose qui demande des modalités particulières. J'avais éliminé tous les rituels auxquels je m'étais habituée, et appris à écrire n'importe où. C'était la condition même de mon travail et de mon rôle de mère. Mais voilà que j'étais obsédée par la lumière. Je passais mon temps à chercher des endroits assez ouverts sur l'extérieur, assez hauts, faisant face à des immeubles assez bas pour que le soleil puisse m'atteindre, perché dans le ciel, et il me suffisait de travailler un moment à la lumière du jour pour entrevoir cette légèreté que j'éprouvais autrefois. Je ne flânais plus en ville en guettant l'inspiration, je ne me mettais plus à mon bureau pour écrire jusqu'à épuisement, tandis que le monde s'écroulait autour de moi, tout ce dont j'avais besoin, c'était de lumière.

Peut-être que ce n'était pas une question d'écriture, mais de survie, et que mon existence était maintenant intrinsèquement liée à ma plume. Quand j'arrivais à écrire, je me sentais bien, et quand je butais, la rage prenait le dessus. À propos de tout. Je m'en suis plainte à mon mari, il m'a assuré que ce n'était pas nouveau, que c'était souvent comme ça quand je travaillais dur. J'ai évidemment protesté, je ne travaillais pas dur, ai-je rétorqué sans même chercher à dissimuler mon amertume, voilà bien le problème. C'est toujours ce que j'ai ressenti, a-t-il insisté, je te le signale à chaque fois, en tout cas. Ce n'était qu'une gentille petite piqûre de rappel, et quelque part, je savais qu'il avait raison, mais je refusais de l'entendre.

Autour du solstice d'hiver, mes journées suivaient un schéma. Le soir, je m'endormais dès que je me couchais comme sous l'effet d'une anesthésie, et en me réveillant le matin, je me retournais dans mon lit pour observer le ciel noir qui apparaissait entre le cadre de la fenêtre et nos vieux stores blancs, chiffonnés et barbouillés de traces de doigts. J'aurais voulu que l'obscurité du dehors ne soit rien d'autre que la nuit, et que la journée qui m'attendait soit lumineuse. Une fois qu'il faisait clair, quand le soleil daignait seulement se montrer, j'essayais de sortir, mais le problème était que je voulais en profiter pour travailler. J'ai lu des articles sur le manque de lumière dans les régions nordiques, le rythme circadien s'en trouvait ébranlé, déclenchant une production de mélatonine qui pouvait provoquer un état de fatigue général et des somnolences en pleine journée. J'en suis venue à me servir au quotidien d'un appareil contre le décalage horaire que j'avais acheté pour ne pas risquer de prolonger mes voyages, depuis que je ne voulais pas être loin de chez moi trop longtemps. Cette invention finlandaise consistait en des écouteurs qui diffusaient de la lumière à travers le canal auditif pour stimuler les fonctions du cerveau qui en dépendaient. Je les enfonçais dans mes oreilles chaque jour avant le déjeuner, sans savoir si cette méthode fonctionnait réellement. Je me suis aussi renseignée sur les symptômes de la dépression saisonnière : appétit inhabituel, besoin de sommeil accru, sensibilité à fleur de peau, sensation de lourdeur dans les membres.

– Comme une dépression normale, en somme, a commenté mon mari quand je les lui ai énumérés.

Même si j'avais toujours préféré travailler tôt le matin et l'après-midi, quelle que soit la période de l'année, à présent, il m'était quasiment impossible de parvenir à quoi que ce soit en fin de journée. Comme si un rideau de fer tombait sur moi, ne me laissant qu'un filet d'air pour respirer. Recroquevillée devant mon écran, j'avais l'impression que toutes mes pensées sortaient d'impulsions venues des régions les plus primitives de ma conscience, à croire que le reste était en panne. Il n'était pas rare que je reste là un long moment, le regard fixé sur une phrase, que je déplace un mot, en supprime un autre sans conviction. L'écriture nécessite du temps, et parfois, il faut en accorder même à ce qui paraît superflu, mais avais-je attendu trop longtemps, ce que je faisais était-il vraiment utile ?

Quand quelqu'un me demandait des nouvelles de mon travail, je disais que ça allait, de même que je disais toujours que tout allait bien avec les enfants et le reste, comme si je ne répondais pas moi-même, mais qu'une voix étrangère s'en chargeait. Je n'avais jamais voulu atténuer les difficultés auxquelles je pouvais être confrontée, et pourtant, en devenant mère, quelque chose avait changé. Peut-être était-ce une conjuration, une façon de ne pas exprimer ce que je ressentais parce que j'en avais peur. J'étais effrayée à l'idée que l'écriture m'ait fermé ses portes. Lorsque je regardais les fragments de mon texte, j'avais le sentiment d'être en dehors de ces mots, d'observer quelque chose de figé, de mort. Que c'était moi qui les avais tués, à cause de toutes ces contraintes que je m'imposais, de mon incapacité à lâcher prise et à aller de l'avant. Je n'étais même pas vraiment sûre de ce que j'écrivais. J'ignorais ce que c'était, et surtout quelles en étaient les raisons.

Ma psychologue m'avait demandé à quoi je n'avais plus besoin de penser quand je songeais à tout cela. Je connaissais certainement la réponse, mais je n'osais l'exprimer haut et fort. J'étais une femme qui passait ses journées à méditer sur une autre, et sur ce qu'elle se disait d'un homme. C'était devenu normal. Ce que les autres en pensaient, je n'en savais rien.

Plus tard, lorsque je lisais, je me suis mise à m'imaginer distinctement Marguerite de Navarre. Sa main resserrée sur une mine graphite, ses longs ongles acérés. Elle a l'air si calme quand elle écrit, vive et concentrée. Il est sans doute vrai, me dis-je, qu'elle a composé les nouvelles de *L'Heptaméron* pour remonter le moral de son frère, l'aider à guérir, même si ce n'en est pas la seule raison.

Dans son livre de 1935 intitulé *Marguerite de Navarre*, Samuel Putnam, un critique littéraire anglais, la qualifie de « première femme moderne de ce monde ». Voilà qui était troublant, j'avais trouvé ailleurs que la première féministe de notre ère était Christine de Pisan, qui avait vécu au Moyen Âge. Quelle pouvait être la différence entre une féministe et une femme moderne ? J'avais si peu l'habitude de réfléchir à l'histoire, cet ensemble m'apparaissait comme un livre où chaque mot avait déjà été formulé, je ne saisissais pas qu'il suffisait d'y jeter un œil pour que le passé s'étire jusqu'à nous, que les faits étaient constamment réécrits. Christine de Pisan, qui dénonçait elle-même le fait que les femmes aient été rayées de l'histoire, n'a été reconnue qu'au XXe siècle, quand Simone de Beauvoir et d'autres intellectuels ont commencé à lire son œuvre. (*Je comprends parfaitement qu'il y ait aujourd'hui une différence évidente entre « féministe » et « femme moderne », et je comprends que la volonté d'étiqueter toutes ces dames qui ont vécu avant l'émergence du mouvement féministe comme des féministes ou des protoféministes soit agaçante.*) Comme Marguerite de Navarre, Pisan s'est beaucoup intéressée à Boccace, et elle semble avoir été la première femme à vivre de sa plume. Elle avait commencé à écrire à vingt-cinq ans pour subvenir aux besoins de sa famille, à la mort de ses parents. J'y pensais lorsque ma condition d'écrivain me donnait le sentiment d'être incapable, irresponsable. Si je me retrouvais seule, comment pourrais-je m'en sortir et qu'adviendrait-il alors de ma production ?

Pisan, comme Navarre, m'aiderait peut-être à savoir à quoi elle pensait sur son île. Voilà pourquoi je me suis penchée sur son œuvre. Je m'interrogeais sur ce qu'André Thevet n'évoquait pas, sur ce que Marguerite n'aurait jamais pu lui confier, même si elle l'avait voulu, par exemple ses impressions lorsqu'elle songeait à l'homme sans nom, lorsqu'elle l'avait vu sur le bateau, quels mots pouvaient bien traduire ses sentiments. Je poursuivais aussi mon travail sur Louise Labé, qui était née en 1524 et qui pouvait donc avoir son âge ; j'explorais ses poèmes d'amour comme si j'étais à la recherche d'un indice secret qui pourrait m'éclairer, et je revenais souvent sur l'une de ses missives portant sur la lecture et l'écriture :

> Étant le temps venu, Mademoiselle, que les sévères lois des hommes n'empêchent plus les femmes de s'appliquer aux sciences et disciplines, il me semble que celles qui ont la commodité doivent employer cette honnête liberté que notre sexe a autrefois tant désirée, à apprendre celles-ci, et montrer aux hommes le tort qu'ils nous faisaient en nous privant du bien et de

> l'honneur qui nous en pouvaient venir : et si quelqu'une parvient en tel degré que de pouvoir mettre ses conceptions par écrit, le faire soigneusement et non dédaigner la gloire, et s'en parer plutôt que de chaînes, anneaux, et somptueux habits, lesquels ne pouvons vraiment estimer nôtres, que par usage. Mais l'honneur que la science nous procurera sera entièrement nôtre.

Louise Labé se sentait donc le devoir d'enseigner aux autres femmes comment se comporter. N'auraient-elles pas dû le tolérer ? Si le fait que la gent féminine se considère elle-même comme un ornement était le cadet des soucis de notre époque, et je dois bien reconnaître qu'il m'arrivait de le penser, à quoi pouvait-on bien s'attendre quatre cents ans plus tôt ? J'ai montré ces quelques phrases à ma fille, et quand elle m'a demandé, comme d'habitude, ce que j'en pensais, si j'étais d'accord ou non, j'ai répondu que oui, que d'une certaine manière ce texte avait la pertinence actuelle de rappeler la valeur du savoir, bien que non spécifique aux femmes.

Je me demandais si c'était de l'ordre de l'évidence ou le genre de choses qui ont besoin d'être dites, que moi, en tant qu'adulte, je devais exprimer à ma fille. J'évitais déjà d'aborder tant de sujets depuis longtemps, non seulement avec elle, mais en général, quel que soit le contexte, des sujets qui me semblaient tellement incontestables qu'ils ne valaient pas la peine d'être abordés, mais cette fois quelque chose avait changé. Force était de constater que ce que je considérais comme flagrant ne l'était plus, et je soupçonnais que cette aversion que j'éprouvais, comme beaucoup d'autres de ma génération, à l'idée de formuler des évidences, en était peut-être responsable.

Au cours de mes recherches sur Marguerite de Navarre, il n'était pas rare que surgisse Christine de Pisan, elle qui dans

La Cité des dames, de 1405, décrit la manière dont en tant que femme lettrée elle fait face à la domination masculine, et souligne les exploits historiques des femmes. Elle s'adresse directement à Dieu pour lui demander :

> N'as-tu pas créé la femme de propos délibéré ? Et dès lors ne lui as-tu pas donné toutes les inclinations qu'il te plaisait qu'elle eût ? Car comment serait-il possible que tu ne te sois jamais trompé ?

Ces mots m'évoquaient ma propre vision de Dieu quand j'étais enfant. S'il était si parfait, pourquoi les femmes ne l'étaient-elles pas, alors qu'il avait tout créé lui-même ? Quand j'ai googlé ce livre, une série de miniatures reproduites dans l'une des éditions est apparue. Sur l'une d'entre elles, on voyait Pisan agenouillée devant Isabeau, une reine de France qui gouvernait souvent parce que son mari était fou, en train de lui remettre des livres. Marguerite de Navarre était aussi volontiers représentée ainsi, recevant des mains d'une femme un ouvrage que celle-ci avait écrit. Ce motif, je le retrouvais même dans mon existence, l'image de la connivence féminine qui m'attirait autant qu'elle me désespérait. Le reflet du monde des femmes. L'univers entre deux personnes du même sexe, entre la lecture et l'écriture, capturé dans une petite scène. L'autre face des choses quand on ne comptait pas, quand on n'appartenait pas au monde ordinaire, mais à celui des femmes.

Dans la « Soixante-septième nouvelle », Marguerite de Navarre écrit que la pupille de Roberval s'est toujours fiée à sa foi. Elle insinue par là deux choses à mes yeux. D'abord, à cause du pronom possessif, cette foi particulière et interdite à laquelle elle se rattachait, et puis le fait que la reine, manifestement, savait quelque chose de son existence avant l'expédition. J'y ai beaucoup pensé, je me demandais comment les deux femmes se connaissaient, je me disais qu'elles avaient dû se rencontrer plus tard, que Marguerite de Navarre était du moins au courant de la suite des événements.

Il m'a longtemps semblé curieux que cette dernière soit aussi portée sur la religion. Si ses interventions dans le débat sont décrites comme ambiguës, c'est sans doute que sa position dans le conflit autour du trône l'était tout autant. Fidèle à son frère qui œuvrait pour le catholicisme, elle ne s'est jamais détachée de l'Église catholique, mais elle a exprimé sa foi personnelle en un culte sans sacrement, et elle soutenait les réformistes, signe à un certain égard qu'elle se reconnaissait dans le Renouveau.

Rabelais, qui était de ceux auxquels Marguerite de Navarre avait offert l'asile à sa cour, lui a dédié le *Tiers Livre*, souvent considéré comme l'une des œuvres littéraires humanistes les plus importantes de la Renaissance française. Dans sa dédicace, l'écrivain prie Marguerite de Navarre de bien vouloir descendre ici-bas (« *faire quelque sortie de ton manoir divin* », écrit-il), pour prendre part à la troisième partie des aventures désopilantes de Pantagruel. La reine peut-elle envisager un instant de s'intéresser un peu aux choses terrestres ?

Ces paroles m'étaient si familières. Je les avais entendues maintes fois, au sens propre comme au figuré. Un homme qui demande à une femme de s'abaisser. D'une certaine manière, une grande femme paraissait toujours plus grande qu'un grand homme ; à croire que la grandeur n'était problématique qu'en lien avec la féminité. Comme si le raffinement qui en découlait faisait qu'une dame était nécessairement plus détachée de ce monde, moins humaine et donc source de mépris – tout en restant subordonnée aux hommes, quels que soient son nom et son pouvoir, formel ou non. Cette dédicace de Rabelais m'évoquait la haine pour les femmes qui a traversé les époques, une haine luisante et fugace, et pourtant si forte qu'on en perd l'entendement lorsqu'elle se déchaîne.

Mon propre bagage m'empêchait de concevoir que les intellectuelles de l'époque puissent regarder la religion autrement que d'un œil sceptique. Et puis, j'ai lu que Marguerite de Navarre avait commencé à s'y intéresser parce que c'était le seul sujet dont son frère ne se souciait pas. Elle était aussi formée que lui et plus intelligente, il lui fallait donc trouver un domaine où elle ne risquerait jamais de le concurrencer, autrement dit de le surpasser et de mettre en péril sa confiance en lui-même. Seul problème : il ne pouvait pas se désintéresser totalement de la question, surtout pas quand le conflit s'est aggravé. Toute sa vie, elle est restée loyale envers lui, malgré le danger qu'elle courait lorsque les intérêts politiques du roi allaient à l'encontre de ses convictions.

Beaucoup voient également la foi de Marguerite de Navarre comme le résultat de l'insatisfaction que lui procuraient ses relations avec son entourage. Autrefois, j'aurais sans doute considéré cette analyse comme le fruit de la haine, me demandant pourquoi les femmes devraient nécessairement dépendre de leurs relations sociales – mais pas aujourd'hui. Je pense plutôt à ce que j'ai lu sur ses mariages malheureux, sur ses fils, tous mort-nés, sur Jeanne, sa fille unique devenue reine à son tour et figure de proue du mouvement des huguenots, qui détestait sa mère pour ne pas s'être opposée à son mariage arrangé par François Ier, à l'âge de douze ans.

En parcourant mes notes sur Marguerite de Navarre et les deux autres sources de l'époque, je me rends compte que si je me suis vouée à eux corps et âme, c'était pour échapper au reste. On était au cœur de l'hiver, et j'avais beau m'efforcer de continuer, je m'arrêtais sans cesse sur des détails. Je faisais de mon mieux pour éviter de passer des après-midi entiers sur un passage ou sur un article, prostrée devant mon ordinateur, jusqu'à ce que les phrases s'entremêlent et que je m'endorme d'épuisement.

C'était un problème habituel, mais pas seulement. Je discernais aussi une sorte d'élan. J'avais commencé à soupçonner mon inconscient de me porter vers d'autres terrains pour m'empêcher de progresser dans le récit. Au lieu d'avancer, j'allais dans toutes les directions, ces digressions qui me menaient vers des voies parallèles, de plus en plus éloignées de la route sur laquelle je devais me maintenir, me permettaient de réfléchir à la personne qu'elle avait été avant que tout s'effondre, quand tout dépendait encore d'elle.

Je mettais souvent de l'ordre dans mon ordinateur pour avoir le sentiment de faire quelque chose même quand j'étais désœuvrée, et parce qu'au cours de mon errance sur des sites Internet consacrés à l'histoire j'avais accumulé tellement de documents que j'en perdais le fil. Un jour que je cherchais les fichiers les plus volumineux, installée dans la cuisine, j'ai repéré un PDF au titre à rallonge qui ne me disait rien : 6011-11477-PB. Je l'ai ouvert et dix-huit pages sont apparues, un texte dense tapé à la machine que j'avais dû télécharger quelque part, pour aussitôt l'oublier. Mon regard a capté une phrase au milieu de la première page qui expliquait, plus ou moins en ces termes, que si dans les temps modernes Simone de Beauvoir considérait que la relation entre les sexes était comparable à ce qui opposait les prédateurs à leurs proies, l'époque de Marguerite de Navarre ne pouvait faire exception. L'article datait de la fin du XXe siècle, de 1982 précisément. C'était toujours vrai de nos jours, me suis-je dit. L'auteur rendait ensuite compte de la manière dont les femmes du XVIe siècle étaient aux mains des hommes, comme de braves toutous, ce qu'évoquait Marguerite de Navarre dans ses nouvelles. Le thème du contrôle des hommes sur les femmes y était récurrent.

Une tempête de neige était annoncée ce jour-là, et pendant que je lisais, les flocons s'accumulaient sur les petits bois qui séparaient les carreaux de la fenêtre de la cuisine. La table y était collée, je l'avais déplacée pour gagner un peu de lumière, et tout en la poussant sur le sol jusqu'à heurter les vitres, j'avais senti combien ce geste révélait avec éclat mon découragement. Je me demandais si je n'étais pas en train de perdre la raison, or si je me posais la question, c'était certainement le cas. Quand on commence à y penser soi-même, il n'y a vraisemblablement plus de doute à avoir.

En jetant de nouveau un œil au PDF, je me suis imaginé la personne qui l'avait rédigé, une jeune chercheuse en littérature ou en études de genre, avec un look légèrement gothique, toute de noir vêtue, arborant un maquillage négligé fait de gros traits d'eye-liner. J'ai exporté le texte dans l'application Books pour pouvoir le consulter sur mon téléphone. Je lisais souvent sur mon portable, ce qui expliquait peut-être mes troubles de la concentration, du moins en partie. J'avais beau avoir désactivé toutes les notifications, il arrivait qu'apparaissent des rappels ou des alertes, et que j'en profite pour aller sur Instagram, faire des emplettes sur telle ou telle application, ou répondre à un e-mail. En même temps, je trouvais commode de pouvoir lire en attendant les enfants, ou dans la queue du supermarché où je me retrouvais souvent, parce que j'étais de ces gens qui préfèrent payer à la caisse plutôt qu'aux machines. Il y a longtemps, j'aurais adoré qu'il existe ce genre d'engins, mais je ne cherchais plus à fuir le contact humain, je me réjouissais même de me présenter devant le caissier, de prononcer les petites formules d'usage, « bonjour », « oui », « oui merci », « non merci » et « merci beaucoup ». Un échange vide et récurrent entre des gens qui, a priori, n'avaient rien en commun. Certainement parce que j'étais seule pendant des heures et des heures durant la journée, et que j'éprouvais une nouvelle forme de solitude. Si les fluctuations de mon existence m'avaient rapprochée de certains, ils m'avaient infiniment éloignée des autres. La manière dont cet isolement s'était imposé alors que je commençais juste à sortir de ma coquille avait quelque chose d'ironique. Désormais, je n'avais plus que moi et mes proches. Même si ça avait sans doute toujours été le cas, je ne m'en rendais simplement pas compte.

Sur l'île, l'hiver durait d'octobre à mai. Il faisait presque aussi sombre qu'ici, mais beaucoup plus froid, avec un violent vent du nord qui soufflait sans mollir. La première fois qu'il s'était rendu au Canada, Jacques Cartier s'attendait à ce que l'hiver fût comme en France, puisque les deux pays étaient situés sur la même latitude. En réalité, il y faisait un temps aussi glacial qu'en Sibérie. –63 °C. Telle est la température la plus basse relevée en Amérique du Nord à l'époque moderne, et les conditions devaient être pires au XVIe siècle. Elle s'était retrouvée sur l'île en plein petit âge de glace, peu après la fonte de la banquise dans l'Atlantique nord. Des terres entières étaient gelées toute l'année, et là où il n'y avait pas de terre, la neige tombait directement sur la roche.

J'ai mis des fichiers à la corbeille, puis regardé un panorama qui m'avait été suggéré alors que je cherchais autre chose : *13 photos de Russie qui vous aideront à ne plus vous plaindre de l'hiver*. On y voyait des poids lourds coincés dans des congères qui atteignaient les sièges avant, de grands arbres pris dans la glace, des gens emmitouflés dans leurs vêtements comme dans des sacs de couchage, un nuage de vapeur s'échappant de leurs bouches, un homme brisant au marteau et au ciseau l'épaisse couche de glace qui recouvrait sa voiture. Alors que je pensais au froid silencieux qui régnait sur l'île, le vent s'est mis à siffler contre la fenêtre, j'ai observé la tempête au-dehors, et je me suis imaginé ce qu'elle voyait, du fond de sa grotte.

Déjà que j'avais du mal à m'arracher à mon ordinateur et à sortir quand il faisait doux, cette fois, c'était un véritable combat. À la dernière minute, je me suis résolue à affronter la neige pour aller chercher les enfants et les emmener à leur entraînement. Puis je me suis installée sur le banc avec les autres accompagnateurs, non pas des parents, mais pour la plupart des baby-sitters ou des grands-parents, et en attendant la fin de la séance, j'ai feuilleté le PDF. Les nouvelles de Marguerite de Navarre, expliquait l'article, libéraient les rôles féminins de l'esclavage des privilèges mystiques, c'est-à-dire de l'image de la tentatrice et de la sainte, pour en faire des créatures humaines, en chair et en os. À la dernière page apparaissait le nom de l'auteur : Robert W. Bernard. C'était donc un homme.

En le googlant j'ai commencé par trouver des textes sur la chirurgie esthétique et toutes sortes de publicités pour un livre intitulé *Surgical Restoration of the Aging Face*, avant que le bon Robert W. Bernard apparaisse enfin sur l'écran de mon téléphone. C'était lui, je l'ai tout de suite su : un homme souriant avec d'épaisses lunettes et le visage rond. À côté de la photo, quelques lignes précisaient qu'il était né en 1935, qu'il avait eu deux enfants d'un premier mariage, et qu'il avait vécu avec sa mère pendant les dernières années de sa vie, en « fils dévoué » qu'il était. Sa passion pour la littérature lui était venue pendant ses études à l'université Saint Paul, dans le Minnesota, où il avait fait son doctorat, une thèse qui portait sur Christine de Pisan.

Évidemment. Mais à peine ai-je eu le temps de me dire que ces deux femmes se croisaient encore que j'ai remarqué le nom du site : legacy.com. Une nécrologie, voilà ce que je lisais. Un sentiment de vide s'est emparé de moi. Quelle malédiction. Je venais justement de finir un livre que j'avais acheté quinze ans auparavant, *Hunger* de Caroline Knapp, et qui avait longtemps pris la poussière dans ma bibliothèque. En remettant en place la jaquette que j'avais retirée pour le lire, m'apprêtant à ranger l'ouvrage, j'avais vu que Knapp était morte peu de temps après la sortie de l'ouvrage aux États-Unis, non pas des suites de l'anorexie dont elle parlait dans ces pages, mais d'un cancer du sein. J'avais éprouvé une étonnante tristesse en découvrant ces lignes, comme j'étais aujourd'hui peinée que Robert W. Bernard ne soit plus de ce monde. Je me suis mise à penser aux lettres auxquelles je n'avais jamais répondu, aux gens que je ne prenais jamais la peine d'appeler, au peu de temps qu'il me restait peut-être avant de disparaître à mon tour, avant que quelqu'un qui aurait lu un de mes vieux livres tape mon nom dans Google et trouve quelques courtes phrases sur la femme que j'avais été et ce que j'avais laissé derrière moi.

Après coup, cette histoire me paraît tellement futile. Une passion comme une autre, un feu qui a tout ravagé pour ensuite faiblir et mourir, étouffé par la réalité et toutes ses impasses. J'écris qu'elle reste assise sur les rochers où on l'a déposée, et de là, de cet endroit précis, elle les regarde remonter dans le canot, repousser la terre ferme et commencer à ramer. Les armes, le poudrier rond et la boîte contenant les biscuits à ses pieds. Elle tient son petit livre d'une main molle. Les fines pages sont mouillées, comme ses vêtements et ses chaussures. Tout est trempé. Elle ne le voit nulle part, elle se demande pourquoi il n'a rien fait, et si cette pensée n'est pas présomptueuse. Qu'aurait-il pu bien faire ?

Elle place délicatement le livre à la verticale sur un rocher pour le faire sécher au vent, puis elle scrute la baie où mouille toujours la flotte. Elle ne prête pas attention à Damienne qui va et vient entre le rivage et l'orée du bois, tâte le terrain à la recherche d'une échappatoire. La dame de compagnie s'immobilise près du bois, elle plonge le regard entre les arbres, semble tendre l'oreille, guetter ce bruit que Donnacona et ses fils décrivent comme un chœur de mille hommes qui s'époumonent à la fois.

En regardant des images de l'île, il me paraissait difficile de comprendre où les animaux pouvaient bien se cacher. Le bois paraissait si petit, si dépouillé. Et pourtant, ces créatures rôdaient par là. Y avaient-elles toujours vécu ou, comme l'écrit Thevet, étaient-elles venues à la nage des îles aux alentours, voire des épaisses forêts du continent en hiver, quand l'eau était couverte d'une épaisse couche de glace – et dans ce cas, qu'est-ce qui avait bien pu les attirer ?

Damienne s'aventure entre les arbres, elle disparaît un instant et réapparaît peu après. Sa silhouette se détache des troncs, elle s'enfuit à toutes jambes, son corps n'a pas l'habitude de courir, elle se précipite vers mademoiselle, l'air de se croire pourchassée, elle se précipite en avant, attrape l'une des arquebuses encore humides et se retourne, l'arme braquée vers le bois, mais elle lâche soudain prise sous le poids de l'objet. Marguerite lève les yeux vers elle, puis vers les arbres. Rien en vue.

Pour elles, la réalité, c'est l'île. Un petit morceau de terre où il n'y a pas grand-chose à faire. Au début, je pensais que ce n'était peut-être pas un tel enfer pour ces femmes, qu'elles devaient éprouver les choses différemment que moi ou quelqu'un de notre époque, étant habituées à ce que la vie les malmène. En même temps, tout était tellement pire sur cette île. Nécessairement. Surtout si elles se doutaient de ce qui les menaçait.

Dans *La Cosmographie universelle*, André Thevet explique qu'elles se tiennent prêtes à braquer leurs armes dès le premier jour, dès le premier instant. Je me disais que Jean Alfonse avait dû convaincre Roberval de les leur confier, soit directement, soit en lui rappelant que la peine de mort pour débauche allait à l'encontre des idées modernes, surtout quand la coupable était aussi jeune et de surcroît sa protégée. Mais plus j'en apprenais sur les arquebuses et sur leur mode de fonctionnement, plus il m'apparaissait évident que ces bricoles ne changeraient rien à leur sort. Ce n'était pas une garantie de survie, seulement une vague manière de leur laisser, peut-être, une petite chance : il ne fallait pas moins de douze manœuvres pour charger l'arme, et tout autant pour tirer.

D'après Thevet, parmi les animaux qui peuplaient l'île, les ours constituaient le principal danger. Il y en avait beaucoup à l'époque, et au moment de l'arrivée de ces intrus, les femelles venaient certainement d'avoir des petits. J'avais commencé à suivre le compte Instagram d'un photographe du *National Geographic*, et le soir même, allongée sur mon lit, alors que je consultais mon téléphone avant de m'endormir, mon attention a été attirée par une image. Avec son long museau étroit et sa drôle de gueule, l'ours ne ressemblait pas du tout au croquis de *La Cosmographie universelle*. Le photographe expliquait en légende qu'il utilisait des pièges équipés d'appareils photo pour prendre des clichés des bêtes en pleine nature. J'ai parcouru toutes ses publications à la recherche d'un glouton, en vain. Cette espèce, qui mange de tout y compris des charognes, était autrefois répandue à travers le monde, mais elle est aujourd'hui menacée. Selon Wikipédia, ils ont disparu du golfe du Saint-Laurent, la zone rouge qui marque leur répartition géographique commence plus au nord, vers l'Ontario et la pointe sud de la baie d'Hudson. Je sais pourtant qu'il y en avait à l'époque.

Elle devait être terrorisée. Un glouton, j'avais également espéré en voir un au musée de la Chasse et de la Nature, que nous avions visité lors de notre passage à Paris. J'avais demandé à ma fille de m'accompagner, même si elle n'en avait aucune envie. J'avais beau ne pas vouloir l'impliquer dans mon travail, il me semblait devoir lui rappeler que si nous étions là, c'était pour mon boulot. Que j'avais certaines choses à faire.

Comme tous les parents, quelle que soit la génération, je me disais que son enfance était très différente de la mienne. Et j'en étais soulagée, satisfaite d'avoir réussi à lui offrir ce que je n'avais pas reçu moi-même. Mais plus elle grandissait, plus je remarquais chez moi le besoin de lui inculquer des idées que je pensais importantes, comme le fait qu'un travail comme le mien n'était pas banal, et que malgré les apparences, rien n'était gratuit dans la vie. Seulement, je choisissais mal mon moment pour ces petites offensives éducatives. Nous devions être reconnaissantes d'être aussi privilégiées, me sentais-je obligée de souligner, comme si j'avais du mal à la laisser savourer ces instants agréables, ou me laisser en profiter moi-même. C'était idiot, je m'en rendais compte à chaque fois.

Le musée, situé dans deux bâtiments du XVIIIe siècle à l'angle de la rue des Archives et de la rue des Quatre-Fils, avait récemment été rénové et entièrement repensé, pour attirer le public féru d'art et tirer parti de l'engouement actuel pour la taxidermie. La femme à la caisse nous a recommandé de jeter un œil à l'œuvre de Jeff Koons et à l'installation d'un jeune artiste israélien qui venait d'être inaugurée dans l'une des nouvelles salles du rez-de-chaussée, je l'ai sagement écoutée et remerciée, mais une fois nos billets en main, nous sommes montées directement au deuxième étage, vers l'exposition permanente.

J'avais le sentiment de pénétrer dans les appartements privés d'un vieux comte excentrique, passionné de chasse. En entrant dans la première pièce, j'ai commencé par voir un ours polaire, un mâle dressé sur ses pattes arrière, toutes griffes dehors, qui semblait s'apprêter à empoigner quelque chose ou à déchiqueter quelqu'un. Réflexion faite, je ne suis pas sûre qu'il s'agissait d'un mâle, mais je l'écris quand même. Son pelage était d'un blanc étonnamment pur et duveteux, non pas jauni comme on aurait pu s'y attendre, mais aux reflets légèrement bleutés. Je me demandais si cette nuance venait d'un traitement particulier. Ma fille s'était arrêtée en apercevant la créature à son tour, elle avait traversé la pièce pour s'en approcher. Elle lui arrivait à la poitrine, cette grande gigue paraissait soudain minuscule. Hissée sur la pointe des pieds, elle a tendu la main vers les griffes luisantes de l'animal, prenant le risque d'en effleurer une. J'ai sorti mon portable de ma poche pour la photographier, avant de jeter un rapide coup d'œil au gardien en costume sombre planté à quelques mètres de nous. Il m'a répondu par un haussement d'épaules.

Ma fille s'est retournée vers moi.

– Ils sont aussi grands en vrai ? m'a-t-elle demandé.

– Apparemment. Ce n'est pas un faux, il a vécu pour de vrai.

Elle m'a lancé un regard de dégoût (*était-ce l'idée qu'il ait été un jour en vie qu'elle ne supportait pas, ou que nous regardions aujourd'hui un animal mort ?*). J'aurais aimé savoir lui parler avec plus de tendresse, mais une sécheresse s'emparait souvent de moi, un ton arrogant, voire dépité, dont j'ignorais l'origine. Comme si mon amour pour ma fille était enfoui quelque part au fond de moi, enfermé dans une coquille impénétrable. Je pensais aux autres mères que je connaissais, à leurs voix qui semblaient toujours déborder d'amour, quoi qu'elles disent. Aux autres parents qui s'y prenaient si bien pour que leurs enfants se sentent chéris.

Après une deuxième photo, elle a fait la moue et s'est éloignée, je me suis approchée de l'ours pour le photographier seul. Il n'avait pas l'air réel, ai-je observé. Ses yeux, de petites billes noires, donnaient à son visage une expression presque comique. J'ai aussitôt pensé que c'était ce qui caractérisait les ours polaires, ou du moins ce qui nous fascinait chez eux : comment des bêtes aussi mignonnes pouvaient-elles être aussi sanguinaires ?

Ma fille avait disparu dans le couloir sombre qui menait vers la pièce suivante. En m'y engouffrant à mon tour, j'ai aperçu entre deux vitrines un ours brun qui dominait toute la salle, dressé lui aussi sur ses pattes, prêt à passer à l'attaque ou en pleine offensive. Il montrait ses griffes noires et ses crocs acérés, les pattes tendues et la gueule grande ouverte.

– En fait, j'ai toujours cru qu'ils étaient plus petits parce que je ne les avais jamais vus debout, a déclaré ma fille.

J'ai répondu par un murmure, plongée dans mes pensées. Dans *La Cosmographie universelle*, bien que représentés à la verticale, ils paraissaient nettement moins imposants. Les ours qui peuplaient l'île étaient-ils plus petits que ceux-là ? Je l'espérais sincèrement. La pièce n'était pas bien grande, mais haute de plafond. Des armes de chasse, des épées et des arcs étaient exposés dans les présentoirs le long des murs, surmontés d'étagères, avec des animaux empaillés de toutes sortes et de toutes tailles. Pas l'ombre d'un glouton. Au milieu trônaient des vitrines contenant des armes à feu des trois siècles derniers. Classique. Tout ce que je trouvais dans mes recherches ne s'avérait jamais assez ancien, mais presque. Je ne pouvais pas me contenter d'arquebuses du XVIIe voire plus tardives, en sachant les transformations que leur conception avait dû connaître en quelque cinquante, cent ou cent cinquante ans.

J'ai alors repéré un écriteau qui indiquait une autre salle d'armes. Je m'y suis introduite, ma fille n'a pas tardé à me suivre dans cette pièce obscure, recouverte de marqueteries du sol au plafond, avec des vitrines installées le long des murs. Dans le renfoncement d'une fenêtre, dans un angle, était posé un registre présentant la liste manuscrite de la collection, agrémentée de petits animaux et d'objets dessinés çà et là, d'un joli trait soigné. J'ai feuilleté le solide ouvrage page après page, scrutant la colonne des dates, photographiant tout ce qui datait de la bonne époque, dont quatre flèches d'arbalète, exposées juste à côté. Il m'a suffi de me retourner pour les apercevoir, placées sur un lit de velours noir, en bas d'une vitrine baignant dans un rayon de soleil qui s'infiltrait par la fenêtre. Je savais que sur l'île elle avait une arbalète, Damienne s'en était servie quelques fois, effrayée qu'elle était par les armes à feu, mais je n'avais jamais pensé aux flèches en elles-mêmes. Elles étaient couvertes d'un revêtement gris écaillé et d'inscriptions, des lettres et des chiffres qui se devinaient à peine. Difficile de s'imaginer qu'avec un objet d'une forme aussi élémentaire, on ait pu tuer des animaux ou des hommes, avant de le retirer de la dépouille et d'en sécher le sang. On aurait dit de ces bibelots fabriqués en série, si populaires pendant des années, censés évoquer ce que l'on pouvait trouver sur une plage du nord-est des États-Unis, un trésor poli par les intempéries.

Je suis retournée au registre. La semaine précédant notre voyage, j'avais souvent consulté un forum qui portait sur l'efficacité des armes anciennes, l'arc long anglais comparé aux premières armes à feu, par exemple. Les membres échangeaient longuement sur la capacité d'une flèche à percer ou non une armure, les différentes sortes de flèches et d'armures utilisées à telle ou telle époque, l'authenticité de telle ou telle reconstitution historique à la télévision. Que des hommes, du moins à en juger par leurs pseudonymes, de type Leprazy et Gengis Khan, qui adoptaient un ton grandiloquent ou au contraire familier, avec des tas de fautes d'orthographe. Certains semblaient vouloir se renseigner sur le bon équipement à adopter pour un rôle, d'autres s'efforçaient de briller par leur savoir. Ils manifestaient souvent leur agacement les uns envers les autres, pour ne pas dire leur hostilité. Seul un détail paraissait faire consensus : l'effet de choc des premières armes à feu portatives compensait leur manque de précision, surtout du temps où les gens ignoraient leur fonctionnement et croyaient à des apparitions magiques. Surtout sur une île déserte, me suis-je dit, où rien de tel n'avait encore jamais été perçu.

Après avoir feuilleté le livre un moment, j'ai vu que la collection contenait deux arquebuses du genre que je recherchais, et une fois trouvé le présentoir, je me suis rendu compte qu'elle n'était pas si différente des plus récentes. De lourdes armes de deux mètres, à la crosse décorée d'ornements sculptés dans le bois, des petits anges, chasseurs et animaux sauvages. Mais ces objets exposés juste sous mes yeux ne m'inspiraient rien de particulier, sauf le constat qu'ils étaient drôlement bien conservés. À quoi m'étais-je donc attendue ? Tout à coup, je ne savais même plus ce que je fabriquais dans ce musée, et je me suis efforcée de repousser l'idée que tout ça, cette visite, ce voyage, n'était qu'un moyen de ne pas avoir à faire ce qu'il aurait fallu.

Ma fille est soudain apparue à côté de moi.

– T'as bientôt fini ? a-t-elle demandé. T'as trouvé ce que tu voulais ?

J'ignorais quoi répondre, alors je n'ai rien dit. Elle a haussé les épaules et continué vers la salle suivante, où elle s'est affalée dans un gros fauteuil en velours noir. J'ai jeté un dernier coup d'œil aux armes anciennes et songé un instant aux artisans qui avaient réalisé les décors, avant de la rejoindre. À part un gardien posté dans un coin, nous étions seules dans cette pièce plongée dans la pénombre. Je me suis approchée d'une tapisserie accrochée à un mur, à laquelle devait ressembler celle que François Ier avait apportée quand il était venu chasser avec sa suite au château de Roberval. Elle datait du début du XVIe siècle, ai-je remarqué avec plaisir, et pouvait donc lui avoir appartenu, avoir été la toile de fond de tous ses banquets. Avec ses milliers de points de laine et de soie, l'énorme ouvrage était joliment lustré. Malgré les couleurs ternies, le motif apparaissait nettement. Une scène tirée de la légende de Diane et Actéon, un mythe antique explorant la frontière entre l'humain et l'animal, devenu populaire avec la percée de l'humanisme en Europe. Lors d'une chasse au grand cerf, Actéon, un chasseur, se perd dans sa passion pour Diane qu'il surprend dans son bain. Elle le transforme alors en cerf, et il ne tarde pas à être dévoré par ses propres chiens.

Voilà à peu près ce que résumait l'écriteau accroché à côté de l'épaisse tapisserie qui recouvrait tout le mur, du sol au plafond.

J'ai observé les quatre chiens au premier plan qui semblaient si nerveux, et l'homme en tenue de chasse affublé d'une imposante tête de cerf, tourné vers la belle déesse dénudée et entourée de ses suivantes, l'air presque surpris. Je ne me lassais pas de la regarder, captivée autant par le raffinement de l'œuvre que par la vengeance qu'elle racontait. Transformer un chasseur en proie. Ma fille s'était levée de son fauteuil et se tenait près de moi, il était temps d'y aller, ai-je compris au bout d'un moment. Je l'ai prise par l'épaule et lui ai donné un baiser, elle avait la joue fraîche, d'une douceur infinie, puis nous sommes sorties de la salle et avons descendu l'escalier. Tandis qu'elle esquissait de petits pas de danse à travers la courette qui menait vers la sortie, j'ai pensé aux arquebuses, à leur poids, à leur contact. J'aurais dû demander à pouvoir en tenir une. Pourquoi l'idée ne m'avait-elle pas effleurée ? Dire que j'étais incapable de demander quelque chose d'aussi simple, me suis-je lamentée. Mais il aurait sans doute fallu une autorisation spéciale, que je n'avais de toute façon pas le temps de solliciter.

Je me suis immobilisée un instant à l'ombre du porche, en songeant à Marguerite. J'avais voulu voir les armes avec lesquelles elle s'était défendue et les animaux qu'elle combattait, afin de trouver des pistes d'explication, et maintenant, son histoire me paraissait encore plus incompréhensible. J'ai envisagé de retourner à l'intérieur, de demander de l'aide à la femme serviable assise à la caisse. Mais ma fille m'attendait un peu plus loin au soleil, adossée à un lampadaire, le regard perdu dans la rue, et je me suis rappelé tout ce qu'elle avait envie de faire tant que nous étions à Paris.

J'écris qu'elles restent là, sans mot dire, assises côte à côte sur la plage, chacune une arme dans les bras, le regard rivé tantôt vers l'archipel où la flotte se devine à l'horizon, tantôt vers le bois d'où un animal peut surgir à tout instant. Que peuvent-elles bien faire ? Il n'y a pas de prochaine étape. Tout ce qu'elles savent, c'est qu'elles ont été abandonnées. Elles semblent ne l'avoir compris qu'en voyant les navires s'éloigner, reprendre le large.

La mer est grise, agitée de hautes vagues que le vent vient soulever. Les bourrasques les écrêtent et l'écume jaunâtre vient s'accumuler sur le rivage. Elle n'a jamais eu un tel spectacle sous les yeux, voilà sans doute pourquoi elle l'observe si longuement, et aussi pour ignorer sa dame de compagnie. En levant légèrement les yeux, elle perçoit un mouvement, Damienne ne remarque rien, la vue de la vieille femme est moins perçante.

Marguerite a repéré quelque chose au loin. Elle se redresse pour mieux voir, fixe ce qui semble aborder l'île, tente d'aiguiser son regard. Encore un canot, avec cette fois une seule silhouette à son bord. Elle attrape son livre laissé sur le rocher, l'empoigne comme pour s'y accrocher, dans l'espoir que le capitaine ait changé d'avis et envoyé quelqu'un les chercher. Mais pourquoi la flotte continue-t-elle dans le sens opposé ? La petite embarcation repose lourdement à la surface, tangue au gré des vagues. Non, ce n'est pas un matelot, ne tarde-t-elle pas à constater, mais un homme plus grand que la moyenne. Serait-ce lui ? On dirait. Elle serre fermement sa bible. Damienne se lève à son tour.

L'homme sans nom approche, il saute du canot avant même d'atteindre le rivage, sous-estimant la profondeur, et disparaît dans l'eau, puis en émerge un instant plus tard, une main agrippée au plat-bord. Il continue vers la terre ferme, tire le bateau et son chargement sur la plage, lâche le tout dès qu'il l'aperçoit. Damienne se rassoit, elle ne la regarde pas accourir vers lui, elle ne les regarde pas s'étreindre. Quand ils la rejoignent, elle se relève et s'écarte, tout est sa faute, dit-elle, elle aurait dû les empêcher, c'était son devoir. Son seul devoir. Elle va et vient sur les rochers, se tord les mains d'angoisse. Eux restent là, blottis l'un contre l'autre.

Les sources décrivent les événements de différentes façons. François de Belleforest raconte que le capitaine a déposé sa sœur sur une île – telle qu'elle est présentée dans son livre –, l'homme sans nom sur une autre, et qu'il est venu à la nage la sauver. André Thevet, lui, explique qu'il a obtenu sous la menace des biens de première nécessité, plus d'armes et de munitions, dont il a chargé un canot avec son arquebuse, son épée, son pistolet à silex, son arbalète, quelques « muyt de Biscuit, Citre, linge, ferremens, et plusieurs choses necessaires pour leur service ». Chez Marguerite de Navarre, en revanche, les rôles sont inversés. C'est l'homme qui est condamné par le capitaine, cet artisan si « malheureux qu'il trahit son maistre et le meit en danger d'estre prins des gens du pays », et la jeune femme qui le sauve. Alors que Robertval, qu'elle écrit avec un *t*, s'apprête à le faire pendre, celle-ci intervient. Maintenant qu'elle l'a suivi dans les abîmes de tous les dangers, elle ne compte pas l'abandonner, elle supplie son tuteur, lui demande grâce, et il écoute ses prières – « tant par la pitié d'icelle que pour les services qu'elle leur avoit faicts ». Au lieu de l'exécuter, il les abandonne tous les deux sur une île, après les avoir laissés prendre quelques affaires qui pourraient s'avérer utiles. Damienne n'apparaît que chez André Thevet, qui prétend rendre compte des faits et non écrire une fiction. J'imagine que les deux autres considéraient que la dame de compagnie nuisait au romantisme de l'histoire. Si j'avais pu, je crois que je l'aurais éliminée, moi aussi.

Dans *A Colony of One,* Elizabeth Boyer cherche longuement à savoir comment l'homme est arrivé sur l'île, non pas pourquoi et comment il est arrivé, s'il a dû prendre quelqu'un en otage, menacer de faire exploser tout le vaisseau, ou s'il a simplement réussi à convaincre Roberval, mais la manière concrète dont il s'y est pris, a-t-il réquisitionné un bateau ou sauté du navire, et continué à la nage ? Même Boyer, qui semblait avoir tout lu, pensé à tout, ne pouvait en être parfaitement sûre, ce qui me soulageait.

Il semblait plus vraisemblable que l'homme, qu'elle pensait être un soldat, s'empare d'un canot, plutôt qu'il ne se jette à l'eau et nage jusqu'à l'île, même s'il était étonnant que Thevet ne mentionne pas d'embarcation dans son texte ni à quoi elle avait pu servir par la suite. Peut-être avait-il forcé un matelot à faire l'aller-retour pour le déposer, peut-être s'était-il débrouillé, laissant la barque un peu trop loin du rivage, si bien que les courants avaient fini par l'emporter, peut-être que les textes avaient simplement omis ce détail. À cette époque, la navigation n'était pas aussi établie dans les consciences qu'aujourd'hui. Aller en mer n'était pas bien naturel, même André Thevet s'est longtemps contenté de décrire des pays lointains à partir de témoignages, sans s'y rendre lui-même. Ce n'est que des années après son entretien avec Marguerite qu'il a pu réaliser des voyages d'études en Asie, en Grèce, à Rhodes, en Palestine, en Égypte et au Brésil, grâce au soutien du cardinal de Lorraine. Quand il l'avait rencontrée, en tout cas, il n'avait rien vu du monde. Voilà qui m'était familier, écrire sur tout sans rien avoir sous les yeux, dessiner des cartes sans les utiliser.

S'il n'était pas complètement impossible de trouver une réponse aux questions pratiques, pour peu de le vouloir vraiment, d'autres restaient en suspens. J'étais par exemple pourchassée par l'idée de ce qu'elle pensait de lui réellement. Ils avaient couché ensemble pendant la traversée, leur aventure avait fait scandale, elle avait commis le crime de se donner à lui, de s'adonner au péché. Par amour ? Voilà ce que je voulais savoir. Quand on lit Thevet, on a l'impression qu'elle était amoureuse, mais était-ce le cas ou une manière pour le savant de prouver que le jeu en valait la chandelle, comme elle le souhaitait peut-être ? Je me demandais s'il était le genre d'homme avec qui elle avait pu désirer se retrouver un jour sur une île déserte, si une femme se posait seulement la question à l'époque, ou si elle était bien forcée de prendre plaisir à cette situation.

J'ai découvert l'autre image un matin où je lisais sur mon ordinateur la traduction anglaise de *L'Heptaméron*, installée dans la cuisine, tandis que les enfants regardaient *Le Monde fantastique de Gumball* sur Cartoon Network. J'entendais les voix stridentes des personnages animés s'élever dans la pièce, interrompues toutes les dix minutes par une séquence de publicités que commentaient les petits, d'un ton languissant. Ils bavaient d'envie devant une sorte de super pâte à modeler, extensible jusqu'à cent fois sa taille originale, je me reconnaissais dans leur excitation, puis leur scepticisme, quand ils ont commencé à douter que ce gadget marche vraiment aussi bien qu'à la télévision.

La femme fait la lecture à son mari sur l'île déserte, indiquait la légende de la reproduction en noir et blanc. Je scrutais mon écran. C'étaient eux. À l'arrière-plan, une hutte, oui, l'abri ressemblait plus à une hutte qu'à une cabane en bois. Et le palmier, ou plutôt, une feuille de palmier – de nouveau l'affirmation graphique que ces arbres pousseraient aux alentours de Terre-Neuve et du Labrador. Non seulement un portrait d'elle que je n'avais encore jamais vu, je ne connaissais même pas son existence, mais surtout un de l'homme sans nom. Il se tient assis par terre, adossé à la hutte, une croix en main, le regard braqué sur elle. Avec son visage rond et enflé, ses yeux globuleux et ses traits froissés, il a l'air vieux. Je ne l'imaginais pas du tout ainsi. Elle, elle lit, assise devant lui. Le livre n'est pas aussi petit que sa bible, mais c'est le seul dont il est question dans le texte. L'ouvrage a-t-il volontairement été agrandi pour prouver qu'elle ne le cachait pas ? Ou en avait-elle d'autres en sa possession, lui déclamait-elle des vers de Louise Labé ou de Christine de Pisan ?

Il faisait toujours nuit au-dehors et le vent battait bruyamment les carreaux. Quelle déception. Avais-je vraiment lu quelque part qu'il était beau garçon, ou juste qu'il était grand et costaud ? Ça, il l'était incontestablement. Les affaires éparpillées autour de lui correspondaient à ce que Thevet décrivait. Un fusil et une épée, entre autres ustensiles. Les deux amants étaient habillés correctement. Elle portait sa robe à col montant, lui un gilet et un veston, une chemise et un pantalon long. L'image semblait bien postérieure au XVIe siècle.

Je me suis préparé un café, puis j'ai lu les trois premières nouvelles du recueil. Quand mon mari est entré dans la cuisine, je lui ai montré le dessin. Je me sentais animée d'une vague euphorie, sans doute était-ce le café, mais ce sentiment m'a poussé à vouloir partager cette découverte avec lui. Ça m'arrivait parfois, et il pouvait alors me répondre des mots encourageants que je trouvais idiots, et qui me donnaient l'impression que ce que je lui présentais était insignifiant. Il pouvait piocher une feuille de mes notes et lire quelques phrases à voix haute, avant de formuler un commentaire enthousiaste, voire exubérant, qui me mettait hors de moi. Quelle bêtise de croire que ma prose avait de la valeur – c'était mauvais ! Et pourtant, j'étais plus furieuse encore s'il ne se montrait pas assez positif. Cette fois, après avoir examiné l'image sur l'écran, penché au-dessus de moi, il a déclaré que cette Marguerite était quasiment identique à celle de la gravure de Thevet. Je l'ai regardée, déconcertée. Je n'y avais pas pensé. Moi à qui rien n'échappait, comment avais-je pu ne pas le remarquer ? Alors que lui, d'habitude si peu observateur, l'avait vu.

J'ai aussitôt ouvert *La Cosmographie universelle* et constaté qu'il avait raison. Ce visage d'oiseau, ces yeux rapprochés, ces lourdes paupières. Que fallait-il en conclure ? L'auteur de ce dessin connaissait-il l'œuvre de Thevet ? Ces traits étaient-ils ceux d'un certain idéal féminin de l'époque ? J'ai parcouru les autres illustrations de *L'Heptaméron* qui mettaient en scène des femmes, mais aucune n'avait ce regard de volatile.

Comme chez Thevet, ce portrait était très différent de l'image que je me faisais d'elle. Je me la représentais avec de longs cheveux crasseux, aussi emmêlés que les miens lorsque je n'avais pas le temps pour des futilités comme un shampoing. Et puis le visage grossier, sombre. Le personnage que j'avais sous les yeux m'a poussée à m'interroger sur tout autre chose : il était loin d'être certain qu'elle ait jubilé, assise sur la plage, en apercevant l'homme sans nom à bord du canot. Après tout, peut-être qu'il l'importunait, qu'ils n'avaient jamais couché ensemble, mais que lui le désirait, qu'il les avait pourchassées, elle et Damienne, jusqu'à cette île déserte, et qu'elle s'était maudite d'autant plus en le voyant débarquer. Ce genre de situations, j'étais tout à fait capable de me les imaginer, alors pourquoi avais-je cru d'instinct qu'elle s'était réjouie de sa présence, que la vue de sa silhouette dans la barque avait atténué la tempête qui grondait au fond d'elle ? Bien entendu, il y avait tout un scénario qui me disait comment comprendre les choses. Sans compter que les deux femmes avaient besoin de lui sur cette île.

J'ai repris ma lecture. La « Quatrième nouvelle » était l'un des récits autobiographiques où Marguerite de Navarre puisait sa matière dans sa propre existence. Elle y racontait un épisode notoire que je connaissais, mais j'ignorais qu'on le tenait directement d'elle. La femme la plus puissante de France, reine, prince et princesse à la fois, avait été victime d'une agression de Guillaume Gouffier de Bonnivet, l'un des plus grands amiraux, qui avait fréquenté le même cercle d'études qu'elle et son frère dans leur enfance. Un soir, après un banquet, Bonnivet s'introduit dans sa chambre par une porte dérobée, alors qu'elle vient de se coucher.

> Sans avoir regard à l'obligation qu'il avoit à sa maistresse ny à la maison dont estoit la dame, sans luy demander congé ne faire la reverence, se coucha auprès d'elle, qui le sentit plustost entre ses bras qu'elle n'apperceut sa venuë. Mais elle, qui estoit forte, se defeit de ses mains.

L'alter ego de Marguerite de Navarre se défend bec et ongles. Malgré son honneur bafoué, elle n'hésite sans doute pas à rapporter les faits à son frère dont elle est si proche, et les griffures que le coupable a sur le visage le trahissent certainement, mais peu importe. Ce qui est intéressant, c'est que le roi ne réprimande pas l'amiral. Ce genre d'égarements se produit de temps en temps, se dit-il assurément. Quand je tape le nom de Bonnivet sur Internet, je vois qu'on le qualifie volontiers de courtisan et de bourreau des cœurs.

Avec la « Quatrième nouvelle », j'ai compris combien ma vision de l'histoire de Marguerite était influencée par ma perception de la sexualité comme expression de l'amour et de la vitalité. J'avais beau entendre sans cesse parler de violences contre les femmes, je n'avais pas envisagé que l'homme sans nom ait pu la violer sur le bateau, puis la poursuivre sur l'île pour pouvoir continuer à le faire. La notion d'érotisme avait sans doute commencé à émerger à l'époque, c'était l'une de ces conceptions nouvelles auxquelles

Marguerite de Navarre s'intéressait, mais le viol était toujours considéré comme un moyen de séduction. Le niveau d'excitation de la partenaire, voilà ce qui déterminait la frontière entre le viol et l'acte charnel, idée encore largement répandue dans mon enfance et mon adolescence. Et pourtant, je n'y avais pas pensé. J'étais partie du principe qu'en tant que parente de Jean-François de La Rocque de Roberval, elle était intouchable. Ce que les textes disaient de son amour pour elle, du sacrifice qu'il avait réalisé en son nom, m'avait empêchée d'envisager d'autres scénarios, j'en avais oublié que le genre transcendait toutes les conventions, que le statut social des femmes ne pourrait jamais les protéger des hommes.

Ce récit autobiographique me l'a rappelé, comme le fait qu'une femme, aussi forte et influente soit-elle, pourrait toujours être dominée par les hommes, d'une manière ou d'une autre. Par leurs sentiments, leurs gestes, leurs faiblesses et leur désir de s'imposer. Marguerite de Navarre avait de l'influence non seulement sur la société, mais sur sa propre existence et celle des autres, et en même temps, elle dépendait entièrement de son frère et des hommes avec lesquels elle était contrainte de vivre pour maintenir son rang. Néanmoins, on pouvait considérer que, bien que forcée de se soumettre, elle protestait contre le pouvoir masculin à travers sa position et sa plume. Si l'apparition d'amants dans le lit des femmes est un motif très courant dans la littérature de l'époque, ce qui est différent – et novateur – chez Navarre, c'est que ces dames s'y opposent et se défendent.

Après réflexion, il ne me paraissait pas très probable que l'homme sans nom l'ait violentée, le lien qui les unissait était plus vraisemblablement l'amour, mais j'ignorais ce que ça voulait dire, il était déjà difficile de savoir ce que ce mot signifiait aujourd'hui, alors à l'époque… Ma façon de me représenter leur relation avait quelque chose de stéréotypé, peut-être les siècles qui nous séparaient rendaient-ils toutes les aventures d'alors lointaines et romantiques. Je me suis longuement interrogée sur ce qu'était le sentiment amoureux à la Renaissance, ce qu'il pouvait impliquer, et au bout d'un certain temps, j'ai commencé à comprendre que je ferais mieux de me confronter moi-même à cette question. Après tout, c'était moi qui n'avais toujours pas parfaitement compris, moi qui me faisais une image de l'amour que je ne pouvais appliquer à cette histoire.

Aujourd'hui, je crois malgré tout qu'elle l'aimait, car à mon sens Marguerite de Navarre n'aurait pas parlé de passion extraordinaire si elle n'avait pas eu de raison de le supposer, sauf si elle voulait que le lecteur perçoive ainsi leur relation.

Ce n'est que dans son ouvrage le moins connu sur l'Amérique du Nord, un recueil de documents intitulé *Le Grand Insulaire*, qu'André Thevet désigne l'homme sans nom comme étant son mari, mais Marguerite de Navarre et François de Belleforest emploient volontiers ce terme. Dans leurs nouvelles, le couple est marié. Au début, je ne voyais là qu'une interprétation romantique des faits, digne de ces romans construits sur leur aventure que je n'avais pas lus, et qui mettaient peut-être en scène des noces sur une plage. Les autres enjeux de la question du mariage m'échappaient. Les partisans du Renouveau pouvaient s'unir sans célébration, au cours d'une cérémonie où les époux n'échangeaient pas d'alliances, mais nouaient un ruban. Même si Belleforest est le seul à l'avoir écrit noir sur blanc, ils avaient dû officialiser leur union, car si elle n'était pas mariée, elle n'aurait jamais pu raconter la suite ni à Thevet ni à quiconque.

En y songeant, je me suis demandé si l'homme sans nom n'était pas lui aussi protestant, et, dans ce cas, comment on l'avait appris. Dans la mesure où Jean-François de La Rocque de Roberval avait pour mission de répandre le catholicisme, seule doctrine jugée recevable, il était probable qu'elle ait caché sa foi pendant la traversée, et il n'aurait pas été scandaleux que Roberval en fasse autant, même si j'en doutais depuis que j'avais lu le portrait que Thevet fait de cet homme, qu'il juge tyrannique à cause de son obédience religieuse.

Je n'arrivais pas à savoir si elle s'était confiée à l'homme en arrivant sur l'île, ou si elle avait préféré garder sa foi pour elle-même, cet aspect qui lui était si intime. Mais quand on débarque sur une île déserte, à des milliers de kilomètres de chez soi, ce genre de conflits, aussi majeurs soient-ils, ne paraissent-ils pas insignifiants, et Dieu ne devient-il pas plus important que tout ? D'un côté, elle ne se serait sans doute pas attachée à lui s'il n'avait pas été de la même confession qu'elle, de l'autre, il n'avait pas pu le lui manifester ouvertement. Et si sa foi ne lui était venue qu'après, quand tout était fini ?

Quelles qu'aient été ses convictions, pour peu qu'elle ait été réellement la confidente de Jean-François de La Rocque de Roberval, elle devait penser qu'il reviendrait la chercher. Pendant les premiers jours, elle ne pouvait soupçonner qu'il voulait sa mort. Ce cruel constat avait dû lui apparaître par la suite, même si elle pouvait croire que s'il n'était toujours pas là, c'était que la flotte avait sombré, ou qu'en débarquant sur les rives du fleuve, ils avaient été attaqués par des sauvages et que le capitaine avait péri. Je me demandais ce que l'homme sans nom se disait à ce propos, si lui et Damienne avaient compris la situation bien avant, et s'ils lui avaient caché leur sentiment.

Je considérais souvent l'arrivée de l'homme sur l'île comme un salut, mais sa présence impliquait aussi la tentation, le risque de pécher et d'être de nouveau bannie. Je vais et viens entre l'idée de leur mariage comme une union idyllique et comme un dernier recours, une formalité à sceller au plus vite pour éviter la punition divine, quel que soit le châtiment que leur réserverait cette fois le Seigneur parmi tout ce qui s'offrait à lui. Ils ont dû finir par comprendre qu'ils étaient condamnés à rester, que personne ne viendrait les chercher. Qu'ils étaient là à jamais et n'avaient plus qu'à tenter de survivre. Me venait alors l'image de la carte de cette île peuplée de Blancs à moitié nus, se détournant des anges et des diables qui les entourent.

Il commence par monter une tente, un endroit où se retirer à l'abri du vent. Le soir venu, ils se couchent tous les trois à l'intérieur et guettent les bruits du bois. La première nuit, le silence règne. Damienne est installée entre les deux amants, mais dès qu'elle dort, ils sortent discrètement. Là, étendus à quelques mètres de leur refuge provisoire, ils comprennent qu'il leur en faudra plus pour se protéger.

Thevet écrit qu'elle qualifie de « logette » ce qu'il se met à construire le lendemain. Ce mot me semblait étonnamment douillet, dire qu'ils s'étaient fabriqué une petite cabane ! Je m'étonnais tout autant de l'apparence soignée de Marguerite sur le dessin. Dans les textes, on explique qu'elle l'a aidé, et j'imagine qu'ils ont dû s'y atteler dès le lever du jour, les armes à portée de main. Les arquebuses, l'épée et l'arbalète, qui convenait mieux à Damienne.

Dans *A Colony of One,* Elizabeth Boyer parle des travaux avec beaucoup d'enthousiasme. Peut-être trouvait-elle quasiment inconcevable, tout comme moi, qu'ils aient réussi à bâtir quelque chose à cet endroit, dans ces circonstances. Qu'ils aient abattu des arbres et en aient fait des rondins, au lieu de s'allonger sur les rochers et d'attendre les animaux et la nuit. Ses théories à ce propos sont aussi approfondies que ses réflexions sur la manière dont l'homme était arrivé sur l'île. Elle décrit l'acharnement avec lequel il abattait des arbres, découpait les branches, déplaçait les troncs et empilait les rondins, avec les outils qu'il avait obtenus en quittant le navire. À mon sens, ces objets brillants juraient dans le décor, posés sur une pierre ou appuyés contre une racine, marque d'une civilisation bien lointaine. Les deux femmes ont beau lui dire de se reposer, il continue. Il monte les murs, pose le toit. Il fabrique une porte avec un verrou à l'intérieur. Il confectionne des lits sur lesquels elles déposent des brindilles et de la mousse. Boyer, contrairement à moi, s'était rendue sur l'île. Elle écrit que les contours carrés que lui prête Thevet sur le dessin de *La Cosmographie universelle* correspondent à la réalité, et qu'on y retrouve tous les détails qu'il évoque en forçant sur le pittoresque : le ruisseau qui divise en deux l'île au nord, le sol rocheux, la côte dentelée et les écueils aux alentours. Quant à l'espèce de fleur en bas de la gravure, elle explique que c'est une sorte de bouclier appelé « pavois ». Un bouclier de guerre du Moyen Âge, qui appartenait à l'homme. À présent, quand je regarde cet objet, je ne comprends pas comment j'ai pu ne pas voir moi-même de quoi il s'agissait.

En haut à gauche, se trouve aussi un détail presque impossible à déceler spontanément, à moins de prendre le temps d'examiner scrupuleusement toute l'image. Un tout petit bonhomme dans le coin nord-ouest de l'île, qui semble s'en aller avec quelque chose sur le dos. Une arme ou un gourdin, peut-être. On dirait une rune, ces traits simplifiés détonnent au milieu de la gravure, et comme certainement tous ceux qui l'ont observé, je me demandais qui ce personnage pouvait être et où il se rendait. À présent, je me rends compte qu'il ressemble à l'image que je me faisais d'elle au tout début. Je vois aussi différemment les ours du premier plan. L'un se dirige vers elle, l'autre gît sur le sol, mort. Il m'a fallu des mois pour comprendre qu'elle l'avait déjà abattu, mais maintenant, je n'en ai aucun doute. La forme vaporeuse au-dessus de son visage, je comprends que c'est un nuage de poudre qui s'échappe de son arme. J'ai même repéré l'impact de la balle dans le dos de l'animal.

Thevet écrit que dès leur arrivée ils ont tué beaucoup d'animaux pour les manger. Dans la « Soixante-septième nouvelle », Marguerite de Navarre rapporte quant à elle :

> Et, quand les lions et autres bestes en approchoient pour les devorer, le mary avec sa harquebuze, et elle avec des pierres, se deffendoient si bien que non seulement les bestes ny les oyseaux ne les osoient approcher, mais bien souvent en tuerent de bonnes à manger.

Bien entendu, il n'y avait pas de lions sur cette île, mais comme les palmiers, ces bêtes sauvages faisaient partie de ce qu'on imaginait trouver dans le Nouveau Monde. D'après une note de bas de page dans la traduction de *L'Heptaméron* dont je me sers, la femme de lettres se serait embrouillée avec les lions de mer, dont parlaient les explorateurs qui s'étaient rendus au Canada. Par ailleurs, Marguerite avait peut-être effectivement commencé par se défendre avec des pierres, avant de savoir se servir d'une arquebuse et d'un pistolet à silex, mais il est probable qu'elle ait déjà su tirer. J'ai du mal à croire le contraire. S'il s'avérait qu'ils s'étaient rencontrés lors d'une chasse royale organisée à Roberval (l'une de celles où François Ier se rendait avec deux ou trois carrosses au moins, toute son équipe de chasse, c'est-à-dire trois hommes, autant de chevaux et vingt chiens, sans oublier sa porcelaine de fête, ses tapisseries et toute sa cour), l'homme sans nom avait pu le lui apprendre. Je l'imaginais se tenant derrière elle, l'aidant à soutenir la lourde arquebuse pendant qu'elle la chargeait, puis allumait la mèche. Serrés l'un contre l'autre, parfaitement silencieux. Le coup pouvait partir si facilement de lui-même, la balle fuser dans la mauvaise direction.

Ce ne sont pas uniquement mes considérations sur les affres de l'écriture qui m'ont fait négliger le rôle que jouait la maternité, y compris dans cette histoire. Quoi qu'il en soit, elle est rapidement tombée enceinte, peut-être même avant de débarquer sur l'île. Voilà la preuve qu'elle avait épousé l'homme sans nom, même si Thevet n'en dit rien, soit en secret sur le navire comme le suggère François de Belleforest dans la « Troisième histoire », soit sur l'île, avec Damienne pour témoin. S'ils n'avaient pas été mariés, elle ne se serait jamais confiée à quiconque sur sa grossesse.

Selon Belleforest, elle était déjà grosse pendant la traversée, mais d'après Thevet, il avait fallu attendre juillet 1542, un bon moment après leur arrivée sur l'île. En y réfléchissant, j'ai dû lever les mains de mon clavier, je n'arrivais pas à compter de tête, il me fallait mes doigts, ce qui renforçait le sentiment que j'étais en train de perdre l'entendement. Il était donc théoriquement possible qu'ils n'aient même pas couché ensemble sur le navire, qu'elle n'ait pas été condamnée pour s'être donnée à un homme, mais pour autre chose que j'ignorais. J'avais googlé « sexualité au XVIe siècle » sans rien trouver d'intéressant qui pourrait m'aider à comprendre, à distinguer ce qui émanait de notre époque et ce qui relevait de l'intemporel dans ma conception de l'érotisme.

Avec le temps, j'y ai accordé de moins en moins d'importance. Sans doute parce que j'avais compris que ce détail ne signifiait pas grand-chose pour Roberval. Il voulait se débarrasser d'elle, éviter que sa légèreté n'attire la honte sur l'expédition, à condition qu'elle ait vraiment péché et qu'il n'ait pas tout orchestré lui-même. Peut-être qu'elle n'avait jamais vu l'homme sans nom de sa vie ni éprouvé le moindre sentiment pour lui. Il n'était pas impossible que Jean-François de La Rocque de Roberval l'ait poussée dans ses bras afin d'avoir un prétexte pour exécuter sa punition. Il y songeait certainement depuis longtemps, bien avant leur départ de La Rochelle, peut-être depuis le jour où il avait su que son père était mort et qu'il était donc libre d'en faire sa pupille.

François de Belleforest avait pu apprendre la vérité de quelqu'un de l'équipage et elle mentir à André Thevet. Mais si Belleforest disait vrai, elle était déjà enceinte en montant à bord, puisque dans sa version l'enfant vient au monde six semaines seulement après leur arrivée sur l'île. Dans ce cas, lors de son entretien avec Thevet, cherchait-elle à protéger son amant, à faire croire qu'ils s'étaient rencontrés pendant le voyage ?

En un sens, il est étrange que ce qui occupait une grande part de mes pensées la concernant un certain jour puisse me paraître insignifiant le lendemain. J'ai ainsi vite commencé à m'intéresser davantage à la naissance du petit qu'à sa conception. Sans doute était-ce lié au fait que ma belle-sœur m'avait demandé si je voulais assister à la naissance de son fils. En Suède, depuis peu, la loi autorisait les femmes célibataires à avoir recours à une insémination ou à une FIV pour concevoir un enfant, et dans le débat public résonnait l'inquiétude que les hommes ne deviennent superflus, maintenant que la gent féminine pouvait se reproduire sans eux. Je me suis surprise plusieurs fois à idéaliser la maternité de celles de mon entourage qui avaient décidé de saisir cette chance, une maternité à la fois non conflictuelle et courageuse. Avec la perspective de cette naissance, je me sentais encore plus proche de Marguerite sur son île. Que savait-elle de ce petit être qui poussait au fond d'elle ? Connaissait-elle les études de Léonard de Vinci sur le phénomène, était-il possible qu'elle y ait jeté un œil pendant son séjour à Amboise, les esquisses se trouvaient-elles alors dans l'atelier de l'artiste à ce moment-là ? Les théories antérieures se fondaient toujours sur les travaux de Claude Galien, un médecin grec qui concevait l'utérus comme un pénis resté au stade interne à cause de la faiblesse du sexe féminin. Or, comme en principe on ne pouvait pratiquer d'autopsie sur les défuntes, cette idée a persisté jusqu'à ce qu'en 1511 Léonard de Vinci se procure le corps d'une femme enceinte, qu'il lui ouvre le ventre et qu'il découvre le fœtus recroquevillé dans sa coquille.

Je me préparais à l'accouchement en écoutant des podcasts sur le rôle de l'accompagnant et en regardant des vidéos sur YouTube. Le soir, allongée sur mon lit avant de m'endormir, je fixais sur l'écran de mon téléphone ces corps pantelants qui se métamorphosaient entre le premier et le dernier plan. Ces femmes au visage enflé et aux yeux lourds plongés dans leur intériorité, dirigés vers quelque chose qui se déployait au fond d'elles et leur donnait l'énergie de se concentrer. La frayeur qui se lisait un instant chez certaines, avant de lâcher prise et de s'abandonner à la douleur. Mais ce qui m'intéressait le plus, le moment où le bébé s'extirpait de leurs entrailles, était toujours coupé ou flouté.

Quand elle commence à forcir, son mari s'affaiblit, écrit Thevet. J'en déduisais que tandis qu'il perdait chaque jour un peu plus de forces, elle en gagnait, malgré sa grossesse ou grâce à elle. Lorsque je m'imaginais leurs débuts sur l'île, l'homme m'apparaissait pourtant comme une sorte de héros, et je songeais souvent à ce qu'elle avait dû penser de lui une fois évanoui tout ce qu'elle avait souhaité qu'il devienne pour elle.

Plus son corps prend de l'ampleur, plus le sien s'amaigrit. Il ne peut rien construire ni rien faire, à peine parler et manger. Il pèse trop lourd pour qu'elle puisse le traîner à l'extérieur, elle sacrifie donc un seau en guise de pot de chambre, qu'elle vide dès qu'il le remplit. Quand il a la migraine, elle lui masse les tempes, et lorsque toute sa peau le démange, elle tente de l'apaiser, elle nettoie les plaies qu'il s'inflige à force de se gratter, retire les peaux mortes et le sang accumulés sous ses ongles. La viande, elle la prémâche avant de la lui donner, et l'eau, elle la lui porte à la bouche pour qu'il puisse boire à petites gorgées.

Comment se fait-il qu'elle et Damienne s'en sortent ? Lui donnaient-elles plus à boire qu'elles ne s'hydrataient elles-mêmes, dans l'espoir de le guérir – ou était-il simplement moins résistant ? Je me demande si, aujourd'hui, il serait possible de diagnostiquer la maladie, si un œil médical pourrait en établir la cause. Quand Elizabeth Boyer semble croire que ce sont les travaux qui l'épuisent, André Thevet avance une autre explication. Il souffrait du désespoir de ne rien avoir aperçu à l'horizon en huit mois, écrit le savant, pas l'ombre d'un bateau susceptible de les sauver et de les reconduire chez eux. Mais la déception peut-elle vraiment affecter la santé à ce point, le fait que personne ne remarque votre détresse et ne vienne à votre secours ? Plusieurs facteurs avaient naturellement dû jouer. Il avait pu se blesser avec un outil ou un rondin, ou dès son arrivée sur l'île, avec l'une de ces imprévisibles armes à feu. Les premiers soirs, lorsqu'elle se couche doucement contre lui, veillant à ne pas le tourmenter, je pense qu'elle comprend déjà ce qui l'attend. La nuit, quand il transpire à grosses gouttes et murmure des propos confus dans son demi-sommeil, de longues phrases haletantes, elle a peur et se sent embarrassée, elle voudrait que Damienne ne soit pas là, qu'elle ne l'entende pas, pourvu qu'elle ne se réveille pas.

Les jours où il reste enfermé dans la cabane, elle ne craint pas de le toucher avec son arquebuse, et en même temps, elle a du mal à charger l'arme, elle doit apprendre à viser de loin et à abattre sa cible du premier coup, pour que sa proie n'ait aucune chance de passer à l'attaque. L'œil alerte, Damienne l'accompagne à travers la forêt, avec le chargeur et le poudrier. Elles avancent côte à côte entre les arbres, se tiennent aux aguets à l'orée d'une clairière, tentant de repérer des gloutons, d'attirer les cerfs qui se montrent sur l'herbe, vers le ruisseau. Au bruit des détonations, les oiseaux décollent et les lièvres déguerpissent. Elles en touchent un en pleine cavale, elles le transportent puis le dépouillent et le découpent, avant de cuire la chair au feu de bois et d'en donner de petits morceaux au malade. Au début, ils ont des biscuits de mer, et une fois leur réserve épuisée, Thevet dit qu'il leur reste toujours les fruits, Navarre les plantes comestibles. Elle écrit qu'ils survivent dans ces conditions un certain temps, mais que l'homme finit par ne plus supporter cette alimentation, et qu'il boit de l'eau malsaine.

Je n'y avais pas pensé, mais il existait plusieurs sources d'eau douce sur l'île à l'époque. Jean Alfonse, sur les ordres de Jean-François de La Rocque de Roberval, avait mis le cap sur la rive est du fleuve, dans la partie nord de l'estuaire, et je me disais qu'en chemin à travers l'archipel, il avait incité Roberval à les exiler sur l'île Sainte-Marthe, où ils pourraient survivre un moment, du moins en théorie. L'île était assez grande et rocheuse pour y trouver des étendues d'eau à relativement haute altitude, à l'abri des vagues et du sel qui jaillissaient au passage des tempêtes.

Peut-être y trouveraient-ils aussi de la nourriture. Elizabeth Boyer semble convaincue que Damienne avait tenté de travailler une parcelle de terre, quelque part sur l'île, pour y cultiver des radis et des panais, voire d'autres légumes, grâce à des graines dont elle s'était emparée sur le bateau. Roberval ne s'y intéressait pas tant que ça, et moi non plus, mais l'agriculture était centrale dans le projet colonial. Jean Alfonse de Saintonge consacre une bonne part de ses notes à la fertilité du sol, souligne combien il est important d'atteindre le Nouveau Monde à temps pour les semailles, de façon à récolter avant l'hiver et éviter la famine. Boyer mentionne aussi les baies qui devaient pousser dans la région, des myrtilles et des mûres boréales, et les œufs d'oiseaux sauvages dont Damienne aurait fait des omelettes – *il me paraissait encore plus étrange qu'ils aient une poêle que des outils.* D'après les témoignages des premiers explorateurs, explique-t-elle, on pouvait affirmer qu'il y avait dans la région des perdrix, des poules des bois et des lagopèdes, des bestioles si peu farouches qu'elles laissent les hommes piocher les œufs directement dans leurs nids.

Après avoir lu ces quelques paragraphes, je suis allée dans la chambre des enfants pour rechercher un livre qui devait se trouvait quelque part, au milieu de leur bazar. Cette ancienne chambre de bonne, située derrière la cuisine, où l'on avait réussi à caser un lit superposé et une bibliothèque. En parcourant les étagères, j'ai fini par trouver le livre, puis je me suis assise par terre, poussant des jouets dont le sol était jonché pour le poser et l'ouvrir devant moi. Ils l'avaient eu pour Noël quand ils étaient tout petits, je me souviens qu'ils ne le lâchaient plus. Mon fils adorait le cri d'un certain type d'orang-outan, mais celui des félins les décevait tous les deux, non pas ce rugissement monstrueux auquel ils s'attendaient, mais un roucoulement sourd, évoquant presque des oiseaux.

À la page du lagopède alpin, j'ai appuyé sur le bouton du petit haut-parleur en plastique situé en marge du livre. Rien. Je me suis levée, ai rejoint le placard de la cuisine pour en extraire la boîte à outils que j'avais soigneusement rangée quelques jours plus tôt, alors que je n'arrivais pas à travailler. J'ai attrapé le tournevis le plus précis, regagné la chambre, et ouvert le compartiment à piles. Il était vide. De retour dans la cuisine, j'ai rouvert le placard pour en sortir la boîte où nous rangions les piles, constatant aussitôt que nous n'en avions pas de la bonne taille. Mon fils avait dû les retirer pour les loger dans l'un de ces robots avec lesquels sa sœur et lui préféraient jouer désormais. J'aurais pu chercher le cri de cet oiseau sur Internet, tout simplement, mais au lieu de me remettre à mon ordinateur, je suis retournée sur mes pas.

Dès que j'ai repéré la télécommande d'un robot, j'en ai retiré les piles pour les glisser dans le livre, avant de m'allonger sur le lit d'en bas, celui de ma fille, l'idée qu'elle dorme en dessous de son frère ne me plaisait pas, mais j'avais laissé faire. Une latte a légèrement craqué sous mon poids tandis que je me faufilais dans ce lit étroit débordant de doudous, ma cadette était la seule de la fratrie à raffoler des peluches, elle n'en avait jamais assez, cette passion me plaisait, j'aimais lui en acheter et j'aimais le sentiment que j'éprouvais, couchée là, ma tête reposant sur son oreiller, le grand album appuyé sur ma poitrine, sous le regard d'une chouette en peluche qui m'observait de ses grands yeux luisants. J'ai appuyé sur le bouton, feuilleté quelques pages et appuyé encore, me rappelant la manière dont leurs petits doigts pressaient le bouton, dont leurs visages s'éclairaient en entendant les cris, la sensation que me laissaient leurs corps dans mes bras.

Cette fois, j'ai trouvé un glouton. J'ai écouté son cri, et aussi sur YouTube, sur une vidéo intitulée « *Creepiest sounds made by animals* », comprenant aussitôt pourquoi André Thevet parlait de cet animal comme de l'incarnation du mal sur cette île. Il était presque inimaginable que des créatures normales puissent faire un bruit aussi terrifiant. J'écris qu'elle l'entend alors qu'elle est couchée sur son lit. L'homme a tout juste réussi à installer un verrou sur la porte pour les protéger des animaux, mais il n'allait pas servir à grand-chose. La bête n'est pas loin, attirée par l'odeur de la chair fraîche. Quand des griffes se mettent à crisser sur les rondins, elle se lève, entrouvre la porte et jette un œil à l'extérieur, sans rien voir. Elle retourne se coucher, mais un grattement ne tarde pas à la réveiller, le glouton est en train de creuser sous les murs pour se frayer un chemin. Un instant plus tard, il surgit dans la cabane, rôde dans le noir en poussant son cri affreux. Soudain, il se jette sur son mari, étendu à côté, elle s'empare de son épée et embroche l'animal juste à temps, transperçant son épais pelage. L'homme sans nom perd connaissance, ébranlé par le choc.

La grossesse est avant tout l'affaire des deux femmes, il en aurait sans doute été de même dans d'autres circonstances, comme il arrive parfois encore aujourd'hui. L'homme a commencé à enfler de partout. Lui qui était si mince, si élancé, se transforme brutalement. Son ventre gonflé saille presque autant que celui de son épouse, il a le visage, les pieds et les doigts bouffis. J'écris qu'elle sent l'enfant bouger, donner des coups de pied *– parmi tout ce qui semble m'échapper, je n'oublierai jamais cette sensation* – et qu'elle lui prend la main et la pose sur son ventre. À ce stade, il a le teint jaune, mais elle ne le remarque pas dans la pénombre, peut-être qu'elle ne prête pas autant attention à la main de son mari qu'à ce qu'elle éprouve sous sa paume.

Écrire du théâtre m'avait longtemps procuré un grand sentiment de liberté. Avec la prose, on risquait de se perdre dans la langue et d'y rester coincé, alors que le genre dramatique répondait à sa propre progression : il se passe ci, puis ça, et le rideau tombe. Je ne demandais qu'à me laisser porter, mais comme j'alternais entre les deux formes dans ce travail, cet élan ne m'aidait pas, bien au contraire. Ce que je savais de la suite faisait partie de toutes ces choses qui me retenaient. Quand je perdais le fil, parce que mon esprit conduisait mes pensées ailleurs ou parce que la vie était telle qu'elle est, si incompréhensible, sombre et impitoyable, je me sentais bloquée par ce qui aurait dû me pousser de l'avant. La direction à suivre, ce qui allait arriver. Ce qui était là et qui m'attendait.

Mon aversion habituelle, et même pire que jamais, à l'idée de quitter le texte, et ma fâcheuse tendance à la procrastination, pour éviter d'atteindre ces moments du récit que je redoutais, m'effrayaient encore plus que le froid, les ours, les gloutons, la fièvre de l'homme qui s'aggravait jour après jour. J'observe de nouveau cette petite forme allongée dessinée devant la cabane. Au lieu d'avancer dans mon histoire – oui, j'écris à présent *mon* histoire –, d'aller graduellement vers ce qui m'attendait un peu plus loin, je m'attardais sur les sources. Je ne devrais peut-être pas me contenter des versions numériques, me disais-je de plus en plus souvent, me mettant en tête que je voulais voir ces ouvrages pour de vrai, les toucher.

J'ai contacté un employé de la Bibliothèque nationale de France qui m'a répondu qu'en général les œuvres numérisées ne pouvaient faire l'objet de prêts. Il était possible d'obtenir une dérogation en expliquant les spécificités de son projet, mais je n'avais pas envie de m'embarquer dans ces démarches. Tout ce que je voulais, c'était tenir quelque chose qu'ils auraient pu avoir entre les mains. Si j'ai commencé à penser à ces livres comme à des objets physiques, tels que j'avais toujours envisagé les livres, c'est peut-être parce que j'aspirais à voyager, je ne cessais de penser à notre séjour à Paris et à Roberval, à la chaleur qui paraissait inconcevable à la fin d'un long hiver, au soleil perché au-dessus du colombier, qui illuminait les quatre visages sculptés au sommet, projetant de petits éclats de lumière sur la voiture d'Aymen et sur sa montre, et donnant à sa cigarette un reflet délicieux. Cet après-midi-là était gravé dans ma mémoire, ces heures qui m'avaient semblé si diffuses quand je les vivais, l'aspect éphémère de ce décor, malgré la solidité du bâtiment. Je m'étais sentie accablée par l'idée de ce que je devrais en faire, ce que ce moment représenterait lorsque je serais passée à autre chose. Une sorte d'avant-goût du sentiment que j'éprouve en écrivant ces lignes, l'impression que je n'ai fait que gâcher toute cette histoire, briser mon espoir de la voir devenir quelque chose.

À l'heure où il commençait à être temps de quitter Roberval pour rejoindre l'aéroport de Beauvais, j'ai voulu trouver quelque chose à rapporter à la maison. Peut-être une manière d'essayer de repousser le sentiment de vide et de fugacité qui m'avait saisie. Quoi qu'il en soit, je connaissais cette impulsion autant qu'elle m'inspirait du dégoût, il me fallait toujours un truc à tripoter, à posséder. Un souvenir.

J'aurais pu arracher un petit morceau de mur, mais je n'osais pas. Aujourd'hui, j'ai du mal à comprendre, j'ignore pourquoi je redoutais un geste aussi simple que s'approcher de l'enceinte, en extraire un caillou ou un bout de mortier. De qui avais-je donc peur ? Je suis restée là un moment, hésitante. Ma fille s'est avancée, toujours son téléphone à la main, les yeux fixés sur l'écran, sans doute sur une photo d'elle-même, elle m'a demandé sans me regarder s'il n'était pas bientôt temps d'y aller. Je lui ai répondu que je préférais rester encore un peu, si nous partions dès maintenant, nous ne ferions que poireauter à l'aéroport. En l'entendant pousser un soupir, j'ai ajouté que je cherchais un petit quelque chose à prendre, peut-être un morceau du mur.

Cette fois, elle m'a dévisagée.

– Mais fais-le, alors ! Qu'est-ce que tu attends ?

Je me suis figée, ne sachant quoi répondre, et puis je l'ai priée de me prendre en photo. Je devais ressembler à une retraitée américaine, les doigts dressés en V, affublée de ma casquette et d'un t-shirt gris moucheté que je le lui avais emprunté pour le voyage, avec NYU imprimé en plastique blanc sur la poitrine – grâce à ce motif qui dissimulait la forme de mes tétons, je pouvais me passer de soutien-gorge, ce qui rendait le vêtement particulièrement confortable. Quand elle m'a rendu mon téléphone, je nous ai soudain vus de l'extérieur. D'en haut, comme sur Google Earth. Moi, elle et Aymen qui allait et venait du côté de la voiture, nous gravitions les uns autour des autres comme des corps célestes. Ou plutôt, eux gravitaient autour de moi, plantée près du colombier, paralysée par ma peur d'être incapable de décrire cet endroit sur le papier, honteuse d'être responsable de cette situation, de les avoir traînés jusqu'ici parce que j'en avais besoin. Mais il y avait autre chose. L'idée qu'à travers mes agissements, je façonnais l'avenir de ma fille.

– On y va maintenant ? a-t-elle lancé, les yeux rivés sur son portable, sur ce qui pouvait bien défiler sur cet écran.

Quelque chose me dérangeait dans son air absent, dans sa moue, quelque chose qui a éveillé en moi une aversion que je ne voulais pas ressentir pour elle. On aurait dit moi à son âge, et même aujourd'hui. Moi, bourrée d'attentes et de doutes. Elle a poussé un profond soupir et glissé dans sa poche son téléphone, qui n'avait manifestement plus de batterie.

– Ou fais ce que tu as à faire ! s'est-elle écriée.

Rien d'autre. Pas de juron, rien de plus désagréable que ça, mais son ton a suffi à aiguiser ma colère, une rage triviale couvrant de son amertume ce bel après-midi, ce mur et la végétation, vidant cet endroit de tout sens et de toute beauté. Je lui ai tourné le dos et me suis éloignée. Ce n'était pas bien, et en même temps, j'y prenais plaisir. Quel affreux sentiment de ma part. Une colère dont la force destructrice serait vite vaincue par les remords.

– Viens maintenant ! ai-je lancé.

– C'est parti, madame ? m'a demandé Aymen.

– Oui, on y va.

Mais elle ne m'a pas suivie. Elle s'est éternisée à son tour près du mur, elle qui avait tant insisté pour qu'on se mette en route. J'ai pris une profonde inspiration pour tenter de me calmer. Il faisait une chaleur étouffante dans la voiture, le cuir noir des sièges était brûlant. Quand Aymen a allumé la clim, elle est enfin apparue. Elle est montée et a claqué la portière, avant de se pencher prudemment vers moi, au-dessus des petites bouteilles d'Évian que nous n'avions pas encore touchées, et de poser son poing fermé sur mon genou.

– Tiens, a-t-elle dit en ouvrant la paume.

Il y avait là une feuille verte, une feuille froissée qu'elle avait dû cueillir sur le grand érable. Je l'ai prise, ma fille s'est aussitôt redressée et attachée. Le limbe s'est déployé dans ma main, révélant un petit fragment gris clair logé à l'intérieur. Un morceau de l'enceinte. J'ai débouclé ma ceinture pour m'approcher d'elle et la serrer dans mes bras. Puis, une fois de retour à ma place, Aymen s'est retourné, le sourire aux lèvres, et il a déclaré :

– Je voudrais vous remercier pour cette course, au cas où j'oublierais tout à l'heure !

Nous avons échangé une poignée de main et il a démarré. Tandis que la voiture manœuvrait, j'ai observé la route scintillante qui s'étirait devant nous, et une dernière fois le château avec son colombier, dressé là, au milieu de la verdure, aussi somnolent et silencieux que n'importe quel bâtiment ancien dont j'aurais tout ignoré.

L'homme meurt en février. Le mois morne, le plus déplaisant. En l'année 1543. Comme il n'a personne d'autre que sa femme, écrit Marguerite de Navarre, ils sont en effet seuls dans sa version, sa compagne doit jouer au médecin et au pasteur-confesseur, « en sorte qu'il passa joyeusement de ce desert en la celeste patrie ». Elle devait pressentir depuis longtemps qu'il était sur le point de mourir, ou du moins Damienne, qui avait certainement déjà vu des hommes rendre l'âme. Pourtant, aucune des deux n'a prévenu l'intéressé avant le tout dernier moment. J'observais des tableaux représentant l'extrême-onction, pour voir si les mourants tenaient la croix à sa manière, sur la seule image que j'avais du couple, et que je sais à présent être de John James Hinchcliff, un graveur du XIXe siècle. Bien qu'il soit assez évident que ce dessin date d'une époque relativement récente, quand je l'ai découvert, je n'ai pas tant prêté attention au trait artistique qu'à l'apparence de l'homme, je me demandais s'il était possible qu'il pousse son dernier souffle, d'où peut-être cette mine. J'ai lu qu'il était arrivé à Marguerite de Navarre de rester au chevet de l'une de ses dames d'honneur à l'agonie, pour voir quand la mort l'emporterait, à quoi la Faucheuse pouvait bien ressembler. Maintenant, j'ai envie d'en savoir davantage, de chercher ce qu'elle a pu écrire par la suite sur la question. Comme souvent quand je me penche sur l'œuvre de cette femme, je me perds.

Je m'éloigne de mon sujet.

Une fois qu'il est passé dans l'autre monde, elle ferme les yeux et prie encore. Puis, Damienne et elle sortent de la cabane pour tenter de creuser un trou près d'un vieil arbre frappé par la foudre. Je crois qu'elles choisissent cet endroit parce qu'il leur semble à part, marqué par cet arbre. Elles travaillent pendant des jours, piochent et creusent à l'aide des outils que leur a laissés l'homme et de galets qui font office de pelles, aussi profond qu'elles le peuvent, déterrant des pierres. Quand la tombe est prête, Damienne se charge de déshabiller l'homme. Elle retire ses vêtements un à un, dénude son corps déformé, avant de les plier et de les ranger avec le reste de leurs affaires. Ensemble, elles le portent jusqu'à la tombe. Damienne retourne chercher le Nouveau Testament, puis elles se livrent à une petite cérémonie. Marguerite lit à voix haute, tandis que sa dame de compagnie observe le mort en silence, avant de rassembler de la terre et des pierres pour le recouvrir.

Marguerite de Navarre la qualifie alors de « pauvre femme ». Elle écrit qu'elle « l'enterra le plus profond en terre qu'il luy fut possible. Si est-ce que les bestes en eurent incontinent le sentiment, qui vindrent manger la charongne ; mais la pauvre femme, de sa petite maisonnette, defendoit à coups de harquebuze que la chair de son mary n'eust tel sepulchre. » Thevet raconte pour sa part le chagrin qu'elle éprouve à la mort de l'homme, tout en affirmant qu'elle était de caractère à faire « nécessité vertu », et que Damienne et elle, impavides, ont continué à se défendre des assauts constants des bêtes féroces, armées de leurs fusils, de l'épée du défunt, et de l'arquebuse que Marguerite maniait désormais suffisamment bien pour abattre jusqu'à trois ours en un seul jour. Le dernier, lui avait-elle rapporté, était aussi blanc qu'un œuf.

Je n'ai jamais été pourchassée par un ours, je n'ai jamais senti l'haleine d'un animal sauvage qui se serait lancé à mes trousses, et même au musée de la Chasse, au pied de l'animal empaillé, j'étais incapable d'imaginer ce qu'elle pouvait ressentir quand ils flairaient sa trace. Lorsqu'elle devait grimper aux arbres pour leur échapper, se cacher dans les recoins, dans des crevasses, courir à toutes jambes sur les rochers.

J'écris que c'est ainsi qu'elle découvre la grotte.

Elle n'en dit rien à Thevet, ou peut-être que si, mais elle lui demande de ne pas en parler. (*De même qu'elle semble ne pas avoir mentionné ses trophées, toutes ces têtes d'ours et d'autres prédateurs qu'elle accroche dans les arbres.*)

Sur une île aussi petite, il ne fait aucun doute qu'elles ont fini par trouver ce refuge et s'y installer, familières des grottes du sud de la France, de ces abris-sous-roche où il fait frais en été et bon en hiver. Un endroit beaucoup plus sûr que leur cabane. À ce propos, Elizabeth Boyer se réfère à ce que lui ont raconté les habitants qu'elle a interviewés lors de son passage sur l'île, des histoires transmises de génération en génération : il y a longtemps, des éclats de poterie et un reste de chaussure ont été retrouvés, le genre de babioles qui, dans certaines conditions, peuvent se conserver des centaines d'années.

J'essayais de m'imaginer la taille de cette grotte, l'odeur de la roche, l'épaisseur de la suie qui se déposait lorsqu'elles allumaient un feu, j'essayais de comprendre si elles se brûlaient, si elles arrivaient à l'attiser sans avoir à sortir, si la fumée s'échappait vraiment par un trou qui servait de cheminée, comme le décrit Boyer. Je cherchais souvent *Margaret's Cave* sur Google, mais tout ce que je trouvais concernait une grotte en Écosse, appelée ainsi en la mémoire de la catholique sainte Marguerite. Un jour, alors que je m'apprêtais à abandonner, j'ai aperçu la photo d'une jeune fille et d'une vieille femme sur une plage rocheuse. Cette image m'a conduite sur un blog, la fille racontait son séjour sur une île où vivait sa grand-mère. Elles devaient notamment visiter une grotte, écrivait-elle, et je me suis mise à lire plus vite, pressentant qu'il y avait là quelque chose d'intéressant, même si ce n'était pas clair. J'ai parcouru en diagonale le récit de leur excursion et me suis arrêtée au dernier paragraphe. La grotte s'était effondrée, ai-je lu, personne ne pouvait plus s'y introduire. Face à ces mots, j'ai mesuré comme j'avais envie de m'y rendre, de me faufiler à l'intérieur et de me coucher tout au fond, contre la roche.

Thevet écrit que l'homme meurt lorsqu'elle est « près de son terme ». L'une des formules les plus courtes et les plus brutales de *La Cosmographie universelle.* Ces quelques mots au milieu du reste m'abandonnaient à mes questions sur son sort, sur ce qu'elle pouvait en penser. Ils résumaient à eux seuls tout le drame tel que moi, je le concevais, non ce sur quoi le savant semblait vouloir porter le récit page après page, avec son topo sur les esprits qu'elle suppliait Dieu de faire disparaître.

C'était comme l'accouchement. Aucune source ne se penchait réellement sur cet événement majeur à mes yeux. Au mieux, on en parlait comme d'un épisode fugace, l'issue d'une grossesse, une naissance, rien de plus. Thevet le mentionne brièvement au détour d'une phrase. J'en avais été choquée la première fois que j'avais lu le texte, quelle plaisanterie, m'étais-je dit, mais aujourd'hui, je comprends qu'à l'époque il était naturel que les femmes mettent au monde des enfants sans qu'on en fasse toute une affaire, les gens ignoraient même largement comment se déroulait la délivrance. Elle n'était pas seule, voilà peut-être aussi pourquoi ils estimaient que ce n'était pas si extraordinaire. À moins que ce ne soit parce qu'André Thevet et François de Belleforest étaient des hommes ? Si Marguerite de Navarre n'en parle pas, c'est parce qu'elle ne fait pas allusion à l'enfant, le bébé n'existe pas dans son histoire.

Mars, la période de l'année où l'enfant de ma belle-sœur était attendu. Sur l'île, l'hiver était loin d'être fini, mais ici, les journées avaient commencé à s'adoucir. J'avais relégué mes sous-vêtements en laine dans un sac destiné à monter au grenier, avec la vieille doudoune que je portais toujours à la saison froide alors que j'en avais horreur. Le matin, après avoir déposé les petits à l'école, je m'installais souvent à l'étage d'un café calme, fréquenté par des gens qui travaillaient à leur ordinateur. De la fenêtre, j'avais vue sur l'eau qui baignait notre ville, sur les ponts sans cesse en travaux, et le ciel qui pesait lourd sur le paysage urbain. Quoi que je fasse, je gardais toujours mon téléphone à portée de main, en mode sonnerie. La nuit, je dormais d'un sommeil léger. Je ne cessais de me réveiller et de jeter un œil à mon portable. Je me tenais prête.

En même temps, je n'éprouvais pas la moindre inquiétude. Je me rappelais la naissance de ma fille, plus de quinze ans auparavant, le souvenir de mon premier accouchement me tranquillisait, non pas qu'il ait été facile, loin de là : j'avais eu des contractions pendant quarante-huit heures sans péridurale. Je ne pouvais que subir la douleur, incapable de bouger de mon lit, fiévreuse et branchée à toutes sortes de machines. J'avais l'impression qu'on me percutait de plein fouet, qu'on me mettait en pièces. Le corps tremblant, secouée de part et d'autre, j'ai gémi, crié jusqu'à ce que mes cordes vocales en feu ne produisent plus un son.

Mais malgré le spectacle affreux que j'offrais, au fond de moi, j'éprouvais un grand équilibre. La perspective de l'épreuve qui attendait ma belle-sœur ne me faisait donc pas peur, je savais qu'on pouvait la ressentir très différemment de ce qu'on manifestait. Ma seule crainte, c'était de désirer de nouveau un enfant en voyant le sien naître, de constater que je me faisais des illusions en me croyant maîtresse de mes instincts biologiques. J'étais à leur merci comme tout le monde, à ceci près que j'avais du mal à en discerner les effets sous tout le reste.

Je me suis demandé ce qui poussait les gens comme moi, qui avaient déjà plusieurs enfants, à en vouloir d'autres, était-ce l'envie d'être une fois de plus au contact d'une petite créature qui n'avait pas encore le don de la parole, vierge de toute civilisation et de ses failles, ou l'espoir de tout bien faire cette fois ? Il ne m'a pas effleurée alors que, même si je le souhaitais, je n'aurais pas pu tomber enceinte, puisque je n'avais pas eu mes règles depuis des mois. Un fait qui déposait une ombre grise sur mes épaules, mais que j'avais pourtant réussi à refouler, du moins ses conséquences.

Le jour venu, une fois dans la salle, devant les appareils et divers accessoires, et face à la sage-femme qui passait en revue les différentes phases de l'accouchement, j'ai pris conscience que mes attentes ne concernaient pas l'enfant, l'envie d'en avoir un de plus et de le voir grandir, mais l'enfantement en lui-même, aussi étrange que cela puisse paraître. Comme un incendie, cette expérience avait laissé un résidu noir au cœur de ma personne, que je m'imaginais vouloir retrouver. Une naissance était un événement fondamental, si à part dans l'existence ; une porte dont dépendait la vie, et en même temps une parfaite anomalie, un simple orifice à travers lequel émergeait la nouveauté, l'amorce d'une vie censée se poursuivre après la nôtre. L'arrivée de ma fille m'avait disloquée, déchiré le corps, un état dont j'avais tellement conscience que je me sentais plus morte que vivante. Je me situais de ce côté de l'existence qui appartient à la fin et à l'au-delà, cet espace de latence où attend la vie à naître, et quand j'y pense aujourd'hui, je me demande comment j'ai pu croire que mes jours reprendraient leur cours comme avant.

Peu après, quelque chose d'étrange s'est produit. J'avais beau savoir théoriquement à quel point j'avais souffert, je n'en avais aucun souvenir physique. Ni à l'époque ni aujourd'hui. Si je suis capable d'éprouver la manière dont les premières vraies contractions m'esquintaient la chair de l'intérieur, quand j'essaie de me remémorer leur montée en puissance, je ne parviens à éveiller aucune douleur, mais des sensations incroyablement délicieuses, un plaisir à l'état pur. C'était l'effet d'un court-circuit cérébral qui pouvait se produire après un accouchement difficile, m'avait expliqué un médecin que j'avais consulté, de sorte que le souvenir, rattaché au centre du plaisir et non au centre de la douleur, devenait agréable. Il s'agissait d'un mécanisme de survie que connaissaient les femmes qui avaient frôlé la mort en couches, destiné à leur donner la force d'exister et peut-être de continuer à se reproduire. Sans quoi, elles n'y parviendraient pas.

Quand je me retrouve dans une conversation sur l'accouchement, je fais volontiers allusion à ce phénomène, mais j'ai toujours l'impression de me répéter, de me ridiculiser en évoquant ce souvenir, le plaisir et la douleur, et pourtant, je ne peux pas m'en empêcher. J'ai besoin de parler de la naissance de ma fille pour l'ancrer dans le réel, un peu comme on peut avoir besoin de raconter un rêve, tout en sachant que la plupart des gens s'en moquent. Ce que j'avais vécu était tout aussi irréel, quelque chose d'onirique avait envahi ma conscience.

Je me disais que Damienne avait eu beaucoup d'enfants, qu'elle n'ignorait rien de cet art. Qu'elle était restée tout du long auprès d'elle, dans la grotte. Qu'elles y étaient arrivées ensemble, comme nous allions y arriver, ma belle-sœur et moi. L'enfant était venu au monde en mars ou au début du mois d'avril 1543, d'après ce que Marguerite avait raconté à Thevet. Il écrit :

> Produit qu'elle eut son enfant, et baptisé à sa mode, au nom de Dieu, sans ceremonies, voicy fortune qui luy va donner un autre assault.

Tôt un matin de novembre, six mois plus tard. Elle se réveille au son de pleurs, sent de petits ongles pointus s'enfoncer dans sa chair. Elle se tourne vers lui et se redresse, lui passe la main sur la tête tandis qu'il commence à téter, ses cheveux sont rêches comme les blés et tombent au contact de sa paume. Sait-elle ce que ça signifie ? Je crois que Damienne s'en doute, et je me demande si ce n'est pas ce qu'elle n'a pas supporté. Ou peut-être pensait-elle qu'elle pourrait ainsi changer le cours des choses ?

Il se remet à pleurer. Sa langue clappe contre son petit palais sec et lorsqu'elle ouvre les yeux pour voir s'il arrive à avaler quelque chose, elle remarque qu'il n'y a personne par-derrière. La vieille n'est plus à sa place. Elle l'appelle dans le noir, sans obtenir de réponse. Elle regarde autour d'elle, ne l'aperçoit nulle part. L'enfant geint de faim. Elle a beau prémâcher de petits morceaux de viande d'ours séchée et les lui donner, il est sans cesse affamé.

Elle l'attache sur son dos, s'empare d'une épée et sort sur le promontoire rocheux, son arme en main. Il fait encore noir, mais l'île s'apprête à se réveiller, l'obscurité à se disperser. Pendant la nuit, les premières neiges de la saison sont tombées. Elle le sent du bout des doigts, tandis qu'elle descend lentement du relief pour ne pas risquer de glisser et de tomber avec le petit. On dirait un voile de brume déployé par terre comme une couverture, un brouillard vaporeux sur la côte, qui s'épaissit entre les branches et vers la clairière. Le jour point à mesure qu'elle marche, qu'elle appelle dans toutes les directions, ses cris résonnent sur les ravines et se mêlent aux pleurs du nourrisson.

Elle commence par apercevoir ses vêtements abandonnés dans une crevasse, au pied du relief. Elle les ramasse, en secoue la neige, et lorsqu'elle se redresse pour les plier et les prendre sous son bras, elle la voit. À cette distance, ce n'est d'abord qu'une forme, une tache colorée qui jure dans le paysage. Elle n'avance pas, s'assied sur un rocher, porte son regard ailleurs, mais discerne malgré tout ce qui ressemble à une pierre blanche, saupoudrée de neige, qui n'y était pas auparavant. Elle reste là aussi longtemps qu'elle le peut, avant de devoir s'en occuper. Les animaux approchent. (Thevet écrit que ces créatures étaient capables de la flairer partout comme une prune.)

Lorsque son fils se réveille dans ses langes, elle se lève et s'agite pour tenter de le bercer, dans l'espoir qu'il se rendorme. Il se tait un instant, mais ses gémissements reprennent de plus belle, ses pleurs déchirants risquent d'attirer les bêtes, elle doit le détacher et le mettre au sein. Elle voudrait qu'il se débrouille, qu'elle ait les mains libres pour son épée, la seule arme qu'elle ait sur elle, mais le petit a besoin d'aide. Il se met à téter et elle le contemple, observe ses bras repliés sur eux-mêmes et ses doigts qui remuent en cadence avec le mouvement de sa langue sur son téton. Ses couinements l'apaisent, le voir manger la tranquillise. À peine a-t-il lâché le sein que des bruits retentissent dans les fourrés. L'épée en main, elle le redresse contre elle, sa tête au creux de son menton, ce petit corps brandi comme un bouclier. Elle tend l'oreille, mais ne perçoit plus rien.

Au bout d'un moment, elle le réinstalle sur son dos, puis dirige son regard vers la tache blanche dans les fourrés, tout doucement pour s'habituer à cette vue. Même à cette distance, elle voit que l'échine s'est brisée en heurtant les rochers. Elle se lève, se met en marche, et en approchant, elle distingue les plaies que la chute a infligées au corps nu. Lui vient-il seulement à l'esprit qu'elle pourrait la laisser là, que ce n'est pas Damienne qui gît là, mais sa chair, qu'il lui suffirait de l'abandonner aux animaux, de les laisser s'en charger ? Quelle aurait été la différence ? C'était tellement plus simple, *tu ne veux pas choisir cette solution*, lui suggérais-je, tout en étant consciente que l'enjeu me dépassait, qu'il s'agissait de Dieu et de l'espoir du pardon.

J'écris qu'elle se penche prudemment et l'attrape par le poignet, puis qu'elle commence à la traîner tout en serrant l'épée de l'autre main. Le corps laisse un sillage rose pâle dans le manteau blanc, la neige mêlée au sang, cette image m'évoque quelque chose de familier, les fraises des bois que les enfants cueillent l'après-midi, la seule baie qui pousse maintenant autour de chez nous, les restes de ces petits fruits écrabouillés nappés de chantilly dans leurs assiettes.

Dans *La Cosmographie universelle*, la mort est un sentier qui mène hors du monde. Thevet écrit que la servante rejoint le mari au Ciel au bout de seize ou dix-sept mois sur l'île. Rien d'autre, pas un mot des circonstances. J'ai longtemps pensé que la disparition de Damienne lui semblait aussi inintéressante que son existence, mais si le savant n'en parle pas davantage, c'est aussi pour une autre raison. Marguerite ne lui a sans doute pas expliqué ce qui s'était passé. Profiter de son récit pour se confier à ce propos l'aurait sans doute soulagée, leur échange comportait certainement une grande part de secrets, mais sur ce sujet précis, il valait peut-être mieux se taire, ne pas réclamer l'indulgence d'un ancien moine franciscain pour le pire des péchés mortels. Ne rien dire, afin de préserver l'honneur de la défunte.

À ce propos, Elizabeth Boyer explique que l'une des histoires transmises de génération en génération que les habitants de l'île lui ont confiées raconte qu'une des exilées de l'expédition française est tombée du rocher le plus haut de la côte, là où la pierre se précipite brusquement dans un gouffre. Un sommet situé juste à l'est de la grotte, précise-t-elle dans *A Colony of One*, un rocher culminant et escarpé, duquel une femme affaiblie par l'âge pouvait aisément tomber, surtout si elle portait de longs jupons et si le vent soufflait :

> Mais peut-être que Damienne avait aussi atteint la limite de ce qu'elle pouvait endurer. Peut-être que comme beaucoup de démunis et de personnes âgées aujourd'hui, elle redoutait le début de l'hiver et son froid insoutenable.

Je le savais, la théorie selon laquelle les enfants commenceraient par ressembler à leur père manquait de fondement scientifique, mais je voyais partout des bébés qui avaient hérité des traits les plus marquants de leur papa, y compris ceux que l'on s'attendait le moins à observer sur le visage d'un nouveau-né. Un moyen employé par la nature, disait-on, pour empêcher les mâles de tuer leur progéniture. (*Ou qui sait, pour les inciter à s'occuper d'eux ?*)

Lorsqu'elle tenait l'enfant, elle devait voir son défunt compagnon, de même qu'il me semblait voir un homme dont j'ignorais l'identité en serrant dans mes bras le fils de ma belle-sœur. Allongée sur son lit, la jeune accouchée appréhendait les premiers instants d'une nouvelle vie pleine d'inquiétudes, et moi, postée contre la fenêtre, je sentais le souffle à la fois vif et léger du petit sur ma peau. J'ignorais depuis combien de temps nous étions à la maternité, j'avais perdu le fil, mais en jetant un œil vers le parking au-dehors, j'ai constaté que le printemps était soudain arrivé. Le sol était sec et le soleil perché haut dans le ciel. D'un éclat plus radieux, il faisait briller le goudron et les buissons épineux. Le matin même, alors que je m'étais couchée avec mon téléphone sur un canapé capitonné dans la salle d'accouchement, j'avais lu un article sur Facebook consacré à l'alternance des saisons dans les régions nordiques. Pour que l'hiver soit considéré comme révolu, il fallait que la température augmente entre zéro et dix degrés pendant sept jours et sept nuits d'affilée. Même si par la suite, le temps fraîchissait, on estimait que le printemps s'était installé. J'avais beau vouloir me concentrer enfin sur le nourrisson, sur ses petites vertèbres que je sentais au creux de son dos, la peau fine de sa poitrine qui se levait et se baissait au rythme de sa respiration, mes pensées me troublaient. Je me voyais rentrer à la maison et retrouver mes enfants, sortir leurs vêtements de printemps, et le lendemain, les accompagner à l'école dans un air doux et lumineux, la saison nouvelle me ferait déjà l'effet d'une évidence, comme le poids de ce petit être vivant dans mes bras, un fait dont il était inconcevable que j'aie pu douter.

À l'arrivée du printemps, il m'a tout de suite été plus facile d'écrire. Même si je m'y attendais, je me sentais bête. Ce n'était donc que ça ? Avec la lumière, notre appartement semblait différent. Usé, confiné et empoussiéré. Des nuages pulvérulents montant des livres empilés aux quatre coins des pièces virevoltaient dans les rayons de soleil qui entraient par les fenêtres, et les plinthes étaient parsemées de taches noirâtres où la peinture blanche écaillée laissait apparaître le bois.

En lisant ce que j'avais écrit jusqu'à présent, j'ai constaté que ma prose était terriblement imprégnée de l'obscurité ambiante, qu'elle était aussi renfermée et pétrifiée que moi-même à la saison froide. Quand les enfants ont commencé à parler des grandes vacances, j'ai compris que cette perspective ne me suffisait plus. Autrefois, l'idée de l'été suffisait à me faire du bien, mais maintenant, c'était différent. Désormais, tout allait trop vite. Je savais que les beaux jours passeraient en un clin d'œil, sans presque se faire remarquer, et que leur succéderaient le noir et le froid, toujours aussi implacables.

J'écris qu'elle enterre le deuxième corps, près du premier. C'était la seule manière. Elle porte toujours son petit sur le dos, il ne pleure plus, mais observe le monde, blotti là, la tête penchée, énergiquement bercé par les mouvements de sa mère. Au début, je me disais qu'elle pouvait s'affairer sans avoir à veiller sur lui en même temps, je m'imaginais qu'elle avait pu fabriquer un couffin avec les habits de la morte et l'avoir accroché à une branche, hors de portée des animaux. Je n'avais pas pensé aux rapaces, peut-être comme elle au début, mais au bout de seize ou dix-sept mois sur l'île, elle avait dû en voir si souvent qu'elle n'oubliait pas ces oiseaux qui ne feraient qu'une bouchée de son fils, si elle l'installait dans un arbre.

L'autre solution aurait été de le laisser dans la grotte et de condamner l'entrée, avec une grosse pierre par exemple. Voilà comment elle avait pu s'y prendre, surtout à l'heure de la sieste. En surveillant ensuite la tombe fraîche, elle l'entendrait se réveiller, se mettre à pleurer. Tant qu'il ne savait pas se retourner et marcher à quatre pattes, il était à l'abri entre ces murs. Mais n'y avait-il vraiment aucun danger ? Certains animaux n'étaient-ils pas capables de flairer le nourrisson et de se faufiler dans la grotte ?

Je dis qu'elle recouvre le corps nu de la vieille femme avec autant de terre et de glaise que possible, et comble la fosse. Il lui reste à effacer les traces de sang, mais il est sans doute trop tard, comprend-elle tout en s'y appliquant, les animaux ne sont pas loin. Puis elle s'installe sur les rochers à l'entrée de la grotte pour le reste de la journée, se tenant prête, sa longue arme en main et la poudre juste à côté. L'île et la forêt s'étendent en contrebas, un panorama blanc et vert de toute beauté. Elle guette l'orée du bois, tire dès qu'elle voit un animal s'approcher des tombes.

Trois gloutons surgissent les uns derrière les autres, elle en touche un, les deux autres font volte-face et disparaissent entre les arbres. Les détonations et les cris du nourrisson qui s'élèvent de la grotte résonnent à travers le paysage, la fumée du feu de bois se confond avec le nuage de poudre porté par les tourbillons qui tournoient autour d'elle et les nuées accrochées au relief. La bête se tord de douleur, elle se débat comme un poisson, torturée par un large impact visible dans son épaisse fourrure au-dessus de sa mâchoire, aux luisants crocs acérés. Le sang qui s'écoule de sa chair déchirée colore de nouveau le manteau blanc.

Marguerite baisse son arquebuse, puis la pose sur la roche froide et humide. Les cris se sont apaisés, de simples pleurs résonnent dans la grotte, des sanglots ponctués de silences. Pas un bruit, pas un geste, pas même le frisson d'un arbre au vent. Elle reste là un instant, rassemble ses forces pour aller le consoler. Ce sera douloureux, elle le sait. Elle a beau avoir mangé à sa faim ces derniers temps, son lait commence à se tarir.

D'après Thevet, ce qui devait arriver se produit « peu de temps après ». J'en ai déduit qu'ils n'avaient passé qu'un petit mois ensemble, après la mort de Damienne. Aussi difficile soit-elle, cette période avait dû passer vite, me disais-je, maintenant qu'elle était seule avec le petit, elle n'avait pas eu un instant de répit, et avait dû tout faire par elle-même : guetter les prédateurs, monter la garde, le protéger, le porter, le bercer et tenter de le nourrir. À six mois, peut-être sept, il est désormais capable d'attraper des objets, de rouler sur le ventre et de crapahuter. De sourire et de rire.

Elle lui lit à voix haute des extraits de son petit livre, cette bible aux dorures noircies dont la reliure ne tient plus qu'à un fil, puis elle lui chante une berceuse qu'elle se souvient avoir entendue dans son enfance.

Le soir, elle est éreintée. Ce n'est pas tant la fatigue accumulée dans la journée et la perspective du lendemain que l'idée d'autre chose. Elle l'écoute babiller et respirer en lui massant le ventre pour soulager ce gonflement. Aucune source n'en parle, mais à ce stade, il a le ventre enflé. J'écris qu'elle comprend ce qui l'attend, mais je crois qu'au fond d'elle, quelque chose s'y oppose, rejette tout bonnement cette idée.

On nous avait prédit un été précoce et exceptionnellement chaud. Quand la ville est devenue trop étouffante, je suis partie à la campagne avec les deux petits. Près de la gare routière, les champs s'ouvraient sous un ciel bleu, des chevaux pâturaient dans un pré bordé d'un fossé où gisait un vieux tracteur rouillé. Nous sommes descendus du car et avons commencé à marcher dans la chaleur. J'ai retiré ma veste, puis les leurs, ils portaient chacun leur sac à dos, et une fois sur le chemin menant à notre petite maison de vacances, je me suis aperçue que c'était la première fois qu'ils faisaient le trajet à pied depuis l'arrêt de bus. Légèrement à la traîne derrière moi, ils parlaient de la forêt qui s'étendait de part et d'autre du sentier, débattaient du coin le plus beau, le plus digne des contes. Au nord, il faisait noir, les racines des trembles et des sapins couraient sur un sol marécageux, mais au sud, les arbres clairsemés, plantés dans une mousse touffue et duveteuse, baignaient dans une lumière qui tombait si gracieusement.

Qu'ils soient déjà assez grands pour marcher tout du long, j'en revenais à peine, dire que je n'y ai pas songé plus tôt, que j'étais partie du principe qu'ils en étaient capables. Le bas-côté était envahi d'orties et de reines-des-prés, quelques papillons citron virevoltaient dans les airs, et en approchant de notre propriété, j'ai aperçu le vieux pommier qui étirait ses branches noueuses et grises de toutes parts. Entre le grand arbre et le sentier, des trèfles rouges commençaient à fleurir, et sur la butte au dos de la maison, les pins se dressaient vers le ciel. Un parfait abri, me suis-je dit.

Les enfants ont couru sur les derniers mètres, je les ai laissés sortir la clef de la cachette et ouvrir la porte, et pendant qu'ils portaient nos affaires à l'intérieur, j'ai mis l'eau, sorti les meubles de jardin et notre ancien barbecue. Les tournesols que nous avions semés le long d'un mur étaient sortis de terre, et sous le porche flottait la chaleur du soleil qui l'avait inondé. J'ai rangé la nourriture au frigo, passé un coup de balai, aéré les pièces, et défait mon sac. Les livres que j'avais emportés, je les ai posés sur la table du porche, avec mon ordinateur, et j'ai installé une chaise qui m'attendait là.

Je n'avais jamais été très à l'aise à l'idée de rester seule avec les enfants un long moment, en particulier ici, où la solitude se faisait nettement plus sentir qu'en ville, mais une fois que nous eûmes mis de l'ordre et qu'ils eurent repris possession des lieux, avec leurs iPad et leurs bouquins, et tout ce qu'ils avaient laissé l'été précédent, j'ai remarqué que quelque chose avait changé. Je n'éprouvais aucune inquiétude, je ne craignais pas que le travail prenne le dessus, me visse à mon ordinateur, m'empêchant de les écouter, de les aider à ci et ça comme il aurait fallu, parce que je n'avais qu'une envie : écrire. Parce que rien de ce qui aurait pu se passer entre nous ou dans ma conscience n'aurait eu d'importance, tant que le texte était là.

Je leur ai préparé du poisson pané, et dès leurs assiettes finies, j'ai fait la vaisselle et rangé la cuisine, avant de m'asseoir pour lire et écrire en jetant de temps en temps un coup d'œil à l'extérieur, vers le sentier et le jardin. Tout me semblait nouveau, différent, mais pas du tout angoissant. Au contraire, j'y trouvais quelque chose de plaisant. Comme toujours, le seringat avait poussé pour former un haut et épais mur devant le porche, avec son méli-mélo de branches et de pousses au feuillage vert, et son parfum qui embaumait tout le domaine. Sous le toit, le long de la gouttière, des hirondelles allaient et venaient autour du nid qu'elles se fabriquaient tous les ans au même endroit. Le bruit d'un pic épeiche perché dans un arbre résonnait au loin, on aurait dit le grincement d'une branche. Je suis sortie sur la terrasse pour tenter de le voir. Et alors que je me tenais là, à scruter les environs, il ne m'a plus paru si insensé qu'elle ait survécu sur son île. Son environnement avait beau être menaçant, il était vivant, comme ce qui m'entourait ici vivrait avec ou sans moi, avec ou sans notre présence dans la maison. Quel que soit le visage de l'avenir, il resterait quelque chose, même si tout le reste se transformait. Peut-être le pic épeiche et les pins, peut-être la terre glaise et la butte derrière nous, la lumière changeante dans le ciel, quelque chose de tout ça demeurerait.

Je suis rentrée, j'ai parcouru le fichier du livre de Thevet jusqu'à la table des matières que je n'avais pas examinée depuis longtemps, cette liste des « choses plus remarquables » observées dans différentes régions du monde : un buffle monstrueux, une girafe menée par des aborigènes avec un licou, un groupe de femmes sauvages amputant un homme de ses jambes avant de l'accrocher à un arbre, un requin poilu aux dents de sabre, un volcan au cœur de la jungle et un banc de poissons aux larges ailes, volant à la surface de l'eau. Le soleil de minuit, les aurores boréales, les arbres à pain. Il m'est aussitôt apparu évident que le savant prétendait décrire le monde – non une femme isolée qui l'habitait. C'est ce que je pensais depuis le début, mais la portée de cette intention m'a soudain semblé différente. André

Thevet consignait tout ce qui se produisait indépendamment de lui-même ou de quiconque.

Dès lors, l'environnement de Marguerite s'est révélé différent, ce monde qui me paraissait jusque-là si abstrait. Ou plutôt, que je n'avais pas vu. Comme si, aveuglée par sa personne, je n'avais pas prêté attention à ce qui l'entourait, sauf aux dangers qui la menaçaient sans arrêt. Cette fois, je percevais tout ce qui lui avait permis de survivre. Le chant des oiseaux et des arbres, la forêt et les îlots, l'océan désert et son horizon ouvert, je discernais les nuances du granit, sentais la fraîcheur de l'air. Et je savais que je ne pourrais plus échapper à ce que je n'avais pas voulu raconter.

Je crois que c'est un jour comme tous les autres. Installée avec lui sur les rochers, elle le tient dans ses bras, sent le doux mouvement de sa respiration contre sa poitrine, ce souffle qu'elle a écouté si souvent, couchée au fond de la grotte. Et puis, plus rien. J'ignore si c'est soudain, mais il pousse son dernier soupir. Le silence s'impose, dans tout ce qui se trouve aux alentours.

Je me disais que c'était différent à l'époque, plus courant, plus acceptable, et donc peut-être moins effroyable que je ne l'imaginais – non seulement parce qu'on pouvait s'y préparer, mais aussi parce qu'on était tourné vers une éternité avec laquelle mon entourage et moi n'avions pour la plupart aucun contact. Pourtant, je n'arrivais pas à concevoir la manière dont Thevet traitait cet événement. Comme la naissance du garçon, sa mort était évoquée en passant, au milieu de tout ce que le savant voulait dire d'elle. De tout ce qu'il considérait peut-être comme le vif du sujet.

Je me suis reportée au texte de Thevet pour y retrouver cette unique phrase que j'avais déjà lue et relue. Je m'efforçais en vain de trouver autre chose dans ces quelques mots si crus, si grossiers. La vie et la mort semblaient analogues à ses yeux, la naissance et le décès des passages d'un côté et de l'autre de l'existence. Il reléguait dans une petite proposition ce qui, pour moi, couvait au fond de toute cette histoire et lui donnait une lueur effroyable. Il écrit que Damienne succombe au bout du seizième ou dix-septième mois sur l'île et que, peu de temps après, l'enfant suit la route des deux premiers.

Tant que son petit corps est chaud, c'est comme si le silence ne s'était pas imposé. Elle le serre encore dans ses bras. Je crois qu'elle s'y attendait depuis longtemps, peut-être même qu'elle guettait ce moment. Damienne devait avoir compris, c'est peut-être ce qu'elle voulait éviter, en ce sens qu'elle refusait d'assister à un tel drame, parce qu'elle n'en avait pas la force, ou qu'elle espérait l'empêcher en se sacrifiant. Je ne sais pas. En tout cas, il est probable qu'elle s'en soit doutée, que cette perspective l'ait hantée comme moi. À moins qu'avec ce genre de réflexions, je ne cherche à trouver un équilibre, troublée par l'idée que les femmes d'autrefois n'avaient pas le même lien que nous avec leurs enfants, comme j'ai pu le lire.

Je me demandais combien de temps elle était restée là, à l'étreindre, ce qu'elle avait fait ensuite, et comment. L'idée me donnait la nausée, me fendait le cœur. Il arrivait souvent que je me sente mal en écrivant sur certains sujets, c'était comme ça, mais cette fois, je sentais que j'avais besoin de sortir, de prendre l'air. Les enfants étaient maintenant assez grands pour rester seuls un moment à la maison, et même protester s'ils n'étaient pas d'accord. Leur temps d'iPad épuisé, ils jouaient aux cartes dans une cabane de couvertures qu'ils avaient fabriquée dans leur chambre. Je leur ai allumé la télévision et dit que je sortais me promener.

– Vous pouvez regarder des dessins animés pendant ce temps, si vous voulez.

Mon fils est sorti tellement brusquement que la cabane s'est effondrée.

– Et on peut avoir des pommes ? m'a-t-il demandé.

– Oh oui ! s'est exclamée sa sœur.

Ils m'en avaient réclamé tout l'après-midi, mais j'avais refusé, de peur qu'ils n'aient plus faim pour le dîner, et je ne comptais pas changer d'avis maintenant.

– Pas tout de suite, à mon retour, d'accord ?

Ils ont bredouillé leur déception et se sont tournés vers le poste. À peine avais-je claqué la porte que je suis revenue sur mes pas, ai traversé l'entrée en direction de la cuisine et attrapé la corbeille de fruits posée sur l'ancienne cuisinière à bois dont nous ne nous servions plus, pour la cacher dans un placard en hauteur où les enfants ne pourraient pas s'en emparer. Même moi, j'avais besoin de monter sur un tabouret. Quand ils étaient plus petits, ce placard contenait tout ce qui ne devait pas se retrouver entre leurs mains, des objets tranchants comme des couteaux et des ouvre-boîtes, et aujourd'hui, des pommes. Ils engloutissaient la nourriture presque sans mâcher, j'avais peur de ce qui pourrait arriver s'ils grignotaient lorsque je n'étais pas là.

Dehors, il faisait toujours chaud. J'ai descendu le chemin et entamé la petite boucle avec vue sur la baie et l'eau, une petite anse sur un bras de mer, avant de continuer vers le ponton cerné de massifs de grands roseaux, aux houppes duveteuses figées dans l'air. J'ai traversé le pré où était généralement dressé le mât de la Saint-Jean, puis un petit bois, pour arriver sur un sentier qui menait à la pointe. Impossible de savoir si la mort de son enfant avait été moins épouvantable du seul fait que nos ancêtres connaissaient le même drame, me suis-je dit.

D'autant qu'elle était seule sur son île.

Après la disparition de son fils, parti sur la même route que les deux autres, elle avait en tout cas enduré un calvaire. C'est à partir du moment où elle n'avait plus eu personne auprès d'elle que son quotidien avait été le pire, avait-elle confié à André Thevet. Et que les visions étaient apparues. Il écrit que durant les deux mois qui avaient suivi, c'est-à-dire décembre et janvier, ou janvier et février, elle n'avait cessé de se battre contre des monstres qui l'assaillaient dans des hallucinations nocturnes, des démons qui se faufilaient dans la grotte et ne la lâchaient pas tant qu'elle n'avait pas imploré Dieu. Pelotonnée tout au fond de son refuge, elle récitait sans fin ses prières pour les chasser.

Toutes les sources affirment que c'est ainsi qu'elle s'en est sortie. Pour Marguerite de Navarre, qui oppose la sobriété de la nouvelle confession à tous les rites forcés du catholicisme et de l'Église, son esprit était merveilleusement libre et pur ; avec presque une once de jalousie, elle explique que si la jeune femme menait une vie d'animal, son âme était celle d'une sainte, elle qui « passoit son temps en lectures, contemplations, prieres et oraisons, ayant ung esperit joieulx et content dedans ung corps emmaigry et demy mort ». Aujourd'hui, quand je parcours mes notes, je vois partout ce dernier mot, il revient sans cesse.

Envisageait-elle alors la mort comme un soulagement ? L'attendait-elle dans sa grotte, comme un animal attend qu'on mette fin à ses souffrances ? Elle devait bien sortir de temps en temps, et je me demande si ce qu'elle voyait faisait partie de ces choses qui la maintenaient en vie, tout ce qui me semblait remarquable sur cette île et qui l'était aussi sans doute à ses yeux. J'ai continué vers la plage. L'eau, parfaitement transparente au pied des gros rochers chauffés par le soleil, se colorait de bleu vers le large, et dans les crevasses, à la surface, poussait une plante à fleurs rouges que je n'avais encore jamais vue.

Je suis restée un moment perchée sur le tout dernier à regarder la mer osciller entre les îles et l'entrée de l'archipel un peu plus loin. La douleur est soudain revenue, très vive. Prise d'un vertige, je me suis assise par terre. Des filets de sang coulaient le long de mes jambes. J'ai retiré ma culotte ensanglantée et mes chaussures souillées de quelques petites taches, relevé ma robe et me suis glissée dans l'eau pour me rincer, avant d'enlever le vêtement et de le laisser sur une grosse pierre où je pourrais facilement l'attraper si quelqu'un arrivait. J'ai avancé d'un pas, l'eau m'arrivait à la taille, et j'ai continué, de petits cailloux et des algues me titillaient les mollets, le sable moelleux s'enfonçait sous mes pieds. Puis j'ai pris mon élan et plongé sous la surface.

C'est en novembre, en novembre 1544, qu'elle se tient sur le rivage. En a-t-elle conscience ? Elle s'est glissée hors de l'obscurité de la grotte pour descendre sur la plage. Quelque chose l'y a poussée. Sur la gravure de *La Cosmographie universelle*, un vaisseau et deux petits navires sont représentés au large. En réalité, il était rare que quoi que ce soit apparaisse à l'horizon. Pas un seul bateau ne s'était montré les huit premiers mois, écrit Thevet lui-même, mais peut-être que l'illustrateur de l'ouvrage, quel qu'il soit, avait choisi d'évoquer tous les événements sur un seul et même dessin, sans se soucier de la chronologie. Dans ce cas, il y manque quelqu'un. J'ai beau chercher, je ne vois là que trois personnages.

De juin à septembre, des bateaux du sud de l'Europe pêchaient la morue dans les environs, et il arrivait qu'ils soient retardés. Cette fois du moins, et ce n'était peut-être pas la première, il n'est pas impossible que d'autres marins l'aient aperçue sur les rochers et se soient bien gardés d'aller voir de plus près. Dans mon imaginaire, elle était toujours aussi pâle que moi, mais d'après mes lectures, elle avait au contraire le teint hâlé par le soleil, barbouillé de terre et de suie, et certains auraient expliqué ne pas avoir osé approcher de l'île à la vue d'un troll ou d'un diable qui leur faisait signe.

Dans la « Soixante-septième nouvelle », c'est un navire de l'expédition de Roberval qui passe de nouveau par là : « [...] les gens qui estoient dedans aviserent quelque femme qui leur feit souvenir de ceux qu'ils y avoient laissez, et delibererent d'aller veoir ce que Dieu en avoit faict. »

Marguerite de Navarre écrit que la pauvre femme repère le bateau à l'approche, qu'elle descend sur la plage, où ils la rejoignent dès qu'ils ont accosté. Était-ce encore pour amadouer Jean-François de La Rocque de Roberval que la romancière présentait ainsi les faits ? Elle qui, toute sa vie, avait appris à entretenir la bonne humeur des hommes, espérait-elle le manipuler en lui attribuant le rôle du sauveur, maître du destin de sa pupille – au lieu d'en faire un personnage déraisonnable ? Je me demandais si ce n'était pas une façon de permettre à la rescapée de continuer à vivre après ce qui lui était arrivé. La femme de lettres ne laissait-elle pas entendre pour la même raison que sa source n'était autre que le capitaine ? Il est impossible de distinguer le vrai du faux dans ce récit, ou ce qu'il tente de remodeler. Mais au fond, c'est une évidence, je me rends compte qu'on peut en dire autant de mes écrits.

> Et, après en avoir rendu louënge à Dieu, les mena en sa pauvre maisonnette, et leur monstra dequoy elle vivoit durant sa miserable demeure : ce qui leur eust esté incroyable sans la cognoissance qu'ils avoient que Dieu est autant puissant de nourrir en un desert ses serviteurs comme aux plus grands festins du monde.

En réalité, il s'agit d'un bateau de pêche normand retenu dans l'estuaire après avoir été surpris par une tempête. L'équipage est pressé, il faut qu'ils rentrent avant l'hiver, mais quand ils l'aperçoivent leur faire signe sur le rivage, ils changent de cap, direction l'île. Je m'imagine qu'ils naviguent à l'aide du *Routier de Jean Alfonse*, imprimé à Paris dès le retour de la flotte, une première édition dans laquelle l'explorateur donne à l'archipel un autre nom : les îles de la Demoiselle.

Quand je pensais à ceux qui l'avaient défendue, si quelqu'un s'y était seulement risqué, je comparais souvent André Thevet et Jean Alfonse, les deux cartographes, en me fondant par exemple sur le nom qu'ils avaient attribué à l'île. Contrairement à Thevet, Alfonse était connu de son vivant, position qui lui permettait certainement d'être franc avec Roberval, de remettre en cause ses décisions, et peut-être même d'en discuter avec le roi. J'aimais l'idée que Jean Alfonse l'ait sauvée en baptisant ainsi ce bout de terre, mais peut-être que les pêcheurs ne possédaient pas d'exemplaire de son *Routier*, peut-être simplement qu'ils n'avaient pas eu peur en l'apercevant et qu'au lieu de fuir ils avaient abordé l'île.

Ils lui expliquent qu'ils doivent repartir au plus vite pour ne pas être surpris par l'hiver. Elle les prie de lui laisser le temps de planter une croix sur les tombes, mais dès que c'est fait arrivent les remords. Force était donc de constater qu'elle avait fini par aimer cette île, non pas de la manière qui m'aurait plu, mais parce que cet endroit était devenu son foyer, celui de sa famille. André Thevet écrit qu'elle est prise d'un violent désir de rester et de mourir avec eux, et je me demande ce qui lui fait changer d'avis, ce bref moment où les marins l'attendent. Quelque chose doit l'avoir incitée à monter à bord de leur bateau, cette petite embarcation pleine de morues, et à faire avec eux le voyage par-delà l'océan.

Ensuite, il lui était facile de disparaître. À l'époque, en France, les femmes n'étaient pas inscrites dans les registres d'état civil, l'existence d'une fille ne méritait pas d'être recensée. Aussi librement qu'on pouvait la rayer de l'histoire, elle pouvait disparaître de son plein gré, et en effet, elle se volatilise aussi brusquement qu'elle est apparue. Peut-être le souhaitait-elle, peut-être le lui avait-on conseillé, par exemple Marguerite de Navarre. La « Soixante-septième nouvelle » se conclut sur l'arrivée du bateau de pêche à La Rochelle :

> Et, quand ils eurent faict entendre aux habitans la fidélité et perseverance de ceste femme, elle fut receuë à grand honneur de toutes les dames, qui volontiers luy baillerent leurs filles pour aprendre à lire et à escrire. Et à cest honneste mestier-là gaigna le surplus de sa vie, n'ayant autre désir que d'exhorter un chacun à l'amour et confiance de Nostre Seigneur, le proposant pour exemple, pour la grande misericorde dont il avoit usé envers elle.

Puis reviennent les conteurs. Simontault dit aux dames qui l'ont écouté qu'elles ne peuvent pas lui reprocher de ne pas chercher à mettre en lumière le destin des femmes. Cette fin avait beau être heureuse à certains égards, je ne supportais pas la manière dont tout semblait relever de la grâce divine. Comme si le mérite revenait à Dieu. Je me souviens de ma rage en comprenant que c'était non seulement une invention, mais l'expression du raisonnement de Marguerite de Navarre, malgré tout ce qui était arrivé. Mais je ne ressens plus les choses ainsi. Il n'est pas bien difficile de comprendre ce qui a fait que Dieu apparaisse, comment dire, plus *plausible* à mes yeux. C'est le temps qui passe, qui me distance à un rythme de plus en plus effréné, tout en laissant lui-même quelque chose derrière lui.

Il me semblait un peu inconsidéré de la part de Marguerite de Navarre d'insinuer savoir ce qu'il était advenu de la jeune cousine de Roberval, connaissant le risque qu'il la recherche. Fallait-il en déduire qu'elle l'ignorait ? J'en étais troublée, et légèrement déçue, car l'imaginer enseigner aux filles à lire et écrire le restant de sa vie me semblait une sorte de revanche. Et puis, je me suis rappelé qu'il s'était écoulé une petite éternité entre l'époque où Navarre avait écrit *L'Heptaméron* et le jour où le livre avait été publié. Cette idée avait beau me consoler, j'avais réussi à l'oublier. Quand les nouvelles avaient enfin paru, elle avait rendu l'âme depuis longtemps, et le capitaine n'était plus qu'un vieillard dont les jours étaient comptés. Peut-être que cette histoire ne se concluait pas ainsi, ce n'était peut-être que le souhait de Marguerite de Navarre, mais j'aimais me dire que cette femme, la reine et la poétesse, avait pris la pécheresse sous son aile.

Il est possible qu'elle ait voulu disparaître de son propre chef. Qu'elle ait vite su qu'elle ne pourrait plus jamais se montrer à la Cour, ni même revenir en France. Les hommes sur le bateau avaient pu le lui suggérer, elle avait pu y penser elle-même, et

Marguerite de Navarre le lui faire comprendre. Celle-ci croyait à l'honneur et non à la vengeance, tous ses textes et ce qui a été écrit sur elle en témoignent, mais moi, il m'a longtemps semblé plus concevable que la jeune femme veuille se venger – quelle n'avait pas été sa déception en réalisant qu'elle n'y parviendrait pas !

Comme tous ceux qui ont entendu parler de cette histoire. Nous voulions tous cette revanche.

Seulement, jamais il n'a été exigé que lui reviennent les terres et les biens qui lui appartenaient, et jamais Jean-François de La Rocque de Roberval n'a été inquiété par la justice. Compte tenu du crime de la jeune femme et de la législation de l'époque, c'était un avantage, naturellement, un moyen de sombrer de nouveau dans le néant sans laisser la moindre trace. Une question de survie, l'occasion que le reste de son existence prenne une nouvelle tournure. Mais si elle avait eu le choix, aurait-elle vraiment choisi de s'effacer ?

Aujourd'hui, il paraît si singulier d'opter pour le silence, de ne pas laisser les faits s'ébruiter et les projecteurs se tourner vers soi. Et pourtant, elle s'est confiée à André Thevet. Dans tout ça, leur rencontre n'est pas moins étrange. Avait-elle jeté son dévolu sur le savant ou était-il venu la chercher ? Si elle voulait se terrer, ou si Marguerite de Navarre la cachait, comment avait-il réussi à la joindre et qu'avait-il dit à Roberval ? Avait-elle fait sa connaissance auparavant, peut-être au château de Roberval lors des préparatifs du voyage, ou ignorait-elle que les deux hommes étaient amis ? Mais l'étaient-ils seulement ? Thevet a-t-il dissimulé leur entretien pendant trente ans, le temps qu'il lui a fallu pour écrire *La Cosmographie universelle* ? A-t-il modifié certains détails à la mort de Roberval, une fois que le capitaine ne pourrait plus rien ni contre lui ni contre elle ?

Les rochers étaient toujours chauds quand je suis sortie de l'eau, mais le soleil s'était couché derrière les arbres, de l'autre côté de la baie, et le jour avait commencé à décliner. Je me suis vite rhabillée et mise en marche, coupant par le bois du côté de la prairie pour emprunter le chemin le plus court. Un fracas a soudain retenti dans les fourrés et un grand élan est passé tout près, il y en avait d'autres de chaque côté de la pente, occupés à grignoter çà et là des branches qui pendaient des arbres. Je n'en avais jamais vu aussi près du sentier.

À chacun de mes pas, l'obscurité s'imposait un peu plus. Arrivée au sommet, dans le virage qui continuait vers la maison, j'ai accéléré, me suis pressée encore un peu plus sur notre allée, et une fois devant la maison, j'ai monté quatre à quatre le petit escalier du porche et suis entrée. Mon fils se tenait au milieu de la chambre. Il avait dû entendre mes pas dans le gravier ou sur la terrasse et se planter là, près de la cabane effondrée. Dès que je suis apparue dans la pièce, il s'est rassis et m'a fusillée du regard.

– T'étais où ? Il fait presque nuit !

Un court instant, j'ai vu le désespoir sur son visage. Je me suis approchée et l'ai pris dans mes bras, me suis accroupie par terre et l'ai installé sur mes genoux pour mieux le serrer contre moi. Il était si léger, si gracile. Sa sœur a décroché les yeux de la télévision et nous a observés. Alors que je m'apprêtais à leur demander d'éteindre et d'aller se laver les dents pour lire un livre au lit, je me suis rappelé les pommes que je leur avais promises. Je suis allée dans la cuisine, j'ai attrapé la corbeille et saisi deux fruits que j'ai rincés et essuyés, avant de les leur donner. Puis j'ai allumé un feu dans la cheminée, et une fois qu'ils furent endormis, je suis ressortie et me suis installée sur la terrasse couverte.

La nuit était tombée, le silence et le calme régnaient aux alentours. Seul se faisait entendre le crépitement du feu dont l'éclat vacillait à travers la pièce et se reflétait sur les fenêtres et les carreaux des portes, comme si de petites flammes me cernaient de toutes parts. J'ai ouvert *L'Heptaméron.* En le feuilletant, je me suis souvenue que Marguerite de Navarre avait elle aussi perdu un enfant, et même trois, puisqu'elle avait mis au monde des jumeaux qui n'avaient survécu que quelques heures. Je n'avais rien trouvé de plus sur eux, mais dans l'un des polycopiés pris au hasard dans la pile de documents posés sur la table, j'ai appris qu'elle avait écrit *Le Miroir de l'âme pécheresse*, ce livre jugé hérétique qui l'avait mise en danger, durant le deuil de son fils qui avait péri cinq mois après sa naissance, en juillet 1530. J'ai sursauté en découvrant son nom : Jean. C'est ainsi que j'avais baptisé le petit que Marguerite avait mis au monde sur l'île.

Thevet ne dit rien du sexe de l'enfant, ce qui peut signifier qu'il s'agissait d'une fille, un bébé dénué d'intérêt, mais son silence à ce propos vient plutôt étayer la thèse d'un fils. Il valait mieux ne pas le dévoiler, un fils, c'était la bénédiction d'un héritier – or le sien n'était pas n'importe qui. Marguerite était la première femme à établir une petite colonie européenne pérenne en Amérique du Nord, et son enfant le premier Blanc à naître sur ces terres, le premier de ces fils français que visait la mission. Si les parents de l'homme sans nom venaient à le savoir, s'ils apprenaient la courte existence de leur descendant, ils seraient bouleversés. Ils iraient peut-être jusqu'à consulter le roi, réclamer réparation, voire une enquête sur la gouvernance de l'expédition par Roberval. François de Belleforest écrit qu'il s'agissait bien d'un garçon. Il n'y voyait peut-être aucun risque, parmi tous les éléments qu'il avait romancés et dissimulés. Ou peut-être qu'il ne s'en souciait pas. Il ne se doutait probablement pas que son texte serait un jour confronté aux deux autres, afin de savoir ce qui était « vrai » ou ne l'était pas.

Marguerite de Navarre savait qu'il était vain de dénoncer la brutalité des hommes, elle en avait fait l'amère expérience, au moins une fois dans sa vie. Pourtant, à travers ses nouvelles, elle ne cherchait en réalité ni à rendre hommage à Boccace, ni à aider son frère à guérir, mais à décrire la violence du seul point de vue des femmes qui en étaient victimes, quitte à enfreindre les règles de la narration. Le motif de l'agression revient sans cesse, et elle relate sous différentes formes ce que l'amiral lui a infligé. J'aurais voulu le comprendre plus tôt, voir que c'était cet événement, le constat que les hommes étaient des animaux – pour ne pas dire des porcs –, qui l'avait amenée à écrire. *L'Heptaméron* en était le résultat. Si elle prenait la plume, me disais-je, c'était pour la chair des femmes et le sang qui leur coule dans les veines.

La fiction, l'anonymat, et ce prénom si commun lui permettaient de protéger et de cacher ses jeunes homonymes, tout en racontant leur histoire. Et pourtant, elle avait peut-être laissé derrière elle ce qui ressemblait à une piste. À la fin de l'année 1544, au moment où Marguerite venait de rentrer en France, son trésorier aurait commandé une garde-robe complète pour une certaine « demoiselle de la Roche », qui s'était récemment installée à la cour de Pau, où la reine avait décidé de l'accueillir. Si elle avait eu cent filles, je les aurais toutes reçues, aurait-elle déclaré à propos de l'arrivée soudaine de sa protégée. À la lecture de ces mots, quelque chose a vacillé au fond de moi, et un instant, je me suis de nouveau interrogée sur son identité, avant de me rappeler que ça n'avait plus d'importance.

Elle avait pu être tant de femmes différentes.

Un autre lien qui aurait pu les unir était celui de l'écrivain et de son lecteur. Dans *L'Heptaméron*, l'un des narrateurs conclut à l'occasion d'un refrain que les femmes feraient mieux de ne pas fréquenter les hommes, mais d'entretenir leurs âmes. Je me demandais si elle avait parcouru ce livre, si son auteure l'avait laissée lire la nouvelle qui racontait son aventure et, dans ce cas, ce qu'elle en pensait. À la parution de l'ouvrage, elle était probablement encore en vie. On ne pouvait rien affirmer concernant Roberval, qui n'avait plus que quelques mois devant lui. Même si son nom figurait dans ces pages, il n'est pas certain qu'il les ait lues. Ce qui est sûr, c'est qu'il n'a jamais eu entre les mains les récits d'André Thevet et de François de Belleforest, publiés quinze ans après sa mort. À cette époque, Marguerite aurait eu autour de cinquante ans, si elle vivait encore. Je ne le saurai jamais.

Finalement, je voyais tout ce qui avait été écrit sur elle comme une sorte de revanche, si ce n'est une vengeance. Même en imaginant que Marguerite de Navarre lui ait conseillé de se taire, elle avait plaidé sa cause dans la « Soixante-septième nouvelle », comme celle de tant de femmes dans son œuvre prolifique – et d'après moi, François de Belleforest et André Thevet en avaient fait autant, qu'ils le veuillent ou non.

J'avais une dernière chose à faire avant de quitter Paris pour Roberval, et de prendre ensuite l'avion pour rentrer. Ce jour-là, la chaleur s'est abattue tôt dans la matinée. Notre petite chambre d'hôtel était située sous les toits. En me levant au réveil pour ouvrir en grand la haute et étroite fenêtre, j'ai senti l'air brûlant et une odeur étouffante de croissants qui montait d'une boulangerie de la rue. Sous le ciel et les toits de zinc noirs de l'immeuble en face, je voyais l'intérieur des appartements. Tout à coup, un cri et des rires ont retenti. Ma fille s'était réveillée, elle était assise sur le lit, son portable à la main, voilà d'où venait ce vacarme, des voix festives et éraillées qui beuglaient plus fort les unes que les autres. J'ai ramassé les écouteurs laissés par terre et les lui ai tendus.

Pendant qu'elle se préparait, j'ai fait nos valises, puis pris mon téléphone et ouvert Google Maps. L'endroit que je voulais voir n'était qu'à une courte distance de l'hôtel, nous pourrions y aller à pied. L'ancienne place des Innocents, à l'époque de Roberval, s'appelait aujourd'hui place Joachim du Bellay, célèbre poète de la Renaissance qui avait consacré son existence à ressusciter l'art lyrique de l'Antiquité. C'est là que se situait autrefois le cimetière des Innocents, le plus grand de la ville jusqu'à sa fermeture en 1786, date à laquelle les corps avaient été déplacés dans les catacombes. J'avais montré à ma fille une photo de ces couloirs souterrains où étaient alignés des têtes de mort et des squelettes, et que l'on pouvait visiter, mais elle avait refusé d'y mettre les pieds.

Les Innocents. Aujourd'hui, je sais qu'il s'agit des trois enfants d'Hérode que le roi lui-même avait fait assassiner en Judée, en l'an 7 av. J.-C., de peur qu'ils ne lui ravissent un jour le pouvoir. Mais lors de mon séjour à Paris, je l'ignorais, et je ne voulais pas chercher à me renseigner sur Google. Nous avons quitté notre chambre, laissé nos bagages à la consigne de l'hôtel, et nous nous sommes mises en marche vers l'ouest, en direction du centre-ville. En passant devant un palais médiéval et un café dont j'avais oublié l'existence, mais qui n'avait pas changé, nous nous sommes installées autour d'une petite table ronde qui donnait sur un trottoir étroit, où paradaient des femmes élégantes avec leurs enfants ou de petits chiens. Ma fille avait faim, je lui ai commandé un café crème et une tartine sans lui demander son avis, supposant qu'elle ne savait pas que c'était précisément ce dont elle avait envie. Pendant qu'elle se régalait, je l'ai photographiée en fumant l'une des dernières cigarettes de mon paquet. Rétrospectivement, je n'ai jamais eu besoin de regarder les photos pour me rappeler ce petit déjeuner, je vois encore précisément ce moment : la lumière, la façade chaude d'un côté, les tasses de café disposées entre nous, cette vaisselle restée la même au fil des années, ses doigts sur le couteau, la confiture, le beurre et le pain, et sa manière d'épousseter la table, de chasser les miettes entre la plaque de marbre et le rebord en laiton ou sur le trottoir, où des oiseaux téméraires venaient les picorer.

Jamais elle n'avait rien mangé de meilleur, s'est-elle exclamée avec une expression dont je me souviens parfaitement, je sens encore le soleil qui me chauffait le dos et le goût du café chaud sur mon palais. Ce n'était pas simplement le fait d'être seule avec elle, ni la perspective de cette belle journée, mais l'idée que mon existence soit encore intacte. Même si quelque chose avait vraisemblablement commencé, même si le monde, déjà un brin dissolu et chaotique, laissait le sentiment qu'aucune évidence ne pouvait être considérée comme telle, j'étais encore largement épargnée, ce n'était qu'une vague odeur fétide que je pouvais ignorer quand je le voulais. J'avais toujours la foi pure de celui qui n'a jamais craint le caractère humain de sa propre personne ni de quelqu'un d'autre. Je faisais toute confiance au langage et aux mots. Je me croyais à l'abri.

Il était un peu plus de dix heures quand nous sommes arrivées dans le quartier des Halles, où se trouvait l'adresse que j'avais entrée dans l'application. Les trottoirs avaient été nettoyés à grandes eaux, et malgré la chaleur, il flottait dans l'air une ambiance matinale. Nous avons traversé la rue piétonne du McDonald's et du KFC, et continué vers la fontaine où je traînais souvent, quand j'avais l'âge de ma fille. Depuis quelque temps, elle cherchait un type de pantalon qui se faisait à l'époque et redevenu à la mode aujourd'hui, et en apercevant une friperie, elle a voulu aller y jeter un œil. Je lui ai dit de m'appeler quand elle aurait fini et l'ai laissée.

La seconde suivante, je me tenais au milieu de la place et observais les environs. Dire que j'avais été si attachée à cet endroit, ai-je pensé avec embarras. Les alentours immédiats de la fontaine étaient déserts, seuls quelques rares passants s'étaient installés sur les pierres claires qui formaient le rebord : un couple de touristes, deux femmes en voile intégral et un homme qui lisait son journal. Plus loin, une bande de mecs avaient l'air de parler drogue et magouille, collés les uns aux autres, têtes penchées. La fontaine en elle-même était grisée par la crasse, et les nymphes sculptées dans les bas-reliefs maculées de graffitis à la bombe noire. Pas une goutte ne s'écoulait du jet d'eau surélevé et des pigeons becquetaient les ordures accumulées dans le bassin.

J'ai sorti mon téléphone pour continuer dans la bonne direction, mais en voyant le trait qui séparait le point bleu figurant ma position et le vert ma destination, j'ai compris que j'étais arrivée, l'adresse que j'avais entrée n'était plus qu'à une dizaine de mètres. J'ai traversé la place en diagonale, les yeux toujours rivés sur mon téléphone malgré le peu de distance, jusqu'à apercevoir le panneau qui affichait le nom du poète. Jamais je n'aurais soupçonné que la place Joachim du Bellay n'était autre que ce carré de goudron vide, entre la fontaine et la rue piétonne des fast-foods. Ici, un homme s'était un jour approché et m'avait frappée au visage, avant de s'en aller comme si de rien n'était.

Il n'y avait rien à part le panneau, pas même un banc. Et pourtant, sur ces pavés se situait autrefois la place des Innocents, avec son cimetière où Roberval et d'autres partisans de la Réforme s'étaient aventurés un soir d'avril 1560. Le soir où ils s'étaient trahis, sans doute le 18 avril, jour où aurait eu lieu un enterrement protestant. Avec l'essor du calvinisme, les persécutions des huguenots s'étaient intensifiées. Un homme qui espionnait le rassemblement avait lancé l'alerte, et toute une foule n'avait pas tardé à les encercler. Jean-François de La Rocque de Roberval avait réussi à s'en échapper, mais il avait vite été rattrapé. J'ai pensé à la liste des pires façons de mourir que ma fille m'avait lue la veille, alors que nous étions toutes les deux sur nos téléphones, dans la chambre d'hôtel. Être battu à mort par une horde d'inconnus n'en faisait pas partie.

Je me demandais où elle se trouvait lorsqu'elle avait appris qu'il avait été tué, et ce qu'elle s'était dit, sans doute s'était-elle imaginé la scène plus facilement que moi. Car elle avait forcément su qu'il était mort, non ? Je n'arrivais pas à envisager qu'elle ait pu l'ignorer. En retournant vers la fontaine, j'ai remarqué sous l'un des bas-reliefs un écriteau que je ne me rappelais pas avoir jamais vu. *Fontaine des Innocents*. Je me suis assise sur le rebord et j'ai sorti mon carnet de notes, essayant de me souvenir ce que c'était d'être jeune, à cet endroit précis. D'être celle que j'avais été. J'avais raconté à ma fille les rassemblements sur cette place, le mélange de tous ces gens et ce que ça représentait pour moi, sans savoir si ça l'intéressait vraiment. Après avoir griffonné quelques lignes sur mon carnet, je me suis sentie observée. J'ai levé les yeux et l'ai vue assise un peu plus loin, un sac à la main. Elle me souriait.

– Ça va ? a-t-elle lancé. On y va ?

– Oui, j'ai presque fini. Juste un dernier truc.

Elle s'est approchée de moi en attendant. Une fois que j'eus fini d'écrire, j'ai rangé mon carnet dans mon sac et sorti mon portable pour envoyer un SMS à mon amie, lui dire que j'avais trouvé la place où Roberval s'était fait assassiner, et que c'était l'endroit où j'avais passé le plus de temps à Paris. J'ai ponctué mon message avec le symbole d'une petite bombe, à côté d'un cœur. Puis je me suis levée, j'ai pris ma fille par la main et nous sommes parties.

Aujourd'hui, je ne pense plus si souvent à cette journée-là. Ici aussi, il fait chaud à présent. Ces dernières semaines ont même été à la limite du supportable. Les animaux se montrent de plus en plus en plein jour, les élans et les chevreuils descendent de la forêt pour lécher le sel de la route, manger le peu de verdure qui reste.

Il n'est que quatre heures du matin, mais je sens qu'il fera encore plus chaud aujourd'hui. Quand je me suis réveillée il y a un instant, je suis sortie de mon lit aussi discrètement que possible pour ne pas réveiller les autres, et je me suis installée ici, comme tous les matins depuis le début de l'été. Il ne fait pas nuit, et pourtant, le jour n'a pas commencé à se lever. J'ai ouvert toutes les fenêtres pour sentir l'air lourd, chargé d'ardeur et d'humidité, et entendre le coq d'un voisin s'égosiller bientôt. Il me suffit de me retourner et de jeter un œil à travers l'embrasure des portes pour voir mon mari et les enfants dormir dans la chambre. Le livre que je leur lis en ce moment, *Le Lion, la Sorcière blanche et l'Armoire magique* de C. S. Lewis, est posé par terre, grand ouvert, les jeunes héros de cette saga viennent juste de sortir de l'armoire pour entrer dans un monde plongé à jamais dans l'hiver, et d'apprendre que le faune qui a sauvé

Lucy a été capturé par l'armée secrète de la reine, parce qu'il avait porté secours à un être humain. Heureusement, certains arbres de la forêt les protégeront.

Reste à savoir lesquels.

Sur la table, les piles de livres et de documents n'ont pas bougé de leur place, à côté de mon ordinateur et des tournesols que j'ai cueillis hier. Les seules fleurs de notre jardin, les seules à supporter la sécheresse. Elles ont l'air à moitié fanées, à moitié mortes avec leurs pétales jaunes qui pendent sur les capitules sombres, mais il n'est que quatre heures du matin, tout au plus passées de cinq minutes, je sais qu'elles ne vont pas tarder à se transformer.

Je n'aurais jamais cru que ça prendrait autant de temps. Je pensais que je terminerais dès que le pire serait passé, qu'il suffisait que je me sorte de là pour conclure, mais j'ai continué, et de temps en temps, j'ai le sentiment de recommencer de zéro, alors que je travaille là-dessus depuis si longtemps. Je n'ai plus que la dernière nouvelle de Marguerite de Navarre à lire, et hier, nous sommes allés à la station-service récupérer un livre que j'avais commandé chez un bouquiniste en ligne, sa biographie. Je l'ai déballé dès mon retour dans la voiture, et en ouvrant le livre au hasard au milieu d'un chapitre sur les symboles de son existence, j'ai appris que sa fleur emblématique n'était pas la marguerite, mais le tournesol, l'héliotrope.

Même s'ils ont toujours l'air de dormir dans leur vase, je vois le ciel commencer à rougeoyer, le soleil s'apprête à se faufiler au-dessus de la cime des arbres, les rayons ont déjà atteint le bord du fossé qui borde le chemin et font scintiller l'herbe au pied du trampoline des voisins. La rosée se pose toujours par là-bas pendant la nuit, alors que la terre est sèche et que les nappes phréatiques se tarissent. Les touffes paraissent irréelles dans ce décor, comme de fins coups de pinceau baignés de lumière.

Je sens que je n'ai pas envie que cette histoire se termine, de devoir poser le point final. Pour la première fois, je vois précisément ce que ce texte représente, je me vois moi-même et la peur de ce qui m'attend de l'autre côté, après la fin. Je me rends compte à quel point cette idée est difficile à supporter, douloureuse. J'en ai honte en y pensant, moi qui voulais tant écrire quelque chose qui fût utile à quelqu'un, quelque chose de limpide et intelligent. Le soleil a beau monter dans le ciel, il ne viendra pas faire briller la toile cirée pour tirer de leur sommeil noir ces jolies fleurs avant un petit moment. Bientôt, elles se redresseront et s'ouvriront gracieusement à la lumière, comme s'il n'y avait rien de plus simple, comme si elles n'attendaient que ça. Alors, je me lèverai, je retournerai dans la chambre, je me coucherai auprès des autres et me rendormirai.

BIBLIOGRAPHIE

BOYER, Elizabeth, *A Colony of One : The History of a Brave Woman*, Novelty, Ohio, Veritie Press, 1983.

BELLEFOREST (de), François, *Le Cinquieme Tome des Histoires tragiques*, Paris, Jean Hulpeau, 1572.

BIGGAR, Henry Percival, *A collection of documents relating to Jacques Cartier and the Sieur de Roberval*, Ottawa, Public Archives of Canada, 1930.

LABÉ, Louise, *Débat de Folie et d'Amour*, 1555.

LABÉ, Louise, *Épître dédicatoire à Clémence de Bourges*, 1555.

NAVARRE (de), Marguerite, *L'Heptaméron des nouvelles*, tomes 1 et 2, Damase Jouaust et Paul Lacroix, Paris, 1879-1880. (Disponible sur le site de la BnF.)

PISAN (de), Christine, *Le Livre de la Cité des Dames*, 1405, trad. Th. Moreau et E. Hicks, Paris, Stock, 1986.

THEVET, André, *Cosmographie universelle*, Pierre L'Huillier, Paris, 1575.

THEVET, André, *Le Grand Insulaire et Pilotage*, tome 1. (Disponible sur le site de la BnF.)

COMPOSITION ET MISE EN PAGES
NORD COMPO À VILLENEUVE-D'ASCQ

ACHEVÉ D'IMPRIMER PAR CPI
EN SEPTEMBRE 2021

N° d'impression : 2060471
Dépôt légal : août 2021
Imprimé en France